问津变

计文君 著

问津变
WENJIN BIAN

图书在版编目（CIP）数据

问津变 / 计文君著. —桂林：广西师范大学出版社，2019.8
 ISBN 978-7-5598-1923-9

Ⅰ. ①问… Ⅱ. ①计… Ⅲ. ①中篇小说－小说集－中国－当代 Ⅳ. ①I247.5

中国版本图书馆 CIP 数据核字（2019）第 131078 号

广西师范大学出版社出版发行
（广西桂林市五里店路 9 号　邮政编码：541004）
　网址：http://www.bbtpress.com
出版人：张艺兵
全国新华书店经销
北京盛通印刷股份有限公司印刷
（北京经济技术开发区经海三路 18 号　邮政编码：100176）
开本：889 mm×1 230 mm　1/32
印张：10　　　字数：200 千字
2019 年 8 月第 1 版　2019 年 8 月第 1 次印刷
印数：0 001~8 000 册　　定价：49.00 元
如发现印装质量问题，影响阅读，请与出版社发行部门联系调换。

目录

　　　　　　楔子 001

变文一　婴之未孩 005

变文二　汉玉蝉 085

变文三　问津 157

变文四　桃花源 243

余　韵　永锡难老 303

楔子

【夜行船】百岁光阴一梦蝶,重回首往事堪嗟。今日春来,明朝花谢。急罚盏、夜阑灯灭。

【乔木查】想秦宫汉阙,都做了蓑草牛羊野。不恁么渔樵无话说。纵荒坟横断碑,不辨龙蛇。

【庆宣和】投至狐踪与兔穴,多少豪杰。鼎足虽坚半腰折,魏耶?晋耶?

【落梅风】天教富,不待奢。无多时、好天良夜。看钱奴硬将心似铁,空辜负锦堂风月。

【风入松】眼前红日又西斜,疾似下坡车。晓来清镜添白雪,上床与鞋履相别。休笑鸠巢计拙,葫芦提一任装呆。

【拨不断】名利竭,是非绝。红尘不向门前惹,绿树偏宜屋角遮,青山正补墙头缺,竹篱茅舍。

——马致远《秋思》㊀

㊀ 马致远《套数·秋思》版本多且有异文,此处使用的是张文江先生在《古典学术讲要》里综合勘校出的文字。舍去最后一曲《离亭宴煞》,固然『和露摘黄花,带霜烹紫蟹,煮酒烧红叶』看上去很美,但甘田想,如此一来,而艾冬单纯是因为对北海先生无感,他们一时也写不出替代的句子,所以就……

变文一

婴之未孩

一

太过戏剧性的事儿,很难让人相信是真的。譬如,外卖小哥敲门,递进来的除了一盒比萨,还有一个婴儿。

甘田都能听出自己讲述事情经过时语调发虚,难怪那位年轻的警官狐疑地看了他一眼。被寒风皴红了脸颊的外卖小哥,看上去诚实可信多了,他说婴儿当时就在甘田门口的纸箱子里哭,他就抱了起来。

甘田所在的怡景SOHO,像他这样租住在这里真"SOHO"的不多,大部分还是些小公司、事务所和工作室的办公地。九点前后,电梯使用的高峰期,去查监控的那个警察也没能发现什么有价值的线索,记下两个报案人的电话,抱着婴儿穿过挤满走廊看热闹的人群,离开了。

甘田关上门,吁出口气,在心里骂了句脏话,然后开始吃尚有余温的比萨。

甘田在心里骂的人,是老赵。

老赵"胁迫"他参与演出了这场荒唐的"弃婴"大戏。当然,这份"胁迫"是以哀求的形式进行的——为了你卿姐,拜托拜托……

甘田与苏卿相识的时候,她既不是他的卿姐,也不是老赵的妻子。

算起来甘田与苏卿认识,也有十多年了。那时他研究生刚毕业,还在报社工作，主持每周一期的"心理健康"专栏，但作为根正苗红的文艺青年，喜欢跟各种搞艺术的人混在一起，过着很不健康的生活。

那天是在中国美术馆，甘田和几个画家去看朋友的朋友的个展。他们到的时候，开幕式刚结束，办展的画家正忙着应酬请来的大人物，甘田就没过去寒暄打扰，他略有些无聊地四顾，一幅色调阴沉的抽象油画前，站着月白衬衫烟蓝色长裙的苏卿，熙来攘往的展厅一下空旷安静起来，只有她慢闪秋波，遗世独立……

这一幕是19世纪小说名著中的经典场面，虽然经过20世纪出版和影视的反复蹂躏，成了被抛弃的俗滥桥段——如今女主的出场方式，即便不是醉酒呕吐，至少也得摔个嘴啃泥，但在21世纪初的那个春日上午，与甘田的青春期苦闷相混杂的阅读记忆调动出了潜意识深渊中的欲望之龙，携云裹雾，扯雷闪电地扑向"伟大爱情故事"的女主角。

没想到故事刚起个头儿，就完了，也并不令人低回——他的女主角从绝代佳人退行为花样姐姐，没用完七十二小时。

甘田在这七十二小时里，和苏卿吃了两顿饭，喝了一次咖啡，进行了长达五六个小时的单独谈话。当天中午，甘田成功地组织了一次饭局，并且不落痕迹地把苏卿罗织进局——其实难度不大，甘田还在思忖如何搭讪时，就有两人共同的朋友和苏卿打招呼，介绍巴巴等在旁边的甘田和苏卿认识了。中间隔了一天，苏卿应约而来，两个人在咖啡厅聊了一下午，然后一起去附近的"海棠花"吃了晚饭——这是甘田临时提议的，饭店就在咖啡厅附近，更为重要的是，那些朝鲜姑娘唱歌跳舞时,可以让甘田歇一会儿,他真的有点儿累了——听苏卿那"迟迟不肯逝去的青春",听累了。

苏卿的故事一直延展到讲述的那一刻,她即将从艺术学院舞蹈研究所博士毕业,刚刚结束与美学所某位 W 姓文化学者一场虐恋,她的论文选题是《霓裳羽衣舞研究》,她知道答辩没问题,还知道自己会留校,不过不是留在舞蹈所,而是留在研究生院,也好,她本来对学术,就没什么兴趣……

饭后甘田送苏卿回宿舍,经过元大都遗址公园的海棠花溪。

繁花满枝,停止说话的苏卿,扬起弧度完美的下颌,神情忧伤目光迷蒙地看着花枝掩映的路灯,人面花影,如此迷人,但甘田那一刻就非常确定,苏卿和他不会有什么"伟大爱情故事"了。

但甘田和苏卿,依然保有着对彼此的浓厚兴趣。

作为资深文艺男的甘田略带沮丧地退场了,但作为北大心理学系硕士、职业咨询师的甘田始终都在。他很科学地理解自己:这一对象曾刺激他大脑腹侧覆盖区多巴胺旺盛分泌长达几十个小时,继而在高浓度血清素作用下某种与之相关的记忆被写进了自己的尾椎核——这是大脑中与奖赏、愉悦和成瘾相关的区域,一旦记忆被写入,很难改变……甘田当然不会对抗自己的生物性,但也不会纵容自己的生物性——苏卿那么好看,那就看看喽!

苏卿的兴趣,仅限于那个始终在场的甘田。

他们时不时还会见面喝咖啡吃饭聊天。童年阴影、分离焦虑、俄狄浦斯、那喀索斯,聊什么都能让苏卿频频点头,她几乎是在用生命来认同人类心理学发展的历史,完全是一本行走的心理病例大全。后来甘田离开报社,成为甘泉心理咨询中心的咨询师与合伙人,那些为他带来社会影响的文章和书里,有苏卿提供的不少鲜活案例。甘田给她的化名是略带揶揄的"马丽",苏卿却对此颇为自豪,恨不得告诉所有人,她就是"马丽"后面省略的那个"苏"。

出生在20世纪80年代门槛上的甘田,竟然与"文革"开始那年出生、喜欢画两笔水墨的老赵,跨越年龄和审美的障碍,摒弃世俗的偏见,成为颇为亲近的朋友。十几年交往下来,苏卿的力量还占多少,甘田自己也说不清楚了。

苏卿把老赵带到了甘田面前,宣布他们要结婚,同时附赠了一个惊险的情节设定:苏卿的母亲为女儿下嫁,要和她断绝关系。

老赵接过苏卿的设定,说了一场让人拊掌击节的"单刀会"。老赵千里奔赴中原,靠着一幅自己画的《雪梅长春》——岳母作为地方梨园名角,代表剧目叫作《秦雪梅》——赢得了老人家的青目。

"其实我画得不好,业余水平,来北京进修就是想混进专业队伍嘛——岳母她老人家什么没见过?她是性情中人,看我真,人老实,被感动了。"

老赵通篇没提苏卿父亲。甘田熟知苏卿的家世背景童年经历,苏卿母亲在苏卿很小时就离了婚,独自把苏卿抚养成人,退休后才找了个老伴儿——生父三十年未通音讯,继父则根本不会置喙苏卿的婚事。

这位来自浙江金华下辖的义乌市佛堂镇的老赵说的"书",对设定诠释精准,对人物渲染入骨,还能曲终奏雅——甘田当即就替苏卿感到了庆幸。

老赵呵呵一笑，起身去上洗手间。苏卿垂着眼帘，把咖啡里的冰块搅得哗哗作响，"他让我觉得安全——不像你，"她眼皮一撩，幽怨地看着甘田，"你很好，只是，你无法给我安全感……"

她幽怨得如此郑重、认真——甘田惊讶、困惑了几秒钟，随即哑然失笑——原来只在心里发生过的事情，也是有后果的。老赵甩着湿淋淋的双手回来了，苏卿不看老赵，继续盯着甘田，甘田只能配合地低了头，希望能被苏卿解读为难过。

甘田为此没有去参加苏卿盛大的婚礼，却去了婚后老赵夫妇小范围回请亲近朋友的饭局。酒桌上，甘田略微夸张了自己的醉态，祝赵哥、卿姐白头偕老。

自那日之后，甘田对苏卿的称呼变成了卿姐——这是一种提醒，也是一种规训。潜移默化，苏卿渐渐对甘田的眼风口角，有了姐姐的意味。

只是苏卿那"迟迟不肯逝去的青春"，甚至越过了婚姻的城墙，依然无休无止地蔓延着。老赵外表憨厚内里聪明，还有几分好玩儿，最让人叹为观止的是，他总能接得住苏卿给出的各种情节设定，有声有色地把故事讲下去。

苏卿这些年一直在研究生院做行政工作，工作上漫不经心，私下里却没少折腾。兴兴头头地开始忙活一件事，没过多久就会有一个必不可做的理由让她停下来，然后再开另一个头儿——从音乐剧到网络大电影，从泰国菜馆到瑜伽工作室……从来没有真的成功过一件事，可也没有真的失败过，老赵跟在后面，把苏卿留下的"烂摊子"收拾成别样风景。

前几年视频网站给网络大电影补贴，传说有人不到百万的投资靠点击分成挣到了一两千万。苏卿算是研究过《霓裳羽衣舞》，再加上也是天生丽质难自弃，就招兵买马组班子拍网络大电影《长恨歌》。很快她就跑来跟甘田诉苦：碰到的全是骗子——制片、编剧、导演全在坑她，"云想衣裳花想容"变成了"卿想过瘾人想钱"，眼看近百万预付款要打水漂，苏卿又憋屈又心疼，哭得梨花带雨。

甘田已经能很笃定地安慰她，没关系，赵哥出手，天下我有。

果然，老赵出手，调整项目，拉着苏卿拿自家钱招来的人马，去义乌拍了部名为《鸡毛换世界》的微电影，因为表现了吃苦耐劳的义乌人靠实干，从"鸡毛换糖"的小生意做成了"世界小商品之都"的大生意，不仅制作时得到了市政府和当地企业的支持赞助，做好后到处去评奖，从县到省各级宣传部的奖得了个遍，还得了国内三四个电影节微电影单元的奖。自己家投进去的钱收回后略有盈余，制片人苏卿此时已经忘了胎死腹中的《长恨歌》，高高兴兴穿起礼服去走红毯了。

老赵宠溺苏卿，苏卿享受宠溺，人前人后都是蜜里调油般的恩爱。这些年，甘田因为同时充当着两个人的"知心朋友"，所以颇为了解一些这场婚姻中不足为外人道的微妙。甘田的核心职业能力之一就是为人保守秘密，他太懂得"出口"的价值与功效。老赵一般很有分寸，苏卿荷尔蒙上脑时，甘田就会精准释放一些信息，收到警告的苏卿，也就自己调整了。

苏卿活得像一只转笼里的仓鼠，皮毛润泽，身形漂亮，每日奔跑，为笼子飞快旋转而兴奋，有时停下来，疑惑地四处看看，随即又开始奔跑……徒劳，却不知道徒劳，苏卿就这样懵懂地超脱着，生机勃勃地消耗着，也是不知老之将至……

苏卿和老赵，一直没有孩子。

苏卿一直在生孩子这件事上糊里糊涂的，先是有点儿不想要，后来有点儿想要，但那点儿"想"都没打败对鸡尾酒的"想"和对孕育过程的恐惧，就又算了。这一算了，就过了四十五，索性也就真算了。

老赵自然不勉强她。

苏卿突然生出要孩子的强烈渴望，源于受了刺激。

去年，当初与苏卿有过一场过往的那位W先生，不知道怎么惹毛了某位前妻，那位女士开始在微博上图文并茂地痛说"革命家史"——她在任期间，如何与流氓丈夫以及"小三小四小五……"顽强斗争。苏卿的一张旧照也享受了一个"荣耀编号"，那张照片是她很早给《时尚芭莎》做平面模特拍的杂志用稿，20世纪末的时尚，眼妆堪比熊猫，身上也就几缕纱。支持正房立场的粉丝留言中，苏卿获得的点评中唯一不带脏字的是：像一只廉价的鸡……

苏卿自然气疯了。虽然甘田说反击没有意义，但又不忍看力挺妻子的老赵弄错路径提油救火，就找了两个熟人做的公众号来做文章——反正苏卿并不忌讳旧事重提，她怒的是自己的盛世美颜被作践。公众号的文章角度并不直接与旧事相干，重点在于要用几十张照片告诉全世界，她事业华丽丰饶，生活精致幸福，美貌与高贵天长地久。编辑在和苏卿沟通时,提了一句孩子。苏卿当即要找个孩子来抱着拍照,甘田玩命儿给拦住了。

这件事很快也就过去了,阴影却留下了——标配都没达到,苏卿花笼月罩的优雅生活,突然显出底里那层轻飘飘雾蒙蒙的虚无空洞。

甘田以前所未有的郑重严肃警告苏卿,别冲动。收养孩子是巨大的责任,你先去福利院做义工,接个孩子回来过个周末试试——苏卿没有去试,甘田还特意问了几次,健身、美容、组织饭局……总有各种事情耽搁着,去不了。

一年过去了,甘田以为苏卿养孩子的欲望,已经通过在手机上养青蛙、朋友圈晒蛙儿子寄来的明信片替代性满足了,没想到几天前,老赵拎着一瓶芝华士跑来,让他帮忙为他卿姐"捡到一个弃婴"。

一个名叫曹小倩的艺术学院研一女生,给老赵生了个孩子。

老赵倒了杯威士忌,递给甘田:"小姑娘画工笔的,有点儿灵气,那次'新水墨'论坛她帮忙做会务工作,去我画室玩过几次。我他妈有次喝多了,就——啊哈……后来那孩子来找我,说怀孕了,想打掉。我就给了她钱,她去了,不知道是体质问题还是紧张,血压太低,孩子也有点儿大,大夫怕出事,没敢做,让她休息几天再去,我就让她在宋庄住着了。后来我一想,既然打掉有危险,干脆生下来算了。休学一年,我给她十万块钱。她同意了,在宋庄,帮我照管画室的肖阿姨还可以照顾她,那儿什么都有,她闲着还能画画。现在孩子生下来了,快俩月了,她还在月子中心住着,她急着放假前回学校办复学手续……"

甘田问:"卿姐——知道多少?"

老赵说:"这——我真的不知道。面儿上,她什么都不知道——你卿姐多聪明,比我聪明多了——我也不知道,她的不知道是真不知道,还是装不知道……但我至少得做到,能让她装不知道吧?说实话,我真是为你卿姐才费这心思。孩子都成她的心病了——其实我周围的朋友,十几家,人家都没孩子,过得好好的。可她心思到这儿了,谁有什么办法?我怕她再弄得跟艾冬似的——女人想不开,后果有多严重,你清楚!"

甘田没接话,他不想和老赵讨论艾冬,但心里知道老赵说的是老实话。老赵的两个儿子跟前妻生活在美国,他自己到底也没太大基因传递的焦虑。

老赵继续给两个人倒酒,说:"还有,曹小倩从来没有说过这孩子是我的,我也没有问过。算算日子,够呛!"

甘田呷了口酒:"生下来没做亲子鉴定?"

老赵说:"无所谓啊!我大爱无疆!"

甘田差点儿被那口酒呛着,笑着摇头。

孩子是谁的,不重要,但如何来的,很重要。总不能直接抱回家吧?好歹有个故事,大家都好接受——老赵连央告带作揖,甘田只能答应了。

二

有人千方百计在生，有人无缘无故要死。

甘田边吃比萨，边打开了电脑，在电脑上登录微信，点进心理咨询中心的工作群，看见他们正在讨论选题：北大博士坠楼自杀，这一消息从九点开始出现在热搜实时榜单上的，再看死者名字，工作单位……一口比萨噎在嘴里，他呛咳着，去厨房吐了，漱口回来，再看。

群里的讨论还在继续。

他们是专业心理咨询机构的公众号，不能听见自杀就说抑郁症。甘田早就称抑郁症实际是一种并发症，是症状而非疾病本身——背后有需要探寻的致病机理。只是最近自杀的消息也太多了些：他们的公众号"灵台方寸"已经从"人际边界"的角度分析过陕西那件寒门博士的自杀事件；他们找到了塔勒布的"反脆弱"理论去谈中年失业技术男的离世；等到创业失败的IT精英自杀离世的消息接踵而至，他们只能带着浓烈的抒情性写了篇《求求你，别在沉默中松手……》。

他们央告那些正无声无息地经历内心灾难的人，人生是场修行，不要提前离开，仅仅是上周的事情——此刻，大家显然有些词穷。

甘田揉了揉僵硬的脸，敲了句话：咱不跟这个点了，这是我师兄。

群里沉默了,片刻之后,有人发出了双手合十的表情,有人用文字劝他节哀……甘田推开了电脑,拿出手机,却拨不出电话。

所谓"北大博士"当然是标题党。离世的大姚毕业十好几年了,早就是教授、博导、系主任了,只是他任教的那所外省高校不像"北大"两个字看起来那么刺激。甘田不知道大姚怎么会走这一步,还没有深入报道——就是有,甘田也不知道能信几分。与大姚最后一面,是前年甘田为自己的书《自恋时代》做宣传,到了大姚的地盘儿,他热情招待……大姚谈笑风生,跟在学校时一样能喝,喝多了和甘田唱在学校一起做乐队时写的歌——甘田没见过大姚的妻子,知道他有个上中学的儿子……甘田看着联系人目录里"大姚"两个字,还有后面那个再也不会拨出去的电话号码。

需要静一会儿的时候,偏就不得安生。

老赵接二连三打来电话,让甘田去派出所。

按照老赵原来的剧本,甘田报警后,警察接走孩子,他假装从甘田那里听到消息,跟到派出所,同时通知苏卿,他们夫妇作为辖区爱心居民,代为照看婴儿——这就可以把孩子抱回家了。警察和民政部门会有正常的流程,公告寻找弃婴父母,需要六个月,寻找未果后会移交福利机构或合适的收养家庭——老赵已经为收养的事情请了一位律师。他告诉甘田,接下来的事情,他就可以自己处理了。

没想到第一步就卡壳了。

跑到派出所的老赵热情似火,警察叔叔冷静如水,女警带孩子去社区医院检查身体了,而且听到消息,跑来愿意照顾孩子的辖区居民有三家——竟然会面临竞争，老赵一边打电话让苏卿带齐证件再来，一边要把甘田搬出来，跟人讲先来后到了。

甘田心绪不佳，但也不能眼看老赵弄巧成拙剧情失控，在电话里跟警察说了两句，警察嗯嗯地听着甘田对老赵身份的确认，然后说孩子要是身体没问题，从医院回来再确定照顾的人家，估计要到下午了。

老赵不肯离开，蹲守在派出所，甘田和警察都只能由他。

甘田平稳了一下情绪，开始看同事发来的新选题。甘田现在主要的工作就是巡回讲座和写作，不再接待来访者。咨询中心的日常管理由他的合伙人负责，咨询师和来访者预约都在那边。不过，公众号文章还是要由甘田来负责把关。他写了两条意见，同意了新选题，然后开始修改周日要用的讲稿。

言辞几乎是以天为单位折旧的。再新鲜多汁滋味丰富的表述，都会被传播迅速榨干其表达力，隔夜就成了甘蔗渣一般的陈词滥调。甘田似乎每天都需要发明新的说法。这种感觉就像用手掬水，意义不断从言语中流失，就像水不断从手缝里漏掉一样，每个指关节都因为徒劳的用力而变得酸疼——甘田颓然地扣上了电脑，抓起手机刷完微博刷微信。

有人在校友群里发了条链接，大姚所在学校协同家属发表了声明，公布了当地公安机关现场勘查的资料，以及医院出具的死亡证明，根本不存在所谓的"自杀"，只是一件单纯的意外。谣言给逝者亲人造成了巨大的情感伤害和精神痛苦，当事人将运用法律武器追究造谣、传谣人的责任。

甘田想起爷爷奶奶那辈人，对自杀有种避讳说法——"寻无常"。意外，不是自己去寻的无常，而是被无常寻到——悲哀是一样的，只是不必再劳烦生者去寻找原因了。

甘田丢开手机，又打开电脑——早晚都会被无常一把揪住脖领子，带离这个世界……他盯着PPT首页那句：认识你自己。那个"自己"，就是"抓娃娃机"无数色彩缤纷的毛绒布偶中的一个，等着被无常的铁手一把抓住，带离——再不同，还是一样，不认识只怕感觉还会好点儿……自嘲却给了他灵感，就说"抓娃娃机"——今年的流行新宠……甘田上网搜图片，开始修改PPT。

老赵又催他了。

下午四点，甘田的脸阴沉得跟外面的天一样，戴着防霾口罩出现在派出所。老赵一直蹲守在派出所，手里捏着他们夫妇的身份证、户口本、工作证、结婚证、房产证，告诉甘田，苏卿去搬救兵了。很快苏卿回来了，带来了一位金牌育儿嫂和一位街道居委会大姐，三个中年妇女开始车轮战，加上老赵不停搜索出他们这对夫妻的各种丰功伟绩，把手机举到警察脸前逼着人家看，甘田感觉自己连口罩都不必摘了。警察权衡之后答应暂时由老赵家代为照看婴儿。

苏卿又惊又喜地抱着孩子，甘田怀疑她的热情到底能维持多久。苏卿对刚签完字的老赵，笑着说："给我拍张照片，我发给艾冬看。"

甘田心里咯噔一下，幸好老赵善解人意，笑着跟警察打招呼说保持联系，向居委会大姐致谢，扭头拍着苏卿说："咱先回家，先回家。"

甘田躲到一边，给艾冬发了条微信："我一会儿过去找你，行吗？"

艾冬很快回了一个字："好。"

育儿嫂已经把孩子接了过去，老赵让苏卿开车带居委会大姐、育儿嫂和孩子回家，他送甘田。

甘田不想跟老赵继续纠缠，说自己不回家，要去的地方很远。

老赵"喊"了声："亦庄，对吧？走吧，路上我有事儿跟你说。"

甘田只得上了车，摘下口罩，说："现在，我听见你说有事儿，就头疼。"

老赵一边系安全带一边说："头疼也得听！我现在已经后悔要这个孩子了。"

甘田没有应声，心里隐隐有股怒气开始翻滚。

老赵叹了口气："你知道，我是老实人，谎话说不圆的……"

甘田从鼻子里哧地喷出一声嘲讽的笑。

"哎，我不是说我傻，我不傻。就是因为我不傻，我才知道老实最好。我从来不跟人抖机灵，不跟自己找别扭，你说，我怎么会把自己弄到前有狼后有虎，进退不得的地步呢？"老赵懊恼得拍了一下方向盘。

"你活该！"甘田嘟哝了一句，把副驾驶的座椅向后调低，半躺了下去。老赵点头承认"活该"，然后开始絮叨悔不当初。

某种意义上，老赵也的确是"老实人"，心底的欲望都是烂炖肘子红烧肉一般，不刁，不险，不复杂，显豁坦白，结结实实——这倒让他的俗气，甚至在某种意义上，变得有几分不俗了。

几天前他还笑眯眯地打着如意算盘:"曹小倩95年的,自己还是个孩子呢,本来这是件坏事,现在,坏事变好事了!她生下孩子,等于帮我个忙;我接下这孩子,也等于帮她个忙;你呢,帮她、帮我,还帮你卿姐个忙……多好啊!"

老赵各得其所的大团圆剧本上演的当天,剧情就脱轨了——派出所的麻烦已经不算什么了,这次是情节脊椎断裂——曹小倩想要回孩子。

曹小倩打来电话时,老赵还在派出所里,不能多说,只能哦哦地应着,说见面说见面说。老赵分析,也许不是真反悔,是觉得十万块少了,想涨价……

甘田心里的怒气渐渐平了。五点不到,已经是暮色苍茫了,北京四环也进入了"晚高峰",车速缓慢。老赵开始推演事态发展的各种可能性。有种木木的悲哀从胸口沿着喉咙升上来,钳住了甘田的舌头,让他说不出一句话来。

老赵一路自说自话,但也解决了问题——至少解决了情绪问题。"我明天去跟小丫头聊聊。价钱可以谈,但讹诈我不接受——不行就回家跟你卿姐跪着呗!"老赵将车停在逸郡小区门口,焦虑彻底消失了。"到时候你得救我——"他忽然顿了一下,"哎,你小子——你无所谓,别伤着艾冬……"

甘田急了:"凭什么我就无所谓?!再说,不是我要保密,是艾冬不愿意让人知道——尤其是卿姐。你没说漏嘴吧?"

"我的嘴,有一个保安队轮流把门。"老赵笑了一下,随即叹了口气,"艾冬不容易——她想得多,也正常。你小子对人家好点儿!"

甘田被气笑了:"你还有脸跟我说这些!"

甘田没容老赵回嘴,拉开车门走了。

艾冬是苏卿的朋友,从中学同学交往到年届不惑,也实在是缘分深厚。

甘田的职业生涯,让他彻底怀疑女性之间是否存在真正的友谊。他眼中的苏卿和艾冬,也不例外。第一次见到艾冬,是去年春节前,那天下雪,苏卿召集的饭局,一群人聚在"九十九顶毡房"吃烤全羊。

召集饭局,是苏卿重要的生活、工作内容,甘田说苏卿可以出本"饭局指南"了。她常态性的饭局大概有三个分组,一组就是甘田所在的"蓝颜知己单身闺蜜组",老赵通常不参加他们这个组;另外就是"金钱艺术组",主要是老赵的两个圈子,画家企业家,但苏卿这个女主人却是必不可少的;还有几对夫妻,几家逢年过节要聚一下,甘田称他们为"贤达伉俪组"。按照内在逻辑进行分组,对保证饭局谈话质量和愉悦气氛非常必要。"蓝颜知己单身闺蜜组",绝不会夹进来一个醉心于谈论儿子大小便的新晋妈妈;飘零京华、酒后不管谁的肩膀都能靠着落泪的女文青,也绝不会给"贤达伉俪组"的酒桌带去尴尬和不安。

苏卿的饭局兼具娱乐和实用功能,不少人在这儿办成了不少事儿。那晚第一次出现的艾冬,是有事儿才来的。艾冬所在的影视公司在做一个心理咨询师题材的剧,需要专家意见。苏卿一指甘田——现成的专家。艾冬和甘田互留联系方式的时候,苏卿已经开始讲孙媛媛最新的段子。

这个活在苏卿段子里的孙媛媛，甘田"认识"了也差不多十几年。虽然实际上从未谋面，却宛如熟人一般。苏卿学着孙媛媛如何逼一个留在宿舍里的男生回家过年的：没买到火车票——我给你买飞机票，回去看妈妈，妈妈一个人把你带大不容易。最后男生被逼急了，才说了实话，妈妈最近有了一个和那男生差不多年纪的同居男友，男生不想回去过这个尴尬年——你说她是不是"圣母"？

甘田笑了一下，无意间看见身边的艾冬神情冷漠地看着面前的一盘银鱼拌苦菊发呆。那晚，甘田对艾冬的第一印象是寡言，无趣——不知道这样的人做出的情景喜剧会是什么样——好在她不是编剧。

过年期间，艾冬和甘田在微信上聊过几次剧本。过完年，甘田按照她发的地址去了国贸附近，在满是玻璃幕墙的高楼中间，怀疑自己是不是找错了地方，给艾冬打电话，她让他坚定地按照定位走，最后在一家基金公司的顶楼，看到了她。

那天，艾冬接到他，没有寒暄，领着他快步穿过走廊，看也不看他，说了一番话：甘田的作用是衡量剧本设定中有没有硬伤，同时提供一些"心理咨询师的日常"，她知道甘田不认同现在的有些设定，但编剧不会改的，所以关于剧情不必发表意见……甘田那一刻几乎扭头要走了。

编剧是两个90后的大学生，小黑和小白。听着小黑嘎嘎笑着，说出男主的台词——心理咨询这行是告诉所有人"你有病，我能治"，是介于传销与邪教之间的一种骗术，甘田又一次萌生站起来走人的冲动。

这部名为"心理分析师"的情景喜剧，大部分是段子垒起来的，但每集的情节设定有些心理悬疑的意思。甘田后来才发现，他当时对那种过于夸张的轻贱自己也轻贱别人的说话方式不习惯，当真了，其实剧情、人设都很温暖，属于"治愈系"喜剧。作为对甘田"忍辱负重"参与剧本修改的回报，网剧播出时，每集结束后都附有一段甘田的文字，深入浅出地对剧情中涉及的心理学概念和知识给出正解。此时作为总策划的艾冬，在甘田眼中的形象已经彻底改变了，她成熟、睿智、有趣，能很深入地谈话，言语间偶尔尖锐得让人不适，却泼得出收得住，一起共过事之后，会发现她待人做事其实很有分寸——甚至是善良，温厚的。

艾冬的寡言与无趣，原来只是在苏卿的饭局中。

艾冬后来再没去过苏卿的饭局，也从不在甘田面前谈论苏卿。苏卿见甘田时会故作不经意地问一两句与艾冬合作得如何——甘田莫名觉得苏卿似乎有些介意艾冬，究竟介意什么，却无从猜测。偶尔甘田会玩味着自己的发现，窄窄的缝隙里，藏着深不可测的渊薮……

甘田从未想过和艾冬会有更深入的交往。

甘田选择交往对象，首先充分尊重自己的生物性——所有物种都在基因驱策下依据本能好恶选择交配对象——甘田认为自己的标准真实自然清新脱俗。但人类的交往远不只交配那么简单，所以首要原则并不是唯一原则。从大学开始，接下来将近二十年的黄金岁月中，甘田只有过两三个算是较为稳定的女友，最长的一个维持了两年，甚至有那么几天，甘田还和她讨论过婚姻的可能性——那时甘田已经羞于去想什么"伟大爱情故事"了。但他是专业人士,知道潜意识的深渊里"风雷怒,鱼龙惨",到底可能性也没变成现实性,俩人还是一拍两散了。

那些年年岁岁来来去去的花,甘田自己也记不清了,只是感觉出现在他身边的女孩子出生年份越来越晚,直到在酒吧跟一堆来历不明的人迎接2017年的到来,一个半醉的女孩揪着他浅灰色毛衣的高领,凑到他脸跟前,笑着说好喜欢他这样的"禁欲系老干部",甘田挣扎着把在脖子上摩挲的小手拉下来,喝了口酒,压了压惊。等聊到女孩是千禧年出生的人之后,甘田决定站起来先撤,在回家的出租车上,检讨了一下自己三十七年的人生。

几天后艾冬请他参加庆功会——《心理分析师》第一季收官,成绩斐然。甘田到了才知道艾冬有意让他提前到了一会儿,补签该剧周边产品使用剧中甘田文字的合同——反正生米煮成熟饭了,产品已经卖了大半年了,钱呢,多少就这样,艾冬笑着把笔递过来,你就从了吧!

那笔钱的数额多少驱散了昨夜检讨人生后产生的虚无感,甘田那晚喝得有点儿多。也许是酒的关系,甘田跟坐在他身边的艾冬说了对"老干部"一词的不适,艾冬笑着看他:"今年'老干部'多火啊!人家是夸你呢!你扭脸看看四周这垂涎欲滴的嘴脸,我但凡一撒手,她们嗷的一声就扑上来了!"

"那你就别撒手!"甘田接这话,纯属习惯成自然。后来发生的事情,被酒精在记忆中剪辑成了蒙太奇——他在酒店房间里醒来,艾冬在床前穿衣服,扭脸看他:"好好睡——明天你要是能醒就去吃早餐，走的时候把房卡放前台就行。"

甘田等到房门关了，都没有完全反应过来。他睡意全无，踉跄着爬起来，警犬一样搜罗着房间——他在卫生间发现了物证，一些碎片性场景浮出来，多少让他感到一点庆幸和欣慰，没丢人就好……甘田喝掉半瓶矿泉水，回到床上呼呼大睡到次日中午。

甘田永远忘不了次日醒来，自己离开时的心情——不知道为什么有些灰溜溜的，说不出哪儿不对劲儿。他很少对自己的情绪有这种不确定感。这种感觉竟然若隐若现延续了一个月。艾冬和他之间唯一的联系，是春节时甘田发了个拜年问候，艾冬礼貌地回复了他：新春大吉，万事如意。

按照甘田的心性，那就算了。但年后苏卿的饭局上，那位"性别流动"的艺术家黑泉在讲人类存在五十六种性别分类时，甘田又想起了艾冬，略带刺探意味地对苏卿说："你那位闺蜜艾冬，也是外雌内雄。"

苏卿认真地看着他："这话怎么说？"

甘田从她的认真里，看到了一丝成分复杂的忌惮，故作淡然地说："就是感觉。女人的强势，多少都带着恃宠而骄的气息，她没有。"

苏卿一笑，说："我给你讲过艾冬的事儿，心大到漏风，神经比电缆还粗。"

苏卿段子里出现的人太多，如果不是孙媛媛那样多季播出的系列剧，甘田根本弄不清楚谁是谁，如风过耳，不会入心。幸好当日饭局里有新客，苏卿就又讲了一遍艾冬惊世骇俗的淡定离婚事件。艾冬发现在北京打工、借住在家里的表外甥女——女孩子的妈妈是艾冬的一位远房表姐——有了妊娠反应,问清楚肇事者之后,不声不响立刻跟老公办了离婚手续,搬了出去。

艾冬那位刚刚升任副部长的前夫,也是被幸福冲昏了头脑,在朋友圈发了孩子的百日照,点赞的还好,太多乌龙祝福,导致他几分钟之后删了这条朋友圈。也有热情过度、直接给艾冬发祝福微信的,自然没有回复。估计他也没想到艾冬保密工作做得这么好,只能给苏卿发了条微信,说明情况。

苏卿那时候才知道真相,立刻打电话又急又气地冲艾冬叫喊:"这么大的事儿,你连我都不说?"苏卿是艾冬和前夫的"大媒",当然有资格发火,但艾冬淡定地告诉她,过去大半年的事儿了,别提了——她忙着在弄一个关于心理咨询师的情景喜剧,她问苏卿这个业余八段心理专家,有熟悉可靠的真专家介绍一个……苏卿那一刻惊得不知如何接话。

甘田知道,苏卿的认知自带滤镜和修图功能,壁虎通常会被她描述成五彩斑斓的变色龙,个别情况下还能启动VR功能,她会言之凿凿地告诉你,她看到的是恐龙。艾冬离婚,苏卿觉得应该是遭遇了一条新西兰大蜥蜴,但艾冬的反应却是躲开了一只蟑螂;苏卿冲上去要帮她包扎截肢后血淋淋的伤口,艾冬给她看的只是胳膊上被蚊子咬了个包……虽然明知道苏卿手握"仙女棒",随时可以让任何人或事"变大变小变漂亮",但这次苏卿描述的艾冬,却跟甘田自己的感觉颇为一致。

三

甘田本能地对自己与苏卿的认知"一致"产生了质疑，或者，是涌起了要命的好奇。他直接给艾冬发了条微信：周末有时间见吗？

艾冬回应得更直接，时间，地点，加上三个字：你来吧。

逸郡小区距离甘田的怡景公寓三十多公里，好在时间是下午四点，路上还算通畅，小区很安静，水系里飘着红叶李星星点点的粉白花瓣，不知道为什么，甘田竟然有点儿忐忑——很久没有这种对未知的兴奋了。

开门的艾冬，穿了条藤蔓植物图案的长裙，厚重的金和妖冶的蓝，仿佛从光泽闪烁的黑缎子上凸出来。她赤着脚，午后的阳光在只拉开半幅的窗帘后兀自明亮，屋里便显得暗影重重，暖烘烘空气里有浓烈的香气。甘田在玄关脱鞋子的时候，她捂着嘴打哈欠，说午睡刚醒……

甘田站起身，把她推在墙上开始吻……不全是冲动，更多的是要摆脱正莫名其妙冒出来的紧张——艾冬就像在他怀里融化了一般，软得几乎要四散流淌，甘田有一瞬间感觉自己像只贪婪笨拙的熊在吸吮蜂蜜……她也像蜜一样有香气和甜味，有黏稠的质感，却无声无息，包裹缠陷得他动弹不得——这激起了他带着几分怒气的好胜，以完全失控的力度，从她喉咙里逼出低低的一声呻吟……

甘田发现怀里的艾冬完全成了另一个人，那种让他无措的娇，想疼惜呵护又想暴虐摧残……更让他头昏的是她的羞,真实而复杂的羞,甘田甚至有些无法理解。窗帘在房间里制造了黑夜,她依然紧闭着双眼,甘田捧着她的脸,用力阻止她扭开,他能感觉到在他掌心里滚烫的脸颊,急促的呼吸……他松开了手,她就缩到被子里面去了,像潜进水底一样,甘田只能跟着潜进去,再次捉住她……

甘田很久没有这种沉溺的感觉,没什么力量能让他从那张床上起来——甚至饥饿,还是艾冬听到了他饥肠辘辘的声响,咻地低笑了一声,欠身起来,说去洗澡吧。甘田洗完澡出来,擦着头发走到亮着灯的餐厅,闻到了食物的香味。

艾冬显然梳洗过了,换了件珊瑚色的过膝薄毛衫,依然光着腿,穿着双宝蓝色绣花布拖——甘田额头微微有汗,就问:"你这儿暖气还没停?"

艾冬端了一个砂锅出来,说:"冷了不舒服,开了空调——"她放下砂锅去调空调的温度,甘田看着餐桌感慨:"这是变出来的吧?"

艾冬回头一笑,说:"我有家养小精灵。"

那个瞬间,艾冬像被某种神奇的光照亮了一样,没有一样可堪称道的五官放在一起,如此生动迷人……她那份羞又来了,抬手撩了一下刚垂到锁骨的短发,一声不吭地先坐下了。

甘田从艾冬那始终不会彻底拉开窗帘的家里离开时,感觉自己像《聊斋》故事里山中遇仙黎明登程的书生,忍不住会疑惑自己的经历是个梦……

艾冬在甘田眼中再次上演"变形记",基于今年夏天的一次

"意外"。

甘田说起苏卿从"截肢"到"蚊子包"描述，他是当笑话讲的。艾冬当时还笑了笑，说苏卿就是心理学上的"民科"，曾经非要给艾冬做什么"家庭关系排列"，听她聊心理治疗，本身就是心理创伤。不过苏卿也是中了你们的毒——她顿了一下，矛头从苏卿转向了甘田——广泛传播这种碎片化的专业知识，缺乏相应的界定条件，用她母亲的话说，磕一个头放三个屁，行善没有作恶多。

甘田傻乎乎地反驳："传播专业知识，是让大众有健康意识，治疗当然还是需要专业医生的，多简单的道理，小学生都懂吧？"

艾冬回了句："有病不治，常得中医。"

甘田知道，再争下去那就是真傻了，他抱了抱艾冬，告辞走了。

甘田离开时，浑然不觉有什么问题。事后回想，他抱艾冬时应该能感觉到，她的身体已经变得冷且硬了。

那时候他们不像后来那样日日联系，三天没有艾冬的消息，他有些牵挂，想约她一起过周末，微信电话都没回应，到了晚上，甘田开始觉得不安，猛然想起一个细节：几乎从不做饭的甘田，在艾冬家过于热心去帮厨，划破手找创可贴，拉开厅柜抽屉，看到过一个蓝白相间满是暗红字母的药盒，当时就觉得眼熟——那是法国产的"Fluoxetine Hydrochloride"（盐酸氟西汀）……艾冬家就她一个人，不可能是别人的药！剧里对心理咨询各种半真半假的戏谑和嘲讽——她也许曾经寻求过专业帮助和治疗，甘田作为业内人士，不难判断她大概会遇上什么，上医罕见，下医遍地……所以才会有那句：有病不治，常得中医……

甘田冲到了艾冬家,把门砸得四邻皆惊,物业和保安都来劝他可能人不在家,甘田只能拿出医生身份吓唬人了。有家邻居是攀岩爱好者,拿出了专业绳索和防护,甘田从楼上正对那家的阳台,拿着同时借来的哑铃,坠到艾冬家的阳台,砸碎玻璃,撕开纱窗,进到屋里,闷热的房间里,发现了已经昏迷的艾冬……

艾冬被送到医院的时候,血压血糖都低过了临界值,脱水,电解质紊乱,心跳呼吸微弱——甘田身上绳索装备还在,匆匆赶来的医生看了护士拿过来的报告,就问他是野外遇险吧,这么热的天,失联几天找到的……

艾冬苏醒后,说自己失眠了一晚上,第二天躺着想睡,还是没睡着,就吃了几片阿普唑仑,只几片,空调定时,想好好睡一觉,不知道躺了多久,一直迷迷糊糊的,再后来就不知道了……

她轻描淡写地把一次精神崩溃说成无心无知造成的意外——在过去的四天三夜里,除了送那几片药时喝了口水,她什么都没吃没喝……

艾冬不住向甘田道歉、道谢,甘田阻止她,说:"别说了……"

艾冬说:"好——对不起……"

甘田一下哭了,他把脸埋在病床边——原来心疼一个人的时候,胸腔里真的会有鼓胀起来的痛感。

艾冬低声说:"别这样,别这样……"

两个人很快都平稳了情绪,沉默起来。甘田的手机响了,两人同时激灵一下,甘田忙说:"刚才,你在里面,我有些怕,又不知道要通知谁,你亲近的人,我知道的只有苏卿,但你反复交代过不让她知道……我给赵哥打了个电话!"

艾冬显然松了口气,甘田的手机还在响,老赵的声音已经在急诊观察室外响了起来。艾冬示意甘田,甘田应了声,老赵应声进来了,一头汗:"怎么回事啊,艾冬?!"

艾冬笑了一下:"没事儿了,赵哥。麻烦你跑——"

老赵文不对题地接话:"我没跟苏卿说,她——'腻心倒向,倒撒里西'……"

老赵的家乡话完全是外语一般,他常用这两个词说苏卿,因为很难在普通话里找到合适的语汇描述苏卿那种极端自恋且毫无逻辑的敏感、烦人与冒傻气。甘田笑笑,艾冬也笑笑,老赵看看他俩,嘿嘿嘿地笑出了声。

那次"意外"之后,艾冬在甘田心里变得有些"特殊",他也没办法辨析清楚这份"特殊"到底是什么,只是不知不觉,两个人在一起的日子越来越多,不在一起的日子,三餐少问一次,那顿饭就跟没吃一样。而这四五个月,他推了三次苏卿的饭局,自然也就没见过苏卿,直到今天在派出所……苏卿抱着孩子,头一个想起来的是拍照片发给艾冬——甘田忽然很挂念艾冬。

艾冬家里扑面而来暖且香的空气,拍打掉了甘田的一身寒气。

他脱下短靴,站在暖烘烘的脚垫上,拉开冰凉的羽绒服。艾冬穿了身有着雪白兔毛镶边儿的浅灰色珊瑚绒裤褂,让她看上去像只毛茸茸的兔子,她的手藏在长长的袖子里,站在几步之外,指着地上的棉拖,看着甘田笑。甘田踩进拖鞋里,伸手把她拉进怀里,用牙拽下手套,凉凉的手指捏她脸,她躲不开,就把脸藏进了甘田的怀里。艾冬平素妆都很薄,但今天她略微浮肿的眼皮上,涂了绯色眼影,可还是没遮住哭过的痕迹,甘田问:"怎么了?"

艾冬没有回答,反而问他:"你,今天,很不好过吧?"

甘田愣了一下,艾冬从他怀里溜走了,进了厨房,在里面问他:"薏仁粥只剩一碗了,给你做面条吧?把黄鱼蒸了还是吃糟带鱼?有酱牛肉,对了,腌渍的海瓜子还有,上次你说味道很好……"

甘田挂好羽绒服,走进厨房,从背后抱住了艾冬,艾冬又垂下了头,甘田在她纤细低垂的脖颈上轻轻吻了一下,艾冬躲闪着:"这么冷,跑这么远……"

甘田说:"那给我吃点儿好的!"

艾冬笑着挣脱,去开冰箱门:"都是剩菜——没有好的,你那么晚才说,我也来不及出门……"甘田伸手把冰箱门合上了:"你的家养小精灵呢?"

艾冬的额头抵着他的下巴,低声说:"我把它们解放了。"

甘田搂住了她,把脸靠在她肩上,叹了口气。艾冬的手到了他的背上,温存地抚摸着,甘田借着这双手的力量,缓缓吐出了一路吸进去的冰冷污浊的空气。

餐桌上的玻璃花缸里,大捧雪一样的满天星,围着一打粉色重瓣康乃馨。

甘田把花挪到一边,铺上餐垫。去酒柜里找酒的工夫,艾冬已经把菜端了过来。两只青瓷荷叶盘,一盘码着刀工颇佳的酱牛肉,一簇雪白的葱丝，几滴麻油，一盘糟带鱼，透明的玻璃碗里是腌渍的海瓜子，另外一大盘洗净的生菜，给他的是一碗热气腾腾的西红柿鸡蛋面，自己的是一小盅薏仁粥。

甘田找出了瓶"灰雁"，艾冬起身拿了只大号洛杯，丢进去几块冰，递给甘田，说："你自己喝吧，先吃口热——"她的话没说完，甘田已经灌了一大口伏特加下去，冰凉，滚烫……艾冬不说话了，看着甘田，甘田立刻放下酒杯，大口吃起了面条，又是烫又是吹，哧哧哈哈，吃得山呼海啸，终于把艾冬逗笑了。

那笑容稍纵即逝，甘田也无气力再表演了，他又倒了杯酒，慢慢喝，目光挪到了满天星上。艾冬说："孙媛媛，今天来了。"

孙媛媛和她的花，是这两年艾冬生活中无法解释的奇特存在。孙媛媛抱着花出现在艾冬面前时，开口叫师姐——从年龄上"姐"还能解释，这个"师"就不知从何说起了。艾冬是影视所的博士，孙媛媛是美学所的硕士，而且两人读艺术学院的时间没有交集，孙媛媛毕业两三年后，艾冬才入学。八竿子打不着的一般校友，只在苏卿的饭局上见过几面，没有任何交往，这两年却情深意长地年节生日给艾冬送花——情人节送红玫瑰附赠巧克力，三八节送意大利雏菊附赠香水，中秋节送马蹄莲附赠活螃蟹，生日送洋牡丹附赠水果蛋糕，春节送郁金香附赠冻带鱼……

甘田知道孙媛媛和她的花，是"七夕"过后，他到艾冬那儿，看到餐桌上的花瓶里放着一大束粉色的绣球花。甘田笑说："哦，不喜欢鲜切花，从不过这些莫名其妙的节，看来只是跟我说的。"

艾冬就跟他解释，她说话时手指碰了碰绣球的花瓣，很快缩了回去，说真不懂孙媛媛是怎么想的……艾冬的小动作，一下让甘田生出了警惕之心。他在大脑里启动了搜索引擎，当然，他所能搜索的资料库，全是苏卿的段子。

第一条当然是那个"不便回答姐"的名号。

当年美学所副所长崔亮闹婚变，据说"小三儿"是刚进校门的新生，苏卿刚留校，单身宿舍就在女寝室一楼，按捺不住八卦之心，在宿舍楼里乱窜，跟各专业新生套近乎，可巧正问到本尊，孙媛媛说："你这个问题，我不便回答。"

苏卿大囧亦大乐，独乐乐不如众乐乐，怀揣兴奋、震撼，逢人便讲，苏卿对自己的原创经典珍爱异常，至今在饭局上若有新人入局，必会拿出来讲这一保留段子，因反复加工愈发纯熟，每次包袱抖开依然响亮。

向下拉，甘田发现条目竟然那么长。

孙媛媛顶着绯闻进校门，院领导做她思想工作时"舌战群儒"——说她是崔亮婚姻破裂的结果，不是他们婚姻破裂的原因，崔亮分居六年，婚姻早就名存实亡，女方完全是因为自私和贪婪才无理取闹；"小三儿"做得理直气壮，寸步不让，不畏繁难地找到诸多女方疑似出轨的证据，对簿公堂时陪着崔亮上法庭；法庭不管这些破事儿，判决离婚，财产一分为二——判决书涉及财产分割部分让人叹为观止，从房子、汽车、存款、大额保单到榨汁机、饮水机、吸尘器、蓝牙耳机……孙媛媛执行的"一分为二"不只是比喻性质的，还有操作层面的。据说崔亮搬家那天，人们看到了很多被开膛破肚腰斩残肢的家电家具；在哪儿跌倒一定要回到原地爬起来，当年被免职的崔亮调离了,她也毕业了,可两口子一前一后都要杀回来,崔亮回来当科研处处长还能理解,2012年艺术学院研究生院面向社会公开招聘中层,孙媛媛放弃企业高薪,回来竞聘成了学生处副处长。各种变态晒娃,一直晒到电视节目上去,她那有着"最强大脑"的儿子,不是超人,是"雨人"……

虽然从苏卿嘴里几乎听不到同性的好话,但对于这个比她小七八岁、现在成了她直接领导的孙媛媛,苏卿话里话外的厌恶与反感简直无以复加。苏卿嘴上必不肯承认的——承认似乎都是抬举了孙媛媛。然而孙媛媛夫妇却在返回艺术学院之后,成为苏卿饭局"贤达伉俪组"的常驻嘉宾。甘田此前没有多想,看见那捧花,他猛然意识到,此前艾冬毫无悬念也该是隶属于其中的一对伉俪。艾冬描述和孙媛媛的关系时,有意无意忽略了一个必然在场的关联人物——她的前夫。艾冬离婚后,饭局里肯定跟着新人换旧人,而孙媛媛送花也是从那时开始的。

艾冬并不舒服,说像是有人把手伸进了自己的内衣,可她却没有拒绝——人家也是好意,大老远跑来,能给她吃个闭门羹吗……就是几朵花,又不是炸弹。

这些都是借口,甘田知道,她要么不能拒绝,要么不想拒绝,但不管不能还是不想,这几朵和她过于有着深度纠缠的花,对于艾冬,说不定真就是炸弹。

那天甘田离开的时候,伸手把那束绣球塞进了垃圾袋,带走了。中秋节的花也是如此处理,艾冬都没说什么。

甘田盯着那捧花,喝了口酒:"她不是逢年过节才来吗?"

艾冬说:"她今天来,说了老赵、曹小倩和孩子……"

按照孙媛媛的说法,她对曹小倩有着特殊的责任。

新生入学后不久,曹小倩向她求助。学艺术很花钱,家里供不起,小倩就自己挣钱,做过一些不好的事情。她考上了硕士,离开了那个地方。以前有人拍过她一些东西,现在有陌生人用来勒索她,要她在北京继续做——她感觉自己只有死路一条了。同寝室的学姐看她哭得惨,又什么都不说,就说学生处的孙老师人特别好,帮过不少学生,你去找她试试?

孙媛媛听完,又是愤怒,又是感动。无助女生绝望前伸出的信任之手,她一定要牢牢抓住。孙媛媛让曹小倩放心,学校这边不会有问题,但这件事必须报警。孙媛媛后来从警察那里获知,因为现在人员流动性大,那些"皮条客们"也利用社交工具建立了转让分享"资源信息"的交易网络。虽然不知道警方联合办案的最终结果如何,但曹小倩停用了此前所有的社交账号、更换了新的手机号和邮箱号,纠缠也就停止了。孙媛媛替她在研究生院安排了勤工俭学的工作,上学期平安过完。孙媛媛陪父母在海南过春节,过完十五才回来上班,曹小倩的休学手续已经办完了。

孙媛媛本能地觉得不对,虽然医院证明、班主任、系领导签字都没问题,但因为是曹小倩……孙媛媛打了曹小倩的电话,电话那边的曹小倩一切正常,说在老家养病,请孙老师放心。孙老师还是不放心。此后曹小倩倒是很懂事,定期给她发微信,说自己治疗的情况,还拍自己的画给她看,说如何急着回学校……孙老师才渐渐真的放心了。

今天看见来学校办手续的曹小倩,孙媛媛满心欢喜地拉她去办公室,她局促不安不肯脱鸭绒袄——孙媛媛立刻觉得不对劲,她闻到了哺乳期妇女身上遮掩不住的味道。小倩只给孩子喂了几周奶——照顾她的肖阿姨劝她的,不喂乳房会憋发炎的,满月后她就在网上查了各种靠谱不靠谱的办法回奶,折腾了半天还是无法阻止人类作为哺乳动物进化出来的生物本能……瞒不住了,曹小倩就哭着说了是老赵要她生的这个孩子。

孙媛媛肺都要气炸了——有钱就能不拿人当人吗?!毕竟老赵不是胁迫女大学生卖淫的犯罪分子,孙媛媛虽然义愤填膺,到底也没有直接冲到派出所,当场揭穿道貌岸然伤天害理的老赵,闹个天塌地陷。怒归怒,方法还是要考虑,让曹小倩给老赵打电话,先要回孩子,其余的事情,她来处理。

孙媛媛坚定地认为,苏卿和老赵收养这个孩子,是最坏的选择。最好的选择是小倩不抛弃孩子,已经错了,就不能一错再错——当然,这对小倩的要求有些高,但孙媛媛愿意鼎力相帮——她可以代为抚养这个孩子,以后等小倩自立了,想要孩子就接回去……如果非要送养,也应该寻找更合适的家庭,总之不能把孩子放在品性不好、不负责任甚至可能伤害孩子的人手里——苏卿一旦知道老赵与曹小倩的关系,根本无法善待孩子——天下哪有不透风的墙啊……

这是孙媛媛的原话——艾冬复述的过程中,强调了几次。

艾冬情绪还算平稳,说着话,还慢慢喝完了那盅薏仁粥,甘田就问:"曹小倩明确说了,这孩子是老赵的?"

艾冬愣了:"孩子不是老赵的?"

甘田叹了口气:"很可能不是——我也闹不清。孙媛媛来找你干什么?"

"曹小倩打电话的时候,老赵和苏卿已经在派出所争孩子啦,老赵说明天跟曹小倩见面说。孙媛媛说她气得要死,曹小倩哭得可怜,保证明天去把孩子抱回来,也不能太逼她,想想能说这事儿的人,只有师姐——她就跑来了……"艾冬嘴角噙着点儿笑,说着,两行泪却流下来。甘田吓了一跳,忙绕过桌子,搂着艾冬。艾冬自己也意识到了,抽了张纸巾,擦了泪:"我这是怎么了?"

甘田没有说,只是轻轻地摩挲着艾冬的后背。艾冬靠着甘田,看着桌上的花,"孙媛媛这花,带着典故的,她给我解释,康乃馨是母亲节给妈妈的花,满天星在英文中有个别名,叫'Baby's Breath'(婴儿的呼吸)……"

四

有过一个婴儿,在艾冬的身体里,停止了呼吸。

甘田不止一次听苏卿描述曾经陪一位女朋友做引产——妊娠七个月,意外摔倒,胎死腹中。带着表演基因出生的苏卿,比比画画怎么都无法充分表达亲见那一过程带给她的震撼,最后由衷恐惧地摇头说,坚决不生孩子——太可怕了,太可怕了!

甘田现在知道,那个朋友就是艾冬。七年前,北京那年十一月初下大雪,雪大到压断了树枝,艾冬摔倒在自己家楼下……为什么要下楼呢?

是啊,为什么要下楼呢?艾冬回声似的重复了一句,她的表情凝固了,刚溢出眼眶的那滴泪挂在了睫毛上,都没有往下掉……那一刻的安静,像绷紧的琴弦,甘田紧张无措地等着,不知道下一秒是铿然一响,还是啪的断掉……他的紧张却落在了空地里,艾冬睫毛抖动,那滴泪落到了腮边,艾冬抹了一下,一笑:"不说这些了,你喝酒……"

甘田又灌下去一杯酒,腾然而起的却是一阵羞愧。刚才追问的那一句,实在是蠢得不可理喻。说来奇怪,和艾冬在一起的时候,那个作为职业心理咨询师的甘田总不在场。没出那件"意外"之前,他还傻不愣登地问过艾冬,怎么会那么淡定和大度地离婚?

艾冬回答:"你们发明了那么多说法,'丧偶式婚姻''亲密关系无能''婚姻到深处，看见的全是自己'……你是专家呀，还问什么？想知道具体细节？"

那件"意外"之后，艾冬依然什么都没说。甘田知道，要是没有契机，问了，多半还是会被"自己的话"噎回去。

今天明明是个契机，可甘田用一句追问错失了。

积攒了一天的不良情绪，经过酒精的加温，蒸腾成云，遇上挫败感这股冷空气，也就化作了泪雨纷纷。甘田小时候爱哭，这让研究基础物理的父亲和研究语言学的母亲感到既困惑又好笑——如此严谨理性的两个人，怎么生了这么个宝贝？在医院抱错了吧？甘田长大后自然很少哭了。他不知道自己在艾冬面前是怎么回事——哭两回了。

一晚上都哭了的两个人，在对方的怀抱中完成了对自己的安慰。

艾冬裹着浴袍、包着粉色干发帽从浴室出来，坐在梳妆台前，拧开一个深绿的瓶倒了些水拍在脸上，扭头看到依在卧室门边的甘田，她伸手扯下干发帽，甩了甩短发，双手上下翻飞朝脸和脖子抹着各种东西，同时说："快两点了，睡吧，可怜巴巴地站着干什么？"

甘田走过去，故意用小孩要糖吃的口吻说："一起睡。"

艾冬如祈祷般双手合十，让面霜在掌心的温度下微微融化，从镜子里看着赖在她肩头的甘田说："睡不好的——乖啦！"

这是他们之间说晚安的方式。

甘田知道，艾冬说过，身边有人就无法入睡；但甘田还知道，如果他习惯成自然，完事儿之后自己洗洗睡了，她同样会无法入睡——虽然艾冬没有说。

甘田快快转身去了另一间卧室——开着房门，能听到艾冬在用吹风机吹头发……空气里有了薰衣草的香味——那是她滴进加湿器里去的精油味道……最后，从她开着的卧室门里透出来的那块光影也消失了……

甘田被艾冬的哭喊惊醒了。

他忽地坐起来，还以为是自己做梦，直到清晰地听到了艾冬在哭喊"妈妈"，他跳下床，跑进了主卧，打开台灯，艾冬剧烈地扭动着身体，好像身上捆着绳索一般，哭喊着，枕上一片湿——汹涌的眼泪从梦境穿透到了真实世界。

甘田没有立刻叫醒艾冬，而是抱住了她，像哄孩子似的轻声应着，摩挲着她的后背，艾冬的身体扭动渐渐停止，她在他怀里醒过来了——她没有动，眼泪还在流，但僵直的身体在甘田的怀抱里软下来……

艾冬慢慢滑下去了，想挣脱甘田的胳膊，甘田却没放开，左手从身后拉过枕头，换了那个被泪水泅湿的枕头，艾冬躺下，立刻扭头把脸埋在枕头里。甘田起来，拉了一点窗帘，天已经亮了，浊浊的白色里投进了看不见的光线，开始退让给越来越澄澈的蓝……

甘田唰地拉开窗帘，关了灯，室内反而暗了下来。甘田回到床上，靠床头坐着，看枕上的艾冬，她仿佛感觉到了那目光，从枕头转过脸，仰视着他："有一次，晚上跟妈妈睡，我迷迷糊糊的，睁眼看见妈妈就这样坐着，正低头看我，心里觉得好幸福……"

甘田伸手摸摸艾冬的脸，有点儿烫。艾冬从被子里伸出手来，拉住了甘田的手,慢慢地跟他讲了刚才的梦……

梦里的艾冬是个弃婴,捆在枣红碎花的襁褓里,被一个陌生女人抱在怀里,身后不远处的楼上,是熊熊燃烧的大火,巨大的火舌舔到了楼上阳台的玻璃,玻璃炸裂,有人正从楼上掉下来……不远处就是艾冬家的院子,强盗正在翻墙,他们手里的刀寒光闪闪,父亲母亲都在熟睡之中……艾冬能看到一切,却无能为力,她焦急,愤怒,悲哀……但只能哭,叫喊无法达意地咿呀……

借由这个梦,记忆深处的一些事情浮了上来。艾冬说,二十年前,有个弃婴被放在曲剧团的大门口。

艾冬并没有亲眼看到那个弃婴,只是远远看到了那个枣红碎花小棉被裹成的襁褓,从一个看热闹的人手里,传到另一个人手里。

艾冬记忆里,有两件同时期发生的事,还有尚未撕掉的时间标签。

1996年12月的某一夜,她被巨大的爆裂声惊醒,冲天的火光映红了她的窗户,艾冬伸头出去看,曲剧团职工宿舍楼的西北角朝天烧着一大团火。次日上班的路上,看到三楼敞着一个黑洞,四楼五楼的墙体上留着火舌舔过的焦黑痕迹,救火车离开了,警车停在河堤上。失火的三楼房间里,还有一对男女烧焦的尸体……1997年元月一日那夜,有贼翻墙进入了艾冬家的院子,钳断了院子大门的锁,偷走了锁在车棚小屋里的一辆摩托车和两辆自行车……

曲剧团宿舍楼的双尸案,最后定性为婚外情引发的相约自杀,两人吃了安眠药,打开了煤气罐,不知从何而来的一点儿火星儿,引发了殃及邻人的大火;而艾冬家的盗窃案,警察再也没给他们任何解释。

　　弃婴的事,发生在这两件事之间还是发生在家中进贼之后,艾冬记不大清楚了。反正那个寒意凛凛的冬日清晨,艾冬远远地看着"大白瓢"接过了那个枣红碎花的襁褓,抱着,拍着,大腔大嗓地喊,"……多齐整的孩子,恁看看……"

　　"大白瓢",是母亲口中那个女人的绰号——母亲也是听来。在比邻而居的人们还互相知道名字的时代,几乎每条街上都会有个特别的女人,至少艾冬居住过的那些地方是这样,她们顶着艾冬不明就里却又能准确领会其所指的绰号,譬如"小寡妇""黑牡丹""大白瓢"……

　　"大白瓢"就是——苏卿的母亲。

　　艾冬似乎有些碍口,说得有些艰难。其实,甘田早就知道。甘田第一次从苏卿嘴里听到她母亲这个谐音相当不堪的绰号,惊讶之后,就是心疼和难过——很容易想象苏卿会有怎样的童年与成长。

　　甘田的沉默,似乎造成了艾冬犹疑——不知道该讲下去,还是就此打住。甘田此刻也不知道应该让她讲下去,还是就此打住——他把艾冬的手拉起来,放在自己的胸口上,他也不知道自己这么做,究竟想表达什么意思。

　　艾冬讲下去了。

　　艾冬是独生女,又很听话,自小被父母娇惯,唯一一次挨打,是高一暑假,跟着苏卿去了一次歌厅。母亲气疯了,拿着鸡毛掸子打的,本来躲在房间里的父亲听着不对,出来拉开妻子,抱着女儿去了医院。艾冬养伤的那段日子,都和母亲一起睡——她睁开眼睛,看到母亲靠床头在看她,这记忆,幸福伴着痛楚。

开学就是高二了,母亲不准艾冬再和苏卿混在一起,苏卿来叫艾冬上学,艾冬母亲直截了当地让她不要再来找艾冬。苏卿只是不再去艾冬家,但在学校还是照常找艾冬,艾冬会犹豫,苏卿坚持,艾冬就屈从了,跟着她一起上厕所、买零食、去操场上看男生踢球。晚自习后,常有些已经不上学混社会的十七八岁的小痞子,在学校门口等苏卿,艾冬跟苏卿一起出校门,苏卿过去跟他们说话,艾冬赶快骑车回家。可有一天有个小痞子过来抓住艾冬的车把不让走,让她跟他们一块儿玩,苏卿就站在旁边笑。

艾冬跟他们僵持了很久,最后抓起书包,丢了自行车,转身就跑。看她没有按时到家,父亲骑车来找她,艾冬看见父亲一下就哭了。父亲找过去,苏卿和那群小痞子就跑了,艾冬的自行车倒在地上。自此,父亲每晚都来接她。

按照艾冬母亲的预言,苏卿就该一路堕落下去,悲惨不幸才合情合理。然而自己女儿本科只考上了省内的大学,而苏卿不仅考上了人人羡慕的北京舞蹈学院,竟然比自己的女儿更早读硕士读博士,甚至更早结婚,这还有天理吗?

直到苏卿在艾冬读博士之后,为她介绍了一个让艾冬母亲满意到喜出望外的女婿,愤愤不平的抱怨才在艾冬耳边消失了。原本睡到半夜会焦虑得一下坐起的母亲,平和了下来。艾冬怀孕后,母亲终于有了扬眉吐气的感觉——毕竟苏卿没有孩子。艾冬怀孕四个月,母亲摩拳擦掌跑过来照顾女儿,到北京的第二天,就因车祸去世了。母亲去世后三个月，艾冬摔倒流产。

艾冬摔倒是因为下楼拿牛奶。但她不是非得要去拿那盒牛奶，当她穿羽绒大衣时，还是她丈夫的那个人在家，问了她一声干什么去，她说下楼拿牛奶。他没再说话。如果她当时对他说，你去把牛奶拿上来，他也会去的。

但艾冬没有说。她说，他都应，只是不会立刻行动，通常三到五遍之后，才会磨磨蹭蹭地起身去做。艾冬发过脾气，气哭过，两个人冷战长达数日。可这终究是小到不能再小的事，难道因为这样的小事离婚吗？母亲那天就是看到女儿说了三遍之后，女婿说好好好，就是坐着不动，自己才要出门去买菜。艾冬拉住母亲，说他会去的，母亲说谁去都一样。不熟悉路的母亲拐错了几个路口后，被车撞倒，颅内出血，去世了。

母亲去世后，艾冬再也不说他了。那天她下楼时，在电梯里想到了自己会摔倒，会失去肚子里的孩子，甚至和孩子一起死去——母亲说一定要结婚有孩子，因为这样在父母离开后，你才有自己的亲人啊……她哭了。如果不是泪眼模糊，也许她不会看不到防滑垫的边缘离台阶的边缘还有一段距离。她真的摔倒了，那栋楼在她眼前倾斜了一下，她被丢进了一个黑匣子，啪的一下盖子合上，明亮的天空就消失了。

她生了一回孩子，但孩子的死亡早于出生。

没人知道她是如何度过接下来的几年的，包括她自己——不动声色地在那个黑匣子里待着，不惊慌不喊叫，瞪大眼睛，虽然什么都看不到。第二年，父亲查出了肿瘤，艾冬把父亲接到北京治疗，她在医院附近租了间房，那时候她就很少回家了。照顾父亲的那两年，艾冬雇了两个护工，还是累得在医院昏倒摔断了门牙，但其实还好过，真正难过的是送走父亲之后，必须回家。

她从那时候开始服药，这是心理医生所能给她的全部帮助。医生和药物至少让她行动如常，只是经常感到呼吸困难。那位远房表姐家的女儿出现了，艾冬非常热情地把她留在了家里。有个外人，艾冬在家时会觉得呼吸自如一点儿。她对那女孩非常好，还带着她去了苏卿的饭局。苏卿曾提醒过她，那是个年轻女人，不是个孩子。艾冬没有接茬儿。于是，两三年之后，苏卿预言的事情发生了。

艾冬知道这件事会发生，甚至祈祷过它的发生。

艾冬流产之后，他们的夫妻生活基本就没有了。不是他的原因，撕裂的疼痛甚至出血，惩罚着艾冬的不诚实。他虽然沮丧，但还是平静地接受了，从来不曾抱怨。他是学者，稳重，踏实，正派，自律，专业过硬，仕途顺利，除了上班，开会，参加严格选择过的社交聚会，他都待在家里，在书房或者客厅里，捧着一个过时很久的苹果平板打一个过时很久的游戏：植物大战僵尸。

艾冬也是那时候离开的电影出版社，去了现在这家影视公司。她不需要坐班，看本子、大纲或者写策划案时，她就跑到亦庄这套房子里来工作。这是艾冬原本为父母买的房子，现在，成了她一个人的家。

艾冬与苏卿果真是缘分深厚——冤孽纠缠的缘分。

甘田忽然想起苏卿给他含糊其词地讲过一个人，这个人总能让她觉得自己不好,其实那个人什么都不如她,甚至还很不幸,不知道为什么,就是让她感觉自己不好——是不是很病态?

甘田当时很职业地回答说,那人一定拥有什么你没有却很想要的东西。

这一刻,甘田猜想,苏卿说的那个人,应该是艾冬。

甘田俯身抱住了艾冬,艾冬欠身迎着他。他揽着她坐起来,艾冬靠在他胸口,感慨地说了句:"你说得对,果然什么都不会忘——"

甘田经常在巡回讲座中说这段话:你经历的一切都不会被真正遗忘,都堆在你的生命里,堆成记忆,堆成行为模式,堆成潜意识,堆成集体无意识,堆成阿赖耶识……它们需要被你看见,因为它们实实在在对你的每一个当下,发生着作用。更为神奇的是,当你凝视它们的时候,它们的形状、颜色是会改变的。它们改变,你的自我也会跟着改变,所以,你可以修改自己的命运,不只改变未来发生的事情,甚至还能改变已经发生的事情……

艾冬看他讲座录像时笑着摇头感叹,与其说甘田是个成功的心理咨询师,不如说是个成功的文字工作者。这话比"江湖骗子"柔和、好听一些,但意思还是一样。甘田有一种被欺负了的憋屈——真的生气了,反而不会去反驳、斗嘴,甘田当时半天没有说话。

这段话当然是在为下面的广告做铺垫——心理咨询就是帮助你看见自己,从而改变命运。这话的确和那些到处流散的"鸡汤文"差不多,但甘田知道自己在说一种很深很深的东西——他隔着重重叠叠别人的生命经验,靠着有限的悟性,隐隐约约触碰到了一点点,但他知道那东西真实存在,玄妙无比,力量强大,只是他无法言说,说出来，就成了这个样子，像用漏勺舀水，真东西都流光了，只剩下湿漉漉的徒劳与误解。

甘田心里升起了一阵焦灼，为自己的无能为力。艾冬借着她的梦境，看见了那个属于"过去"的异质世界，时间的速度不同，空间的重力不同——如果她发现，在那里让人生生死死的东西，如铜墙铁壁般的坚固不可摧毁的东西，已经烟云般消散了，那么她的每个当下，也会随之消散……

他感到自己怀里一下空了——他的胳膊疲惫、无力，像搂着一团随时会散开的云，不敢松开，也不敢箍紧……

艾冬停顿了半天，又说："你说得对，却又不是你说的那个样子。"

她又是长久的沉默。甘田听到这句话，浑身一凛，这时他才感觉到好像有一股流动的力量，从她身体里缓缓地渗透出来。甘田已经麻木僵直的胳膊，最初只是觉得那蓬"云"开始有了重量，下意识胳膊会用力，去承接那份重量——她也许正在经历自己曾经千百次描述却从未真正遇到的那种时刻——所谓的看见与改变……他任由那股力量施加到自己身上，渐渐地，他感到了她柔软而有弹性的血肉之躯，又回到了自己怀里……

窗外的蓝天澄澈明亮，冬日的银杏树在大风里挥舞着几近赤裸的枝条，最后几片枯叶也被甩在了风里，翩跹飞舞着，远远地离开了，一束阳光斜斜地落在床头。甘田低头看着艾冬，她闭着眼睛，额头茸茸的碎发在阳光里是金色的，没有脂粉的脸是洁净的米黄色——薄粥淡饭般平和，温暖，可亲……

五

甘田和艾冬的温馨周末,还是被苏卿和老赵打扰了。

虽然醒得早,却起得迟,俩人的早午饭就合二为一了。艾冬订的"新农家"的菜,每周六送到,艾冬在厨房收拾,甘田从冰箱里找了片面包塞进嘴里,一边嚼一边顺手点开了朋友圈,刷了一下,看见苏卿连发的两条信息,呆了。

苏卿显然被那个婴儿唤起了所有关于母亲与孩子的诗意想象,她或怀抱婴儿,或俯身摇篮,各种姿势的柔光美照,九宫格排列,接连两发,配图文字分别是泰戈尔的《仿佛》:"我不记得我的母亲,但是在初秋的早晨,合欢花香在空气中浮动,庙殿里晨祷的馨香仿佛向我吹来母亲的气息……";林徽因的《你是人间的四月天》:"你是天真,庄严,你是夜夜的月圆……你是一树一树的花开,是燕在梁间呢喃,——你是爱,是暖,是希望,你是人间的四月天!"

苏卿十几分钟前发的,那颗空的小小心形后面密密麻麻两三排名号中,还有老赵的微信名"爱卿",甘田把手机递到艾冬眼前,说:"我真要给这两口子跪了——什么情况?老赵搞定了?"

艾冬扫了一眼他的手机,继续收拾箱子里的菜了。"配菜的这小姑娘越来越有心了,今天送来的有马蹄、冬笋,还有这个——"艾冬举着一只巨大的荔浦芋头,"给你做芋头蒸排骨吧。"

甘田应了一声"好",收回手机,低头点开一张照片,苏卿身穿米色玫瑰轧花缀满白色蕾丝的家居服,怀抱粉蓝色婴儿被裹着的孩子,对着镜头盈盈微笑。苏卿的笑脸母性充盈满眼疼爱,仿佛镜头就是婴儿的脸,而她怀里抱的婴儿,只能看到额前一簇泛黄的胎发。

艾冬关上冰箱门,凑过来看照片,那泛黄的婴儿胎发让她叹了一声,说这头发让她想起了高一那年春天,苏卿养小鸡雏的事。

艾冬和苏卿一起放学骑车回家,拐上护城河河堤的时候,看到一个平板车上放着席篾子围成的笼子,里面叽叽啾啾的都是黄绒球一样刚孵出来的小鸡雏。苏卿被吸引了,停下来,伸手捧起一只,扭头笑着对艾冬说,好可爱……艾冬推着车,隔着几步的距离,说走吧。

一块钱可以买六只。苏卿动心了,艾冬说,不要买,你会养死的……苏卿说不会不会……看着她小心翼翼地捧着三只鹅黄色的小绒球放进自行车的前筐,不敢骑车,歪歪斜斜地推着,下了河堤的陡坡,拐进曲剧团的院子里去了,艾冬心里有些难过——为那三只注定了悲剧命运的小鸡。

后来着火的宿舍楼,那时还没有盖,苏卿家住的是平房,她找了个装苹果的纸箱子装小鸡,几天之后,那只纸箱装了小鸡的尸体,丢进了河堤下的垃圾堆。艾冬远远地站在河堤上,看着苏卿站在一大堆垃圾旁边掉眼泪……

艾冬的描述极具画面感,甘田忽然觉得那个场景对于苏卿具有某种象征意味——关于孩子的整件事,污浊不堪的人性,经过廉价戏剧情节的炮制之后,弥散出的那股腐烂腥臭的味道,就像很久没有清理堆积如山的垃圾场,而苏卿身处其中浑然不觉,满心印度庙宇里的馨香,在她自己花开月圆的人间四月天里大抒情……

说旧事的工夫，艾冬已经把排骨洗净、芋头削皮滚刀切块儿，她开始收拾青菜，挥手把甘田从厨房里赶了出来。甘田有意把手机丢到了客厅沙发上，在屋里踱来踱去，然后才意识到此刻的感觉就叫百无聊赖吧，他忍住没去拿手机，踱进了艾冬的书房，看到铺着毡条的案子上有几张艾冬的字，上面写着："随物婉转，与心徘徊"，甘田怔怔地冲那八个字发了会儿呆，放下了。

封闭的阳台上，快长到屋顶的大株凤尾竹下面，放着一张高几，上面放着艾冬的笔记本电脑，旁边烟灰缸里的烟头快满了，甘田给自己找了个活儿，清理了烟灰缸又放回去。摆弄了一会儿案上的几件文房，不知道新旧，只觉得有趣，好几方镇纸，其中有寿山玉芙蓉雕的一只睡猫，娇憨可爱，仔细端详，那猫细眉细眼与艾冬有几分神似，自己看笑了，就握在手里去给艾冬看。

艾冬正在把萝卜切丝香菜切碎，甘田就靠着门站着，她加调料拌好，似乎犹豫了一下，又丢进去几粒松仁，抬眼看见甘田，笑了："你怎么跟条小狗似的？"

甘田摊开手："你怎么跟只猫咪似的？"

艾冬把手里拌好的萝卜丝装盘，说："猫统治世界，狗只配流口水！"

甘田有些着迷地看着艾冬，忘了自己想说什么，艾冬把盘子递给他："端走。"

午饭后，两人窝在沙发里，晒着冬日暖阳，重温那部动物出演的《猫狗大战》，一边像猫递爪儿一样，随着剧情进行物理性"人身攻击",甘田觉得很快他们就该互舔互嗅互相理毛儿了……这时煞风景的手机唱起了歌,甘田只能丢开艾冬的手,去接电话。

"对不起,兄弟——实在没办法,发了N条微信你都不理我……"老赵在电话那头儿呼哧带喘地说。

甘田忍不住问:"你干吗呢?"

老赵正撅着屁股"装货"呢,小区保安弄了个手推车过来帮他,老赵说苏卿昨天也不知道下了多少单,孩子冲奶粉的水都要专门买——老赵喘匀了气,说甘田得救他——拦住孙媛媛,不然晚上她就带着曹小倩杀到家里来了。详情参见微信。老赵最后又说:"我才知道,孙媛媛非常佩服艾冬,你问问艾冬,怎么说才管用——要不,让艾冬劝劝她……"

甘田冲口而出:"想都别想!搬你的水去吧!"

老赵上午溜出去见了曹小倩,明白了事情的关键竟然在孙媛媛那儿,虽然他实在不理解世界上怎么会有这种莫名其妙管闲事的扯淡人,但危机迫在眉睫,他就打电话给孙媛媛,正好她在研究生院加班,老赵就过去了,当面谈,想弄清楚她的真实目的,没想到孙媛媛跟他讲的全是大道理,唯一的合理推断就是,孙媛媛的目的就是要这个孩子。

要是苏卿不知道,老赵也许不会这么坚决——现在不争也得争!可老赵拿什么争?孩子要是他的,倒是有他说话的分儿,可他敢说吗?孩子要不是他的,他连说话的分儿都没有——甘田匆匆浏览了老赵前言不搭后语的十几条微信,大意如此。老赵虽然说的是请甘田帮忙,其实真想动用的是艾冬对孙媛媛的特殊影响力——这是他今天才知道的。甘田和孙媛媛连面都没见过,怎么劝?清楚这事儿会让艾冬难受,有些说不出口,含含混混假装捎带着提一句——甘田接连收到老赵好几个拱手磕头表达央求的表情,他又气又无奈地笑了。

艾冬刚才起身进了书房,甘田放下电话,走进去,看到艾冬站在窗前抽烟,明亮的阳光里,烟雾不是那么明显,她把手机拿给甘田看,同样央求的表情,老赵也发给了艾冬,但没说一个字。

甘田看着艾冬,艾冬说:"孙媛媛就是愿意那么说——我只是她道理的例证,善良,宽容,大智慧……砖头似的词儿,堆起来能把菩萨的莲台压塌。"

甘田此刻才想起来,昨天艾冬几次说是孙媛媛的原话——孙媛媛的话里充满诸如此类的"大词"和"大道理",甘田本能地质疑会有人用这些词语和道理建构真实的人生——他开始认同老赵的小人之心了:孙媛媛会不会是自己想要这个孩子?她的儿子不是"雨人"吗?

艾冬摇头,把烟蒂摁灭。"苏卿乱说的,那孩子很好,只是有些内向,我见过一次——"艾冬顿了一下,"不知道曹小倩真心想把孩子给谁?"

甘田见她没有耽溺于情绪,着实松了口气,笑问:"孙媛媛和苏卿,你一点儿倾向性都没有吗?会不会,跟孙媛媛更好一点儿?"

艾冬摇摇头:"我不是上帝,我不知道——谁能选择父母呢?听天由命吧。"

甘田忽然想起自己的父母,他们都不怎么管他——父亲是因为忙,顾不上,母亲呢,除了顾不上只怕还有点儿看不上——甘田的所有决定他们都不欣赏，但也不反对，由着他，不勉强。亲子关系是他这一行当的基础问题，明天年会上的讲座，第一个核心章节就是讲这个。他颇为感慨地对艾冬说："怪不得那句话深入人心，懂再多的道理，还是过不好人生。"

艾冬不以为然地笑笑："这是自作聪明讨巧的话。过不好，不是道理是假的，就是懂的是假的。"

两个人说着闲话，也都明白，老赵的哀求，不能置之不理。甘田晚上就要赶到会议中心报到，接下来几天都有讲座和活动。艾冬想了想，给孙媛媛打了电话，请她周日带曹小倩去听甘田的讲座——甘田是苏卿的朋友，又是专业咨询师，大家商量一个伤害最小、让所有人都好接受的方案。艾冬挂了电话，看着甘田。甘田把她揽在怀里，说："我知道。"

艾冬忧伤地靠在他胸口，没有说话。

会议中心多功能厅里，千人会场，座无虚席。甘田整了整领结，深深吁口气，听到主持人念完介绍，在掌声中上场，鞠躬。身后是大屏幕，头顶有灯，光打在他脸上，望下去观众席就成了黑压压的一片。

孙媛媛和曹小倩也应该在人群中，刚才去接她们的同事告诉甘田接到了，安排了座位。这里的座位每一个值3980元人民币，今年是国际实用心理学大会的第四年了，他们习惯称之为"年会"的这个大会，既不为学术交流，也不为挣钱，而是组团推广。前三年因为场地的关系，限定六百人，今年突破到一千，还是早早报满了。这些人从全国各地跑来，三天参加六个不同咨询机构多名咨询师的十二场讲座和体验活动。甘田被安排在第一场，不是因为甘泉咨询中心是今年的东道主——从第二年起甘田就做开场了，而是因为甘田是偶像派咨询师。

甘田在台上会有轻微的兴奋，但这种兴奋的外在表现是让他显得比平时更沉着，更有掌控感——他很享受这种感觉。当初给那部网剧提供资料时，甘田给艾冬看他讲座现场的录像，艾冬笑他，英俊却显得单纯善良，眼神忧郁得让人心疼，仿佛在说，我了解你心底的痛苦，跟随我，你会获得平静喜乐……宛然布道台上的丁梅斯代尔牧师，让女信众陷入多巴胺迅速分泌带来的迷醉里。甘田只说了一句"大家好"，掌声又响了起来，还有人在大声叫他的名字——甘田笑了，说："冷静一下，不要召唤我身体里那条自恋的龙……"

两个小时的讲座结束，甘田再三谢幕，有人帮他收拾了鲜花和礼物，他匆匆跑进洗手间洗脸——见孙媛媛和曹小倩之前，他得把脸上的粉底洗掉。

孙媛媛与甘田的预想基本吻合，容貌平常，衣饰得体。细看之后，甘田发现，孙媛媛浑身上下充满"向上的斜线"——额前向上吹起的斜刘海，微挑的眉梢眼角，始终含笑向上的嘴角，浅灰色薄呢套裙剑领斜插的驳头，胸针上那根"穿心而过"镶满水钻的爱神之箭，斜裁的腰线和裙摆……仿佛她有一股收敛于体内的蓬勃的"气"，统领着这些"线条"昂扬向上，而这些"向上的斜线"又似乎在无声地召唤人相信、跟随……于是，她的那份平易的底子是紧张有力的。

跟在她身后的曹小倩的神情略显呆滞，耷拉着眼皮，微张着嘴，有点儿抽离地四顾打量，仿佛她是陪孙媛媛来的不相干的人。这是个皮肤白皙的女孩子，眼睛大得比例失调，矮矮的个子，哪怕身上有着遮掩不住的奶腥气，依然给人未成年的感觉。

会议中心休息室里沙发规整、厚大，坐下去脑子里就会浮出"亲切友好会谈"的字眼儿，孙媛媛开口也是谈判的口吻。甘田听了两句，打断了她："孙老师，我没有立场，也不是任何人的谈判代表，如果我还可能会对小倩有一点儿帮助的话，就是帮她弄清楚自己的想法，然后做一个最不坏的选择。现在这种情况下，没有好的选择，怎么选，都是伤害……对吗？"

孙媛媛颇为无奈地笑了一下："您真是专业人士——措辞严谨。"

甘田笑了笑，说："这件事，只能让小倩做选择——谁也不该把意志强加给她。我能给小倩唯一的建议是，不知道该怎么选的时候，按照自己的心去选，哪怕以后觉得错了，只要当时不曾委屈自己的心，伤害就不是最深的……"

曹小倩盯着甘田，咬着嘴唇，像把他说的每个字都吞下去似的。在她的注视下，甘田有些说不下去了——真实的人生困境里，怎么可能不委屈自己的心？！

曹小倩张了张嘴，没说出任何话，眼皮抖了抖，泪水滚了下来。茶几上放着纸巾盒，曹小倩抽了几张擦去泪水。她抽纸巾的动作坚定有力，甘田忽然意识到，自己对曹小倩很可能产生了重大误读：刚才注意力全在孙媛媛身上，而且先入为主地有了"弱小者"的成见。

孙媛媛一脸哀其不幸怒其不争，看着曹小倩，叹了口气，转过脸,看着甘田:"甘田老师,您别生气,我也不是有意冒犯,您的说法我不能同意。我的工作要跟这些年轻学生打交道,这种不负责任的毒鸡汤,造成的麻烦和悲剧已经够多了。"

孙媛媛拓展了甘田对人性的认知,原来真的有人可以用预制板一般的大词和道理填充血肉之躯,听着她义正词严地分析对与错,公允精准地衡量罪与罚——要命的是,她的道理都对。她并不狭隘,保守,那些普世价值是所有人的共识。她也并不麻木无情,言语是无味,但那些粗糙简陋的话语缝隙间,恣肆滴答着她由衷的痛心与难过——说到后来,她声音微微颤抖,有了丝哭腔:"老赵昨天说我多管闲事——这是闲事吗?这是不平事啊?!他欺凌弱小,不拿人当人!他想过小倩的一生,孩子的一生吗?苏卿会成为合格的母亲吗?他们夫妻俩——我不说他们多丑恶,至少三观不正,适合收养孩子吗?好,我不评判别人的人生、三观如何,收养孩子都是他们的权利,我尊重——天下需要爱心的孤儿多了,偏要在一个已造成的悲剧上再加上一个可预见的悲剧。我也不判断苏卿,这件事里,她也是受害者,她要是像我师姐艾冬那么善良、无私,我何苦出来多事?她有多刻薄狭隘自私虚荣,我比任何人都清楚,我就是不愿意说而已……"

孙媛媛也哭了,曹小倩慌乱地扯了纸巾递过去,低声央告地叫着:"孙老师孙老师……"喊着喊着,曹小倩又落泪了:"都是我不好,孙老师,您别难过……"

"不怪你,小倩,"孙媛媛擦了泪,握住曹小倩的手,"是我没有保护好你,让你又受这么大的伤害——我没想到人会坏成这样……"

甘田彻底投降——眼前执手泪眼的两人宛然被恶霸欺凌了来要求公平正义的孤弱母女,甘田敢再说一句不赞同的话,那就是为虎作伥。

甘田几乎是赔笑说:"孙老师,小倩,都平复一下情绪,平复一下,咱们不谈这事儿了,不管对小倩还是孩子,这都是大事,仓促做决定不好。冷静下来好好想想,总会有办法的。没必要激化矛盾,孙老师你也不必过分担心,老赵他们,只是代为照看孩子,不是他想如何就如何,有国有法还有警察呢,你放心。"

孙媛媛擦干了泪,笑了笑:"我也不想激化矛盾,毕竟都是熟人。这件事,小倩也有错,但我们要看大是大非,不该要求一个完美的受害人吧?我只能全心全意站在小倩和孩子的立场上,墙和鸡蛋之间,我只能选鸡蛋,对吧?"

甘田见她笑了,暗自松了口气,也就不去分辨什么墙和鸡蛋了,打着哈哈又说了几句闲话,送她们走了。曹小倩没有再说什么,只在离开时很有礼貌地说了声"甘田老师再见"。甘田也不知道是不是自己多心,总觉得她波澜不惊的大眼睛里闪过了一丝嘲讽的光。

甘田一个人在休息室里回过神来,意识到自己今天的表现弱爆了——在孙媛媛强大的操控面前连招架之力都没有,简直是职业生涯的耻辱。甘田原地转了两圈,"我——!"

甘田一巴掌拍在了自己的脑门上。老赵家的天,这回一定要塌了。

甘田没脸打电话,发了条微信:哥,兄弟学艺不精,完败!

想了想,又追了一条:艾冬也没戏——想别的招儿吧!

老赵回了两个字:收到。

六

甘田再次见到老赵,已经是半个月之后了,苏卿的饭局。

甘田站在大堂等艾冬,忽然看见老赵、苏卿,还有育儿嫂和孩子一起进来了。老赵拎着折叠的婴儿车,进大堂打开,育儿嫂把孩子哄好,放在婴儿车里,接过苏卿脱下的大衣。苏卿推着婴儿车,身着乳白色针织紧身连衣裙,踩着高跟鞋,笃笃笃地走向订好的包房。

甘田半天才合上嘴,走到老赵跟前,老赵摇摇头,笑着说:"秀一会儿,我就带孩子回家。"

甘田问:"搞定了?"

老赵苦笑。"孙媛媛?搞不定!"他突然眉毛一扬,开心起来,"不过我没事儿啦!"他装出的苦相遮掩不了得意的底色,"你小子让我想别的招儿——我一个老实人,能有什么招儿?实话实说呗!就全说了——除了我和那谁那啥……这个没说,打死也不能说。我说过你卿姐聪明,如今我真是服得五体投地!那是真聪明!你能想象吗?孙媛媛真带着曹小倩去我们家了。幸好她还知道顾忌小倩,没提那事儿,可坐在我们家客厅里巴巴给所有人上人生课啊。知道你卿姐如何表现吗?冷静,大气,孙媛媛说什么就听着。抱走孩子?可以!抱哪儿去呢?这天寒地冻的,折腾孩子不合适吧?再说,我们在派出所是签过字的,咱们该怎么办就怎么办吧。"

跟孙媛媛斗法的事儿，就这样归了苏卿。老赵聘请的律师，已经在准备计生部门、民政局等相关机构需要的各种证明文件，苏卿说照常进行——什么都不用管，有她呢。

甘田笑着摇头，看见艾冬在门外下车，推门出去了。

艾冬还是因为工作上的事儿来的，甘田自然也就接受了苏卿的邀请。跟着艾冬下来的，还有个年轻的男孩子，他一鞠躬，说甘田老师好，甘田才认出是那个编剧小黑。小黑有礼貌地让了一步，让艾冬和甘田先进门，艾冬顶头看见老赵，有些惊讶地笑了："赵哥，在这儿兼职当迎宾，是吗？"

老赵点头："是啊，上有老下有小还有一败家媳妇，难哪！"

这时育儿嫂推着孩子出来了，艾冬不解，甘田低声说苏卿开场秀结束了。

艾冬跟老赵招呼一声，带着小黑进去了。甘田被老赵叫住，老赵低声说："对了，我说弃婴的主意是你出的——我没这脑子！你卿姐肯定不会问，她又不傻——我怕万一说起来……哎，也没这万一，谁也不傻！走吧！"

甘田还没进包房的门，就听见满屋子的笑声，一看见他，众人笑得更厉害了。甘田知道不会有什么好话，也就不问。扫了一眼屋内，这个局里经常会出现各种牛鬼蛇神，不管是间歇性单身还是"一言难尽"的，反正都没伴儿，人员更新频率很高。像甘田这样十几年深扎的，除了那位"性别流动"的艺术家黑泉，还有他一位同校师兄言继东——艾冬今天带小黑过来，就是为了见言继东。

今天来的，还有位好几年没出现过的笔名为满意的女作家，甘田先跟满意打了招呼。满意招手笑说:"我还当他们这帮坏人哄我呢!还真给我留了个有颜又有才的。"

只剩下满意和黑泉中间一个空位,甘田只能过去坐了,扭脸看黑泉今天穿了裙子,恭恭敬敬地叫了声:姐!

黑泉说:"对了。"

言继东笑对苏卿说:"你听这声姐叫的,天生的'小奶狗'。"

满意求科普,甘田笑着看了眼艾冬。"'小奶狗'是那种黏人、年纪小的忠犬男友,"他扭脸看黑泉,"姐,你收养我这条流浪单身狗吧?"

言继东指着苏卿说:"你不是苏卿的忠犬'八公'吗?这么多年——"

黑泉笑着嚷:"言继东,你才是八公,文艺范儿秋田犬——甘田是哈士奇。"

众人的笑声中,满意幽幽地说了句:"身体里藏着只泰迪的哈士奇……"

甘田迅速扭头看了她一眼,满意跟他眼神对视的时候,似乎看到了他瞬间的惊讶慌乱,有些不快地嘲讽地笑了。这时苏卿跟艾冬说话:"亲爱的,你刚才没看见,我们家公主社交首秀……"

满意接口说:"主要是没看见你们家公主的SILKCROSS,推出去要带保镖,人家不抢孩子抢婴儿车,更值钱。"

满意的嘲讽,在苏卿听来是羡慕和嫉妒,她大度地笑笑。甘田知道,满意一定是以为自己介意苏卿——无缘无故她不会这样。甘田在脑子里紧张地搜索满意经常出现在饭局的那几年,是不是某个晚上自己和她怎么样了,实在想不起来了……他又认真看了一眼满意,他研究的目光想必被她误读成了关切,她不觉展颜一笑,甘田的头轰的一下大了。

甘田苦恼起来——他倒不是怕满意,是怕言差语错,让艾冬不舒服。苏卿还在慢悠悠点菜时,提心吊胆的甘田就想赶快结束这个凶险的饭局了。

这个饭局最终还是成了大型车祸现场。

先是言继东生撞甘田,甘田认怂,躲了,只算是小剐蹭。

凉菜上齐,大家为喝酒又争执一番,甘田心里有事儿,坚决要保持清醒,装模作样咳嗽两声,说吃了头孢,不能喝酒。言继东不干:"说好不容易逮住你小子一次,我这口气憋了快一年了,正好,有冤报冤有仇报仇——纳命来吧!"

甘田一头雾水,他和言继东是在苏卿饭局上认识的,也只在苏卿的饭局上才会见面,他自忖并没有得罪这位学长,就一脸无辜地看着言继东。

原来让言继东生气的是甘田书中使用的一个案例。言继东看着甘田:"自杀就是抑郁症?!这种低劣、浅薄的技术观念,贬损、侮辱了林江的死!还用我告诉你吗?心理咨询是什么?那就是一种扭曲和逃避!是对道德、价值和信仰危机的扭曲和逃避!一切都可以简化为技术性的心理问题,从而不用再面对深刻的人性问题!对于真正的理想主义者,对于有信仰的高贵灵魂,你不懂,不相信,不理解,可以!你闭嘴好不好?你根本不知道林江所说的'爱的怀抱'是什么意思,你还在那儿长篇大论地说什么缺少亲密关系支撑——你好意思你?!"

甘田默默地听着,并不回嘴。

苏卿趁言继东喘口气的工夫,淡淡说了句:"差不多得了。"

言继东立刻偃旗息鼓了,临了补了一句:"你的书都读到狗肚子里去了!看见了你也不信——真的会有一颗鸡蛋,为了信仰和自由意志,殒身撞墙!"

房间里一片安静,只有服务生给每个人上汤盅时发出的杯盘叮当声。

满意在甘田旁边轻轻地叹了声:"我在墨尔本乡下待了几年,真是与世隔绝。你什么时候开始写书了?写的什么书?"

甘田没有回答。苏卿掀开汤盅的盖子,似笑不笑地看着甘田,替他回答了满意:"他写了本——《自恋时代》。真有意思,最近老听见人说鸡蛋和墙,还都认为自己是鸡蛋——甘田,你再写本'大家都是鸡蛋的时代'吧!"

甘田知道苏卿在敲打他"弃婴"事件和孙媛媛带来的麻烦,起身,端起酒杯:"卿姐,师兄,我错了!"他干了一杯。

黑泉嚷嚷起来:"老言,冒着生命危险的道歉,够真诚了!"

言继东也站起来,隔着桌子跟甘田碰了一杯酒,这事儿算翻篇儿。

满意的身子凑过来:"你给你卿姐认的这个错,莫名其妙哦。"

黑泉也把身子凑过来:"亲爱的,跟你有关系吗?你酸溜溜的干什么?你看艾冬说什么了?"

甘田被一真一假两个"女人"夹着,看对面的艾冬。被黑泉拉进话题里的艾冬与甘田对视,笑着说:"我这阵子对鸡蛋和墙都过敏。"

苏卿眉头耸动了一下,盯了艾冬一眼。甘田后背一麻,幸好艾冬这时正向言继东介绍小黑。

《心理分析师》第一季豆瓣评分7.1,国产网剧算是难得了。第二季准备上线,已经在做宣传,小黑和小白这回不只是编剧,还在里面出演戏份颇重的咨询工作室的两个实习生。言继东那个名为《片面》的谈话节目在文青中间有些人气,艾冬笑问:"言老师,有没有兴趣跟我们的黑白双煞聊一次?"

"你知道我——"言继东咽下刚放进嘴里的芥末鸭掌,被辣到了,拼命吸气,喝了口白酒,拿纸巾擦着眼泪,"我很怀疑,能跟他们碰出什么东西——"

"不碰怎么知道?"艾冬笑道。

苏卿对言继东说:"没碰都哭了——我看还是别碰了。"

言继东放下纸巾,捋了捋头发:"我看了你发给我的那两集,我平常不看这种剧,我说了你们别不高兴啊——就是段子,搞笑嘛,这么浮躁的时代,娱乐至死,到处都是这种东西,没价值。"

小黑一脸正经地问:"那您笑了吗?"

言继东喝了口茶:"笑了呀!开车超速被抓,企图催眠警察那段……"

小黑说:"这就是价值呀。应该是《被背叛的遗嘱》里吧,昆德拉说的,幽默是一道神圣的光,它在它的道德含糊之中揭示了世界,它在它无法评判他人的无能中揭示了人……"

言继东提起了精神:"哦?你觉得你们剧引起的笑,可以和拉伯雷的巴奴日引起的笑,相提并论?"

小黑嘿嘿一笑。"这要是在您节目里,我回答是,别人肯定说小黑你以为你是谁?!名字都跟狗一样,太不要脸了!弹幕肯定这么发——"他突然收了笑,正色说,"我觉得是一样的。言老师,您知道庄子说的'卮言'吗?您肯定知道!"

言继东说:"我还真不知道——什么言?"

小黑拿起面前的酒杯。"卮,就是酒杯。就是有些东西,就像倒进杯子里的水,倒进倒出,杯子是空的。庄子说,卮言日出,和以天倪。段子也许是这个时代的卮言,老天说不定也能往我们的杯子里放上一两句话。"他放下酒杯,萌萌地扭脸看着艾冬,"艾冬老师,我想喝酸奶。"

艾冬宠溺地笑了,招呼服务员去拿酸奶,言继东又笑又叹地捋了捋头发,问艾冬:"你哪找来的?"

艾冬笑着用目光示意小黑回答,小黑说:"我就是在微博上写段子,好多人转——后来艾冬老师找到我们,吐槽别人还能挣到钱,这也太爽了吧?"

艾冬补了一句:"他和小白都是清华的,大四,马上毕业。"

言继东往后靠在了椅子上,一副泰山北斗的架势,看着甘田说:"前两天我碰上一个咱们学校的孩子,给我讲了半天佛家的'中道',今儿又碰见一个清华的给我讲庄子,现在这些孩子都怎么了?大名校生哎,你们是要给民众、给社会带去真理的人。我们那代人这个年纪，感兴趣的是个人和体制之间的紧张，精神自由，反抗异化，到了你们这代，就是精致的利己主义者……"

甘田笑说："你就比我大两岁，什么你们这代我们这代？"

小黑往酸奶盒里插着吸管，惊讶地抬头，看看甘田看看言继东："言老师，岁月到底对你做了什么？！"

大家都笑了，黑泉招呼大家喝酒，扭脸对甘田说："明年初他们家老赵在我那儿有个活动，你来凑个热闹呗。回头我把主题发你——你得好好谢谢艾冬，以前都是有病的找你，现在没病的也粉你！"

甘田笑着看了一眼艾冬——他发现刚才言继东和小黑说话的时候，苏卿有些落落寡欢——朝苏卿举了举酒杯："我该好好谢谢卿姐，不是她，我也没机会认识艾冬和小黑他们。"

黑泉突然想起了什么："对了，苏卿，你认识的那个孙媛媛，她老公是叫崔亮吧？还是个红学家？"

苏卿不屑地一笑："本来是搞文艺理论的，后来也不知道怎么写了几篇《红楼梦》的文章——怎么了？"

黑泉说："你能跟他说个情吗？他快把我们一孩子给难为死了。对了，甘田你也认识，就是杰森，夏生的干哥哥——这孩子只怕也要跟夏生一样去找你了。"

黑泉啰里啰唆说崔亮是杰森承接的某个文化项目的审核专家，总是否定杰森的方案，弄得小孩儿都快抑郁了。

苏卿冷笑了一下："真是一对恶魔夫妻！我在他们那儿可没什么面子。"

黑泉也没再往下说话，继续招呼大家喝酒。满意已经多了，浑身上下都是戏，凑到甘田耳边长时间低声说着墨尔本家里的布置、北京的空气、谁谁谁现在在哪儿……甘田都快躲到黑泉怀里去了，黑泉一手揽过甘田，一手推了一把满意："你也矜持点儿，咱们毕竟是女人，啊？"

苏卿冷了半天脸，终于扑哧笑了。小黑叼着酸奶的吸管，大声说："是女生，不是女人，姐姐们都是女生！"

苏卿笑软了。言继东问他："女生和女人有什么区别？"

小黑说："听起来感受不一样。言老师，我说了您不要不高兴啊，您就是从来不顾忌别人的感受——我看过您的书，看不进去。甘田老师的书里有一句话，写作就是穿着语言的衣服当众表演自恋。但那个表演的动作得经过设计，是有艺术美感的，您就是很陶醉地在那儿抚摸自己的身体，就算穿着衣服，也让人受不了，对吧？至少，很没有礼貌！"

甘田笑喷了，小黑一脸天真无邪，说出这么狠的话来，最后还略带茫然地看看大笑的众人，傻傻地跟着嘿嘿笑了。

言继东放下酒杯："写作不就是表达自我吗？你除了自己还能表达什么？"

苏卿看着他："你急了。你犯得着跟一个小孩儿急吗？"

言继东尴尬地一笑。"我没急，我就是不理解——"他看看苏卿，指着小黑说，"改天，咱们单独聊！"

艾冬的激将法生效了。甘田看着艾冬，两人相视一笑。

甘田略微放松了些。

满意一直别他的车,甘田在黑泉的掩护下躲开了;苏卿和黑泉轻轻一碰,连漆都没蹭掉;言继东轮胎漏气被小黑追尾,两人挪车自行解决——甘田以为几场小事故就能完此劫,没想到,真正的撞车在后面呢。

艾冬只是出于社交礼貌,问满意最近在写什么。满意回答得也很含混。没想到没能过瘾的言继东借着酒劲儿开始批评中国的文学创作,从鲁迅胡适开始,一直捋到眼前人。

服务生上主食的空儿,苏卿对艾冬说:"好好的你招他干什么?"

艾冬说:"大家跟着学习一遍中国现代文学史,也不错。你都母仪天下了,这点儿耐心还没有?"

甘田耳边砰的一声巨响,艾冬与苏卿就这样猝不及防地撞在了一起。苏卿的脸沉了下来,艾冬也转开脸,不看她。甘田知道坏了,苏卿的埋怨没道理,艾冬的尖刻,同样没道理——可俩人生气,却各有各的道理……

言继东的批评还在继续,"……额的村俺们屯我爷爷我奶奶我姥姥我的父亲母亲,再往后,一地鸡毛,再往后,"他把手朝满意一指,"你们70后这茬儿,一地鸡巴毛……"

黑泉扑哧一笑,他的笑声很孤单,他愣了一下还没反应过来是怎么回事,满意抓起面前的水杯泼向了言继东,破口大骂。甘田跳起来把满意摁下来,满意搂着甘田,哭得无比委屈。苏卿被殃及,乳白色羊绒和从连衣裙深深的V领里露出的雪白脖颈都溅上了浓茶,她惊叫一声站了起来,言继东抹了把脸,连声说"神经病……"满意却死死搂着甘田的脖子,哭着喊:"你就看着别人欺负我……"大车相撞,油箱起火——烧死的是路边的甘田。

艾冬看都没看甘田,起身拿着包,小黑抓起自己的帽子戴上,抱起了艾冬的大衣,艾冬走到苏卿身边:"我们先走。"苏卿点头,艾冬回身冲正掰满意胳膊的黑泉挥了挥手,顺便对狼狈尴尬站着的言继东说:"言老师,一起走吧。"

言继东哦哦地应着,拉起外套跟他们一起走了。甘田听到走出房门的言继东对小黑说:"这才是没有礼貌。"

小黑嘿嘿嘿的笑声,过了很久,还在甘田的耳朵里回响。

一冬无雪,大风驱散了雾霾,却带来了难以抵抗的低温。甘田冲出饭店的时候,羽绒服的拉链没有拉好,风灌进去,身体就像被浇了冰水般,寒彻肺腑。他拨打着艾冬的电话,通了,一直没人接。鳞次栉比的饭店招牌,霓虹闪烁,甘田有些慌乱地四处张望着,胸口的寒意开始蔓延,握着电话的手心里却有汗——谢天谢地,艾冬终于接电话了,甘田一边说话,一边用冻得僵硬的左手拉好拉链。

绕到后街,远远看到艾冬和言继东在饭店后门背风处站着抽烟,艾冬冲他招手,甘田就走了过去。言继东还没跟他说话,手机就响了——是他叫的车到了,他跟司机说着话,丢了烟头,踩灭,拍了拍甘田的肩膀,走了。

甘田看不清艾冬的表情,艾冬捡起言继东丢的烟头,走到身后几步远的垃圾箱,摁灭了自己的烟头,一起丢了进去。她让甘田叫车,去她家,自己回饭店去洗手。甘田想提醒一声,艾冬已经推门进去了。

甘田叫的车到了一会儿，艾冬才出来，两人上车，艾冬果然说，进去碰到了正在女洗手间照顾满意出酒的黑泉——幸好他穿了裙子。甘田不知道该如何接话，艾冬也没再往下说，靠在了他肩上。车里的暖气渗进了衣服里面，甘田感到身体的寒意褪去了。

七

一簇向日葵在艾冬客厅茶几上的陶罐里盛开。

甘田问:"孙媛媛又来啦?"

艾冬整理好玄关的衣服和鞋子,应了一声,进卧室去换衣服。甘田把自己丢进了沙发里,暖过来的身体里开始升起疲惫。

黑泉与他合力才把满意的胳膊拽开,从甘田的脖子上挪到了黑泉的脖子上。甘田脱身后,抬头看见刚结完账的苏卿,站在那里看着包房的门发愣。小巧的下颌,肌肤没有丝毫松懈,脸庞轮廓依旧紧致,只是没有了那年海棠花下的完美线条,不知从什么时候开始,那线条变得如此生硬,紧张里透着吃力,平白让人生出会崩裂的担心——即使拥有足够的手段从物理层面彻底击败衰老,岁月何曾无痕……她回过神来,碰上甘田的目光,笑了一下,垂下眼,说了句"真没意思"。

她那漫长的青春,也许终于在这个晚上的狼藉中,谢幕退场了,让位给了那辆据说深受英国皇室钟爱的大牌婴儿车;或许恰恰相反,正是今晚登场的那辆婴儿车,让她的"青春"在狼藉中谢幕了……甘田的目光落在了孙媛媛送来的向日葵上。艾冬出来时,卸了妆,穿着那身浅灰带兔毛镶边的珊瑚绒家居服,甘田看见她,就坐了起来,她过来偎在他身边,一起看着向日葵说话。

孙媛媛是来给师姐报捷的。老赵让黑泉的公司签了曹小倩,要给她做个展，衍生品开发同时进行——生产厂家铺货渠道都是现成的，老赵自己的企业，能提供一条龙服务。孙媛媛说一码归一码，两件事不能互为条件。邪不压正，老赵只能答应过完元旦就把孩子交给孙媛媛，还说什么都不用准备，孩子用的东西一并移交，他们留着也没意义。让孙媛媛欣慰的是，曹小倩一直很听她的，愿意向好，不是自甘堕落的孩子。

虚虚实实，真真假假，这场"夺婴"斗法的战况究竟如何，消息越多，甘田反而越糊涂了。说到孙媛媛，他心有余悸地感慨了一句："那就是个控制狂。"

艾冬一愣，说："太夸张了吧。"

"你刚才说的是她的原话吧？这话的潜台词——不听她的，就是自甘堕落——这不是控制狂是什么？她操控人的力量很强，很可怕——我对操控很敏感，在她面前连招架之力都没有——"甘田有些激动地指着向日葵说，"她的手段很高明——你也觉得不舒服，她把手伸进了你的内衣，可她的花还是摆在这儿，你也无力抵抗！"

艾冬不以为然地笑了："你这是职业病。按你的逻辑，我今天对你的那位言大师兄，也是操控。"

甘田说："是啊——很成功，但你不是控制狂，因为你不会以此为乐，你知道边界。而且，要是能和他像成年人那样正常沟通，你也不会这样。"

艾冬叹了句："像你那位言大师兄，能顽强地让认知模式停留在青春期的人，实在也不多，我这辈子还见过一个，就是苏卿。"

甘田笑笑。莫名有些替苏卿难过，真要被迫把孩子交给孙媛媛，只怕苏卿会受不了——那个婴儿对苏卿的意义,不是外人能理解的。艾冬仿佛看穿了他的心思,笑了一下:"不用担心你的卿姐,我觉得这事儿不会这么结束——大反转是宇宙的终极规则。"

甘田说:"现实又不是影视剧,剧情随便编。"

艾冬身体往后撤,靠着沙发,似笑不笑地看着他。两个人都攒着从饭局带回来的情绪,再说下去一定不愉快,甘田为躲她的目光,歪倒在她怀里,向下滑,枕着她的腿躺着。

艾冬没有说话,甘田有些不安,拉起了她的手,放在自己胸口。

"言继东今天说你那番话,内里有些东西,也许对你很重要。"艾冬似乎在斟酌措辞,甘田的胸口开始起伏,艾冬的手挪开了,也就没再往下说。

甘田真心不喜欢那位为"真诚"代言的师兄言继东。

但他还是跟着艾冬去了言继东和"黑白双煞"的碰撞现场,如愿以偿地看了一场小黑小白"双虐"言继东。俩小子虽然年轻却懂得适可而止,小白还很聪明地用揭底牌的方法消解了言继东的狼狈:如果在现实中,您的真诚一定会被大家喜欢,但您也知道,这是节目,大众既要消费您的真诚更要消费您的真诚受挫,我们冒犯您,吐槽您,是因为在这场游戏中,我们必须扮演这种惹人讨厌的角色,其实,我们内心知道,您所说的有些东西,非常值得尊重。

作为该剧的专家顾问,甘田心情愉快地对着话筒说了两句"生命是场修行;没有任何道路通向诚恳,而诚恳是通向一切的道路……"之类的套话。作为主创团队的老大,艾冬接着他的话说的:所谓生命是一场修行,讲的就是省察和寻找。真实不是一种态度,诚恳也不是一种德行,都是需要不断学习不断修炼的生命能力——这种能力不是你想有就能有的。也许穷尽一生,我们都未必能抵达真实和诚恳,但近一分,痛苦就会减退一分,生命的美妙就会显现一分……

中规中矩的话,甘田不知道为什么,觉得艾冬话中带话,这个念头一起,瞬间摄影棚里气压都不正常了。

接下来的几周两个人都很忙,年底了,也很自然——甘田自己清楚这份"自然"中有多少"不自然"。推了《心理分析师》团队平安夜的聚会,啃着比萨握着手机跟陌生人玩了半夜"狼人杀",准备睡觉时,看到艾冬发了条语音,点开了听:很热闹的环境,几个人在喊"甘田",艾冬笑着说听见她们呼唤"老干部"了吗?让你不来!这一群嗷嗷待哺的。后面附了张聚会照片,里面有小黑小白还有公司几个女孩子。

已经是一个小时前了,甘田就回了个"么么哒"的表情。艾冬"自然"没有理他,他也就洗洗睡了。次日醒了,发微信,问早安。艾冬还没理他。等到十点钟,打电话过去,没人接——继续打电话,直到中午艾冬终于接了电话,甘田一听声音就知道坏了。她不让过去,说没事儿。等到甘田赶到的时候,敲门不开,甘田发了条语音:"别逼我破窗而入啊,楼上大哥我认识。"

艾冬开了门,扭脸往里走,关上了卧室的门。客厅拉着窗帘,满屋烟气——她以前只在书房抽烟。甘田看了眼地板上的烟灰缸,茶几上反扣着平板电脑,过去拿起来,看了看暂停的画面,冲着卧室嚷了句:"关弹幕保智商,你不知道啊?有没有常识?"

艾冬说的话,剪出来才一分半钟,关于她的弹幕不算多,难听的也就几句:这大姐是谁呀?不想听!厌恶这种鸡汤……甘田抱着平板坐在卧室门外面地板上,笑着说:"至于吗?这还有夸你深刻的呢!你专挑骂你的看——"

艾冬没有应声,甘田的手机收到文字微信:谢谢你。现在我难堪得根本无法面对你——你走吧。你不用劝我,我都明白。放心,我没事儿的。

甘田当然不会走。艾冬这次"不好",视频弹幕,是个诱因,但是个借口般的诱因。甘田很清楚,自己才是艾冬这次"不好"的真正原因。甘田清理了烟灰缸,开窗通气,又关上窗户,时不时凑到门边跟艾冬说两句无聊的笑话,就这样耗到了晚上。

天黑了,甘田敲了敲门:"我饿了,出来给我做饭,我吃完就走。"

门开了,艾冬出来了,赤着脚走进厨房,甘田看见茶几上有半瓶威士忌,直接倒进艾冬用过的杯子,喝了一大口,走到亮起灯的厨房,靠在门口看着低头洗菜的艾冬,艾冬握着手里的一只青萝卜,哭起来,甘田没有说话,水哗哗地流着,那只青萝卜在她泛红的手指间抖动……甘田犹豫了一下,走过去,摁下了水龙头,从她手里拿下萝卜,弯腰抱起她,放到了客厅沙发上,坐在地上,把那双冰凉的脚抱在怀里暖着,看着她哭。

甘田盯着艾冬眼睛,用话剧腔充满感情地说:"你什么也不要说,话语是误解的根源。你们这里的人啊,在一个花园里种了五千朵玫瑰,但是他们却找不到自己想要的东西……"

艾冬含着泪，扑哧笑了："真不要脸！"

甘田也笑了："你从未见过如此厚颜无耻之人吧？"

艾冬穿上拖鞋去做饭了，甘田的笑一时收不起来——把《小王子》翻出来当台词，他也实在是竭尽全力了——心里升起了溺水般的无力感：艾冬那话是对的，真实是种能力，不是你想，就能有的……

甘田拉艾冬去黑泉艺术空间，参加他跟着凑热闹的跨界艺术活动。

甘田当天的任务很轻松，不到十分钟的展示，还有签售，结束了他们一起去吃附近那家"铁锅炖大鹅"。进门碰见老赵正应酬来宾，打了招呼，两人先"瞻仰"了一番大展厅里老赵的"抽象水墨画"，偷笑是"鬼打架"，走进旁边的小展厅，里面全是工笔，画的都是幼崽状态的动物，小猫小狗，幼虎幼豹……艾冬赞了一声丝毛的功夫很厉害，甘田却觉得眼前这些大眼睛毛茸茸的小动物很像一个人，这时候他看到了标签上作者的名字——曹小倩。艾冬踱向里面，一幅幅细看。老赵匆匆进来，拽着甘田出来，直接把一道霹雳搁在了他头上——他们今天请的嘉宾有艾冬的前夫，他们是夫妇一起来，苏卿已经去接他们了。

甘田懵了，老赵说句"我找人处理"，匆匆走了，甘田一扭头，看见艾冬笑着看他。甘田就知道还是得自己处理了——他拉起艾冬的手："我饿了，咱们去吃铁锅炖大鹅吧。"

"吃什么大鹅？刚吃的炸鸡堡还没到胃里吧？"她说，"你不还要上台装神弄鬼吗?"

他把艾冬拉进怀里,能感到她的身体在微微颤抖,他搂着她,低声说:"我想走。"

黑泉急火火撞进来,避之不迭地连着哟了几声,甘田和艾冬分开了,黑泉笑了:"真好,俩人跟幅画儿似的——预警啊,前方高能,非战斗人员撤离!"

甘田看看他身上的藕荷色薄呢闪光缎镶边的西服,"姐,哦,哥——黑泉老师!"他总算找对了称呼,"啥意思?"

黑泉拉起艾冬:"宝贝儿,跟我走。有人约架,咱得躲,免得溅一身血!"

甘田跟出来,被黑泉娇俏的兰花指挡下了:"小奶狗,你楼下待着。"

黑泉拉着艾冬上了楼梯,甘田开始四处寻找老赵——他在主展厅的一边,和一个穿玫红背带裙的女孩子说话,甘田走过去,一下子都没认出来化妆后的曹小倩,短发上有一个小却醒目的玫红蝴蝶结,她朝甘田一笑,转身离开了。

甘田上去给老赵一拳:"你干吗不早说——早知道我就不参加了!"

老赵也急了,"谁想到你带——"他压下了提高的嗓门,"艾冬过来……对吧?"老赵无奈地摊手,"吓死我了——差点儿挖坑把自己埋了!"

甘田担心的是艾冬,其他人担心的是领导尴尬。

好不容易说动领导来的——很轻松的活动,非常正能量,文艺批评家该在文艺现场嘛……苏卿今天要和孙媛媛决战,领导是她的"核武器"。

艾冬说的"大逆转"看来真的要出现了,甘田冷笑了一声:"这位领导还自带三姑六婆属性,真够闲的,管你们这种破事儿!"

老赵笑起来:"核威慑,不能真用——用了那就是人类末日。"

甘田无心管他们的破事儿,去吧台要了瓶苏打水,一个人慢慢喝,看着越来越拥挤热闹的大厅。前呼后拥的一群人进来,甘田不用细看也知道是大人物到了。他喝光了苏打水,捻出那片柠檬,吮了口,咂着那股酸味,想着艾冬,心里越来越不安。他丢了柠檬片,穿过人群,走上楼梯。二楼大厅也许是空调没开的缘故,温度猛一低,看见一排装着雕花门窗的房间,他走过去,听到一间里面有人声,敲了敲门。门开了,摇篮边的苏卿和一个女子同时抬头,甘田看看开门的育儿嫂,尴尬地笑笑:"走错了……"

他刚想退走,孙媛媛的声音在他身后响起:"老赵,你答应得好好的——"

甘田扭身,老赵比比画画颠三倒四地解释着,孙媛媛杀气腾腾地走过来,甘田忙闪到一边,给她让路。老赵、曹小倩、甘田都站在门口,苏卿淡然地说:"都进来吧,关门,进凉风了。"说着,她拉上了摇篮上面的蕾丝帐子。

屋里七个大人,存在感最强的还是那个小小的婴儿——除了那顶带蕾丝帐子的摇篮,还有那辆据说价值数万的婴儿车,小毯子,大包尿不湿,各种干湿纸巾,奶粉和专门的水,以及各种甘田不知确切用途的东西,她的气味战胜了茶与熏香,充溢着整个空间——显然，她还是除了甘田之外所有人在这儿的原因。

"卿姐，你这是什么意思？"孙媛媛压低了声音，却气得声音战抖。

"我没意思——"苏卿离开了摇篮，毫不退让地看着孙媛媛，口气很轻，语带双关地重复了一句，"真没意思。"

孙媛媛看看房间里的人，深吸了口气："好，我现在就带着小倩去派出所，有错认错，知错改错！"

身后的门又开了，黑泉带着崔亮进来，黑泉表情做作举止夸张地瞪眼转头："怎么了怎么了？活动马上开始，得下去了——领导找夫人呢？"

摇篮边的女子听见这话，抽身离开，苏卿这时突然对她说了句："你小姨今天来了——这是你小姨的男朋友。"她指着甘田。

所有人都愣在那儿，甘田头嗡地一下，那位夫人正走到甘田跟前，浓密的睫毛忽闪一下，冲甘田一笑："小姨夫好。"

甘田竟然脸热了："卿姐，你别乱开玩笑——"他顿住了，因为看到了苏卿的神情，虽然严肃正经，可眼睛里有一抹恶作剧的好玩儿，下一秒就会扑地笑出来——甘田脸上的热褪了下去，他笑笑，什么也没说，平静、认真地看着苏卿。

他们对视的当口，黑泉凑过来："说的是我，我才是你小姨夫……"

他们笑着出去了。

崔亮克制着怒气的声音响起来："管不了，别管了。"甘田扭脸看他，他嫌恶地看了一眼低头在旁边抠手机的曹小倩："你管得过来吗?"

孙媛媛委屈地看着他:"你说过支持我的。他们不讲道理——"

"道理,道理,地球按你的道理转吗?"崔亮猛地提高了声音,摇篮里的孩子一下哭起来。育儿嫂忙过去抱起来哄。曹小倩一直低头在摆弄手机,崔亮忍无可忍地说:"按道理这种道德败坏的学生早该开除了!"

孙媛媛执拗地站着,婴儿的哭声也停止了,没有人说话,楼下的掌声响了起来,活动已经开始了,崔亮过去强拽着孙媛媛走了。

曹小倩扭身也出去了。

甘田再度望向苏卿,苏卿目光中玩笑意味的笃定,正在沙化——发现甘田的目光,她迅速低了头。她低头的那一瞬,空中仿佛遥遥响了一声轻而远的小锣,那是静夜思忖时倒吸的一口凉气,呀——

老赵和甘田出来,楼下暖场演出还在进行,一家幼儿国学班的孩子拖着奶腔在唱《弟子规》。甘田走着,淡淡地问:"你跟卿姐说的,我和艾冬……"

老赵立刻赌咒发誓说没有,突然,他停止了辩解,以攻为守,"我告诉你,你要是不想那啥,你就别招人家——艾冬很可怜,你这是欺负人——"甘田的神情让老赵意识到自己情急之下错会了意,顿了一下,推甘田,"哎,你怎么啦?"

甘田说:"我也不知道我怎么啦。"

这场名为"真我"的跨界活动,包括了画家的画展、独立音乐人的实验音乐、概念舞蹈家的先锋舞剧片段,以及甘田带来的展示性心理分析体验。

大家跟着极简主义音乐"内观真我",全场昏昏欲睡,甘田抓住黑泉问他把艾冬藏哪儿了。艾冬在楼上黑泉办公室里,甘田起身说上去看看——黑泉摁住了他,总共几十分钟的活动,死不了人!

接下去就是甘田上台展示心理咨询中常用的"发现真我"的"空椅子"疗法。甘田的展示,是专业戏剧老师帮助他排练过的一段表演。不知道今天怎么了,他几乎不知道自己在说什么,甚至一度对着空空的椅子,愣了十几秒。幸好台词烂熟到凭借发音器官的肌肉记忆就能流出来,才勉强把这个环节糊弄过去了。

接下来的舞蹈展示,是舞剧《道德经》的一节,黑白两条交互缠绕的绸子后面,没有太大身体动作的舞蹈演员,脚下的位置变得繁复迅速,两条绸子完全靠他们身体的牵引支撑,始终悬着……舞台中后部一米左右的圆台上还有一个半裸的男舞者,他动作变换很慢,需要极强的身体控制能力,近乎杂技……众人的动作越来越快,男舞者依旧很慢……音乐住,众人围成了一团,黑白绸子落地,高台上男舞者姿势定格……大家还未鼓掌,轻柔的音乐又起了,大幅的红绸子从楼上缓缓落下,红绸上有字,是并列的两幅。在下落时分开,又慢慢闭合……

音乐继续,两幅红绸被分开,苏卿把自己打扮得像从陈逸飞的画《玉堂春暖》里走下来似的,深朱暗碧两色相拼的苏绣窄裉袄八福裙,怀抱苏绣"百子图"缎面小被子裹出的襁褓,被一个身形挺拔卷发披肩的男子扶着,款步走向舞台中央……黑泉上台,介绍那男子是舞剧编导,编导接过话筒,开始解释舞剧的架构,就是《道德经》的章节。今天展现的是第二十章,"……众人熙熙,如享太牢,如春登台,我独泊兮,其未兆。沌沌兮,如婴儿之未孩……"寻找"真我"之路,就是再次变成还不会发出笑声的婴儿。他感谢今天难得的助演嘉宾——苏卿怀中美丽的婴儿。大家鼓掌声中,听到婴儿响亮的哭声。

苏卿转身,育儿嫂在台侧伸手接过了孩子,很快哄不哭了。此时领导上台,早有工作人员抬上文房,他展毫写下了"婴然"两个字,送给那个还不会笑的孩子,作为礼物。老赵夫妇上台接受礼物,黑泉退到了台下。

甘田早站起来,拉住黑泉说:"签售环节取消——我得上去。"

黑泉白了他一眼,低声说:"开什么玩笑?粉丝门口排队呢!别装情痴情种了——艾冬没事儿,有说有笑,好着呢!"观众鼓掌,黑泉丢开甘田,上台了。

甘田转身走向楼梯,愣住了,他看见艾冬正从楼梯上走下来,步伐有些小心翼翼——非得穿那么高跟的鞋!甘田紧走了两步,艾冬留心脚下,今天她穿了件一字领的宽松羊绒裙衫,领子滑到了一边,几乎露出肩头,她下到最后一阶,伸手拉了一下领子,抬头,甘田已经站在了她面前。

艾冬笑了:"吓我一跳——结束了,是吗?"

甘田说:"是。"

黑泉正在宣布接下来的环节是签售,甘田犹豫着,艾冬望着他:"别想了,再想更糊涂了——"

她的眼睛里有亮晶晶的东西在闪,甘田猛然想起了什么,抓住艾冬的胳膊问:"你最近是不是一直没吃药？"

艾冬笑了一下，眼泪滚下来:"你呀——"

艾冬挣了一下胳膊，甘田没有撒手，她也就由他抓着——那眼泪，只是眼泪，还是症状——甘田不知道，迎着那泪眼，他说不出什么话来。

大厅里是活动结束时惯有的混乱，嘈杂的人声遮盖了原本就没什么存在感的音乐，嘉宾离开，存衣服的柜台前挤作一团，工作人员很快搬光了观众席的椅子和舞台，那幅墨迹斑斑的红绸突兀地悬在大厅中间，晃晃悠悠，等签售的人抱着书排出了蜿蜒的队伍……

艾冬抽出了自己的胳膊，推了推甘田:"去吧。不着急，我等你。"

2018 年 2 月 23 日 Port Chambly（尚布利湾）

变文 二

汉玉蝉

一　消失

这个春天，两个人从甘田的生活里消失了。

首先"消失"的是他的"女朋友"艾冬。

甘田会在"女朋友"三个字上打引号，并不是简单的否定，反而是经过反复思忖、斟酌了这一定义所凝结的社会共识、拨开了自我干扰，最后不得不给出的身份确认。

甘田交往过多少女朋友，他自己也不确切记得了。他曾经尝试过列一张清单，发现有一些实在想不起名字，同时也觉得自己的行为近乎猥琐和无聊，就算了。甘田自己也清楚，他所谓的"交往"，不过是一种对于社会规范表示尊重的委婉语，给自己的荒唐存些体面。

甘田大概在十几年前就发现了，自己身上有个"百日魔咒"——无论怎么样的开始，最多三个月的时间，乏味或冲突必然降临。即便有过一两个女生，两人靠着理性和情感的帮助，共同努力把关系往下维持，接下去就是地狱般的彼此折磨，最后把有限的善意与耐心消耗殆尽，一别两宽。

作为心理学专业人士，甘田当然能够对这个"魔咒"做出科学解释：生物性因素和社会性因素各占一半。从大学开始到今天，唯有艾冬打破了这个"魔咒"——已经差不多三个百日了，她依然让他充满依恋和渴望，让他保有好奇心和持续了解的愿望。

所以，艾冬是他的女朋友，却又不仅仅是女朋友了。

在艾冬"消失"的这四十一天里,甘田发现,她原来是自己的一种"瘾"。

甘田是在艾冬离开之后一周才确认的。

这一周,艾冬毫无征兆地对他实施了"戒断"。她不仅在空间上把她自己送到了非洲,同时还切断了两个人之间的"专有刺激信号"——不仅没有视频、通话,甚至微信都简约到数天才一条,地点加"平安勿念"四字。

甘田狂发了一周焦灼不堪、毫无回应的微信之后,意识到了这一点,于是淡定下来,只在收到艾冬微信时回复三个字:"好,保重"。

他们本也不是天天在一起。甘田作为知名心理咨询师和畅销心理读物作家,忙着巡讲和签售,艾冬在影视公司做内容开发,两个人约来约去,一个月顶多挤出两三天在一起腻一腻。不在一起时,从早安问到晚安,三餐少问一次那顿饭就跟没吃一样。就是喝大了,甘田都有根神经绷着,能让他至少发个微信说我喝多了你好好睡——艾冬在这个世上的亲密关系支持,只有他。

艾冬年纪轻轻父母都不在了,也没有兄弟姐妹,那段已经结束的惨烈的婚姻不仅没给她带来个孩子,顺便还带走了她再有孩子的可能……甘田每想到此,都有点儿沉重,可就连这点儿沉重,都是他的"瘾"……

纵然出现了百般不适的"戒断反应",甘田却安之若素,一字不问。不问原因,因为心性教养,也因为有一点赌气,更因为他约略知道那原因。

接下去消失的，是甘田的一位"来访者"夏生。

夏生的消失，发生在艾冬"消失"后一周。

这个加在夏生身份上的引号，是单纯的否定——名实不符。这五年来，甘田只是在"假装"夏生的心理医生，装给夏生的母亲夏梦华看。

夏生离家那天应该是正月十六。夏梦华在天津，这位夏华钢铁集团的董事局主席和政府领导一起参加利用滨海区旧厂房改建的公益博物馆二期的剪彩仪式。当天母子还通过电话。次日夏梦华回到北京，就再也没有打通儿子的电话。

夏生失联的当晚，甘田就接到了夏梦华的电话——她认为儿子遭遇了"意外"。甘田心里一惊，但他除了担忧和同情，也提供不了任何有价值的信息。

次日，夏梦华的秘书却带着司机，冲到甘田租住的怡景SOHO，催着他关了电脑，跟他们走——夏梦华需要甘田向警察说明一些事情。

秘书想是看他脸色不对，上车后解释了一句："主席很着急——"

甘田没有应声——他摁住了心里冒出的火，咽下了那句"那是你们的主席，不是我的"。

将心比心，甘田也不能责怪一个疯狂寻找儿子的单身母亲。

更何况，他知道自己这种沉郁又焦躁的情绪，属于"戒断反应"。他刚跟团队里的小姑娘们在工作群里发脾气，说她们把甘泉心理咨询中心的公众号做成了"直女癌"专号——骂人都骂成"史诗"

了,上溯祖宗十八代描述一个"渣男"的来路。工作群里一片寂静,估计办公室那边玻璃心碎得满地都是,甘田下楼的时候就有点儿后悔,这会儿不能再迁怒无辜了。

秘书不停地用手机查着路况,轻声和司机商量,略拥堵时,司机的手指轻敲着方向盘,两人粗重的呼吸,透露出压抑的焦灼不安。甘田又于心不忍了,说了句宽慰的话。秘书几乎是感激地扭过头笑了笑。他告诉甘田,从警方调查的情况来看,"意外"的猜想无法成立。

前天夏生离家的时候,让司机把他送到了造型老师黑泉的艺术馆,并且告诉司机,不必去接他,晚上他和黑泉老师,还有杰森哥哥一起聚会,然后和杰森一起回夏华园。但从黑泉艺术空间的监控录像发现,夏生根本没进去见黑泉,而是直接叫车去了机场。警察根据叫车记录,调看了T3航站楼的监控录像,夏生过海关、安检、登机,没有任何异常,身边也没有什么可疑人员,出境记录显示目的地是马德里。再说,两天的时间里,并没有任何要挟或者勒索的信息出现,警方综合各种情况判断,夏生的失联,是自己离家出走,而不是遇到了意外。

甘田开始还有些不理解,为什么非要他来跟警察说夏生的情况。见了那位崔警官,听了他不无预设答案的提问,甘田明白了。

甘田几乎是斩钉截铁地否定了那些"预设":夏生是个性格随和、善解人意的孩子。他和母亲之间没有任何矛盾。夏梦华是把夏生作为继承人在全面培养,但对于这一点,夏生是接受的,而且夏梦华对儿子的培养既开明又开放,甘田也是了解的。她丝毫没有勉强儿子——儿子有能力且愿意管理企业,很好;没能力或者没意愿,也没关系。现代企业又不是封建王朝,夏华集团有很多成熟且优秀的职业经理人在任。夏梦华的观念,儿子的人生不仅要有意义有价值,更要有幸福感。夏生喜欢造型,母亲给他请了黑泉这样的艺术家做老师,资助他举办艺术节,已经办到第三届了。夏生和母亲的关系是亲密的,去年夏华高管团建,夏生跟着母亲一起"重走长征路",一路上体贴懂事,吃苦耐劳,夏梦华是又骄傲又欣慰……甘田说的是实情,到最后,理直气壮得都有点儿慷慨激昂的意味了。

崔警官克制又客气地点着头,接着却毫不客气地问了一句:"那他为什么要找心理医生呢?"

甘田噎了一下,斟酌了一下措辞:"夏生做的咨询,不是治疗性质的。他是个心理健康的孩子。心理咨询可以让他更好地了解自己,提升自己。"

崔警官没再说什么,甘田却从他的眼神里读出了一丝略带嘲讽的不信任。夏梦华关于儿子可能遭遇意外的猜想,虽无人反驳,却也似乎只得到了甘田的由衷支持。崔警官想必在他领导眼中成熟可靠,不然也不会派他来处理"夏梦华儿子的失联事件"。崔警官安慰夏梦华,不要太焦虑,虽然夏生二十八岁了,可现在的孩子成熟得晚,想法也特别,一时别扭也许很快就过去了,能做的他们一定尽力,随时保持联系。

得体的话语,得体的微笑,不知道为什么有种让甘田都感到憋气的冰冷隔膜。夏梦华则在崔警官告辞之后,抓起他用过的茶杯摔了个粉碎。

五十二岁的夏梦华，当然无法接受这样莫名其妙地失去儿子。但作为夏华集团的掌舵人，焦灼万分的同时，还不能失去冷静和理性，一方面要动用一切力量寻找儿子，另一方面又要尽量低调和不扩大——这种"怪事"很容易启人疑窦，内忧外患的多事之秋，不能再无谓增加夏华集团的不确定性了。

　　夏梦华还是感谢了警方和相关领导的关心和大力帮助，但她不能滥用警力这么珍贵的公共资源。夏梦华重金雇用了私家调查人员，飞到马德里，在当地某些相关人士的帮助下，查到夏生是用中国护照入境西班牙，并且他们在巴拉哈斯机场的失物招领处，看到了夏生丢在咖啡厅的手机，手机已经彻底格式化，查看机场监控记录，手机是夏生自己放在吧台上的，他一个人平静地喝完咖啡离开，至此监控录像上再没有出现夏生的身影。

　　夏梦华关于儿子有可能被人挟持或者遭遇意外的猜想再次被否定。她告诉甘田时，语调相对平静。甘田出于职业敏感，即便两人已经略显尴尬地面面相觑了十几分钟，他都没有告辞。果然，夏梦华的情绪决堤了。甘田疏导夏梦华完成了情绪宣泄——不过半个小时的时间，夏梦华的哭泣渐渐停止，擦干眼泪，调整呼吸，向甘田道谢。

　　甘田不由得感叹，夏梦华实在有着常人远不能及的强健有力的精神自我。

　　夏梦华雇用的调查人员在马德里又停留了将近一个月，没有查到丝毫与夏生相关的线索。夏梦华决定放弃寻找，让他们回国了。

她打电话跟甘田说了自己的决定,甘田说放一放也好,给夏生点儿时间。

夏生的离开绝非一时冲动,他显然进行了周密的准备,所以才能走得如此彻底——在今天,一个人要想踪迹皆无,难度是很大的。从机场消失,甘田推断,夏生一定是进行了变装——甘田见识过夏生的变装艺术,毫不夸张,真是脱胎换骨一般。这才不过是第一步,还是最简单的一步。甘田细细回想过,夏生绝无可能放弃生命,而一个活人在这个世界上存在是件复杂的事情——身份证件,经济来源……他从什么时候开始准备的呢?

这么一想,甘田有些沮丧——他竟然事先毫无觉察。

二　母与子

五年前，甘田开始给夏生做心理咨询。

黑泉介绍他来的，说这孩子在美国待了十年，刚回国一年，可能有些不适应。通过两次谈话，甘田认为夏生没有问题，寡言，表情少，眼神忧郁，气质文艺，是"范儿"，不是"病"——多少人想要这样的"高级感"，还得装呢。说起母亲，那份理解和体恤，透着成熟理性，甘田不解地问黑泉，这孩子他妈，还想要咋样？

黑泉笑说："哎，想那么多干吗？就当有人花钱请你陪孩子聊天了。"

于是，第三次心理咨询真就变成了两个人的聊天。夏生还是话不多，但有问有答，头脑清楚，绝非不谙世事的纨绔子弟。说起母亲期待他更积极阳光、开朗向上，他颇为无奈地笑笑，说："她把您当健身教练了。"

甘田忖了一下，才理解了这句淡淡的话后面那份很深的幽默，越想越觉得有趣，大笑起来。甘田最初婉拒了夏生替代母亲发出的邀请，黑泉为了巴结金主，再三游说，甘田也就去了。

夏生陪甘田在楼下等夏梦华。客厅的墙上挂着幅母子肖像油画，画里的母亲很年轻，膝上站着一两岁大的男孩儿。母亲正红绸缎质地的外套里露出一抹金色的内搭，她两手揽护着膝上的孩子。男孩儿只穿了条海蓝色的短裤，扭着胖乎乎的身子，仰着头，藕节似的小胳膊伸向母亲。夏生有些不好意思地解释，这是画家按照照片画的。甘田一笑，那油画从构图到色彩，都在致敬"圣母和圣婴"，不知道画家是谁，倒是会取巧。

无论是名字引发的联想还是油画里勾勒的五官，甘田都忍不住把夏梦华想成颇具风韵的美妇人。夏梦华打招呼的声音在甘田的头上响起，甘田被迫仰视着正在下楼的她，高大丰腴，身形动作迟缓有力，像逡巡中的大型猫科动物——身上偏是件纪梵希的豹纹印花上衣，金黄底子黑色斑纹的真丝下面是起伏的肉身，衬托着那张端正的脸不知怎么就有了"狮虎之相"，尤其是深陷的法令纹，威严里透着凶，纵然笑的时候也让旁边的人不敢放肆。油画家的勾勒很写实，却不传神，俊眉修眼白若傅粉的夏生，五官肤色都酷肖母亲，只是看着坐在一起的母子，甘田偏就觉得是一头母狮生下了一只瞪羚。

夏梦华对甘田，宛若学生家长对家访的老师，再三拜托。甘田想起了夏生"健身教练"的比喻，不觉嘴边浮出了微笑。夏梦华觉得儿子很好，只是可以更好。按照她笃信的世界运行原则，人的精神，也是可以通过科学的方法和坚强的意志，设计调整，努力锻炼，拥有完美的线条和肌肉——所谓提升自己，所谓不断进步，不就是这个意思吗？

甘田甚至都不能说她是完全错的，只是很好奇她为什么想到要找心理咨询师。专业的人做专业的事嘛——夏梦华笑看甘田。知道甘田是源于黑泉的推荐，但夏梦华也是对甘田做了调查研究之后，才替儿子选择了甘田的。她不仅知道甘田北大硕士的教育背景，读过他在报社期间写的专栏文章，以及从事咨询实践后出的书，还知道他父亲是物理学家,母亲是语言学家,祖父曾是位文职将军,而祖母退休前是眼科专家……甘田后背都听出了汗,暗忖夏梦华是不是顺便把他一言难尽的私生活也调查了一番。

显然没有。夏梦华对甘田很是信任欣赏。甘田也没必要无事生非,默默接受了夏梦华的逻辑,成了夏生的"心理健身私教"。

这五年间,甘田和夏生结成了同盟。夏生再没有来过咨询中心,每月都会在约好的时间和甘田见面,不过都改在了别的地方,做了别的事情。甘田的任务,也就两三个月"家访"一次。夏梦华再忙,也会拿出完整的半天,和甘田见面。

甘田每次和夏梦华的见面,前半场像答辩——他先讲和夏生沟通过的"主题谈话",夏梦华问问题,甘田回答;后半场像文化热点论坛——主发言人换成了夏梦华,甘田的"补充发言"通常是尾音略长的一声"哦——"像是沉吟、思考,也像是对她的话有所保留——稍稍顿挫之后,再补上几个"点头"——表达思考之后或者被她说服之后的赞同。

这倒不是为了奉承夏梦华的特殊设计。最初这只是甘田的职业技巧,面对敏感且自恋的来访者,唯有这样,才能让他们顺利表达。偶然发现这一技巧用来应对不感兴趣的谈话对象效果奇好,渐渐也就成了习惯,久而久之,无聊且逃不开的谈话,就条件反射般启动"哦——点头"模式——习惯成了自然。

夏梦华的无聊,不是源于内容贫乏。恰恰相反,从查理·芒格到王阳明,从乔布斯、莫言、特朗普到霍金……每次见面,她总有新的见解要谈，海纳百川，胸怀世界——夏梦华似乎感受到甘田的惊讶和不解，笑着说："我就高中毕业，当然，现在也有两个博士学位，那都是虚的，和你们真正的文化人不能比。但人要不断突破自我，提升自我，只有读书学习，终身学习。"

甘田也就笑笑。他的惊讶和不解不是源于夏梦华的"不断进步"，而是源自她的"万法归宗"——她就像一锅百年老汤，任何东西扔进来煮，捞出来都是一个味儿。不管她谈论谁，都不过是证明了她见解的正确与伟大。而夏梦华对世界的认知判断，都让甘田想起中学《思想政治》课本上的黑体小标题，像甘田这样自觉不肯脱离"低级趣味"的人，难免会觉得无聊。

甘田虽然与夏梦华毫无共同志趣，但却并不讨厌夏梦华，尤其是她认真表述自己观点时，脸上的质朴与诚恳，甘田甚至会觉得有几分可爱。甘田不知道夏梦华在其他场域中如何，反正甘田看到的她，总有种用力过猛的真诚、热切，周遭的人承受不住暗自趔趄——只是她永远都不会知道这一点，那些人必会强撑着站稳脚跟，受宠若惊喜出望外。

甘田自然不在"那些人"之列，面对这样的"好意"，他会明确表示拒绝，并且给出一个不失礼貌却必定会被夏梦华批评的原因。好在夏梦华对他和对夏生一样，只是语重心长地批评、教育，对别人她没这样的耐心。

甘田自然没有"雨露雷霆俱是天恩"的境界，坚持了五年，除了喜欢夏生这孩子，也因为夏梦华能接受甘田的"不知好歹"。譬如，他五年来只留在夏家吃过一次饭，此后都拒绝了。

那是他第一次拜访，留下吃了晚饭。

夏家餐厅会让人恍若进了那些"中国风"杂糅"和风"的工艺品商店，竹帘、仿明的圈椅、长条原色鸡翅木餐桌上铺着小块儿的青色印花桌巾，旁边的架子上、餐厅角落里，堆满了琐琐碎碎各种竹器根雕陶塑瓷瓶，夏梦华说她不喜欢富丽堂皇，她喜欢雅致的东西。甘田出于礼貌含混地笑着，心想原来百亿身家的女富豪，"雅"起来，与囊中羞涩的女文青也别无二"致"啊！

甘田长的"见识"还在后头。吃饭是分餐，啰里啰唆的无数个碟子，也不知道多少人在厨房里忙活，光上菜的就有两个小姑娘，那晚除了夏梦华、夏生母子，陪甘田吃饭的还有夏梦华当时的秘书。每人先是一小碟水煮毛豆，夏梦华解释说自己很爱吃这个，甘田剥了一个吃，五香料的味道很重，他就丢下了。接下去是一小碟蒜蓉芥蓝，跟着的一盘是粉条红萝卜丝菠菜炒在一起，甘田问了才知道这叫"合菜"，然后每人一大块儿炖鱼。夏梦华笑着说这是他们老家的垮炖花鲢，外面做不出这个味儿。甘田用筷子夹了一点儿鱼肉放在嘴里，他的舌头被电到了似的一麻——太咸了！他故作淡定地拿过纸巾擦嘴，悄悄吐了出来。

甘田对夏梦华说自己不吃淡水鱼。夏梦华一脸的遗憾与可惜，旁边的秘书欠身起来笑着说："那甘田老师这块儿就给我吧，免得浪费！"

夏梦华的脸上露出了欣慰的微笑，秘书拿过甘田的鱼，一边吃一边笑着说："还是沾甘田老师的光，这鱼不常做，我们主席平常吃得很简单。"

这话头儿递过来，夏梦华说起了"饮食有节、不贪厚味"的道理，传统文化上说是惜福，按今天的观念就是环保。主食上来了，是玉米面饼子和紫米面馒头，配着碟大头菜，一人一碗小米粥，夏梦华说人还是要吃五谷杂粮——她想起了什么，问秘书，送甘田老师的书准备了吗？秘书立刻起身去拿了过来。

那是一套线装的传统文化经典，从《三百千》《弟子规》到《四书五经》《黄帝内经》，整整两大箱，甘田抽出一本翻看，哑然失笑，印刷字体硕大，每个字上面都标注着拼音，他为了掩饰自己稍显刻薄的失笑，只能呵呵地继续笑着说："这个想得好，从幼儿园的小朋友到八九十岁的老人，都能读。"

夏梦华脸上出现了那种近乎天真的诚恳，高兴地说："我想到的！古书里很多字，大家都不认识，出版社的书，老人得拿放大镜看——这套书我们印了就是做公益，免费赠送，幼儿园、小学，还有养老院，社区图书馆，对了，那个打工者文学沙龙，我们也有送……"

秘书的眼睛里闪过一丝尴尬，但他迅速管理好了表情，配合夏梦华的说话节奏点着头，提醒补充着这套书广泛的影响和普遍的好评，以及接下去还有印刷《史记》和四大名著的打算。

甘田道了谢，笑着说："我收下也不看，还是留着送别人吧，免得浪费。"

夏梦华的遗憾都变成失落了，她看着甘田，推心置腹地说："甘田老师，你是1980年的人，比夏生也就大十岁，年轻人，应该更包容，更开放，不只外国的东西好，我们传统的好东西，也很多。对于传统文化的认识,我也有过一个过程。你不知道,我们年轻那时候,'孔老二'是被批臭了的,封建社会长出来的那都是毒草,就知道这个。后来传统文化复兴,也接触了一些,觉得很有意思,真正的改变,是几年前去中央党校学习,有一门课程专门讲传统文化,彻底颠覆了我的认识。我这个人啊,别的优点不敢说,就一点,自我纠错的能力,接受批评的能力,特别强,这让我受益匪浅啊。"

甘田迎着夏梦华的目光,笑笑,不反驳,也不应和。秘书在她感慨的时候,埋头吃光了那份鱼,此时忙不迭地说:"主席给我们上党课,效果特别好,年轻人都很喜欢。"

夏梦华看了秘书一眼,又看了看吃一小口鱼喝一小口粥的夏生,微微皱起了眉头。

甘田很喜欢夏生,寡言却不沉闷,真丝一样让人舒服。

他们后来见面,多半都是和黑泉、杰森一起聚会吃饭。甘田和黑泉十几年的朋友,在别的场合黑泉都闹腾得跟随身带着马戏团似的,甘田则管不住自己刻薄的舌头。夏生的那个杰森哥哥,原本给甘田的印象,沉郁得近乎阴鸷,但因为有了夏生,不知道为什么,黑泉安静了许多,杰森明朗起来,甘田也没了刻薄别人的心思。这样的聚会,没有那种让人疲惫不堪地欢乐,反而有一种轻盈的愉快,仿佛喝下去的酒里被掺了什么神秘的东西,甘田总有种腋下生风飘飘欲仙的感觉。

夏生的魔力,一旦到了母亲身边,就消失得无影无踪了。

甘田每次见夏梦华时,夏生都像个暗淡的影子似的,若有若无地坐在一边。但与甘田的置身事外不同，夏梦华认为儿子最该培养的是判断力和意志力。她经常要儿子发表观点和看法，母亲与儿子就会陷入鸡同鸭讲的局面，但甘田却觉得这时候反而有趣起来，甚至从中能听出"机锋"来。

那次也不知怎么谈起了命——夏梦华自然是不信天不信命。在她的理解上，《周易》说的道理，与辩证唯物主义与历史唯物主义讲的道理是一样的，天行健君子以自强不息，偶然必然，内因外因，历史规律与生产力发展……甘田的脑子里浮起初中前排女生辫梢上缀的饰物，是两颗红草莓……夏梦华问夏生，夏生轻声回答："我没想过这些的道理。"

夏梦华皱起眉头："这不是普通的道理，这是关于人生和社会的真理。"

夏生的声音依旧很轻："我记住了。"

夏梦华眉头皱得更紧："那你说说——"

夏生看着母亲，轻声问："妈，您是让我重复一遍刚才您说过的话，是吗？"

甘田精神为之一振，开始听母子对话。

夏梦华叹了口气，说："夏生，你不能永远像个小孩子呀，你要学习，要思考，你要进步——"

夏生弱弱地问："进步到哪里去呢？"

夏梦华显然是克制了一下情绪，看着甘田笑了，说："甘田老师，您觉得夏生心理这么不成熟，问题出在什么地方？"

甘田笑着说："我不觉得夏生不成熟，他问得很深刻——他的人生起点是多少人梦寐以求的人生巅峰,他困惑'到哪里去',也正常。"

甘田当时还不知道自己犯了夏梦华的大忌。

她登时沉下脸,客气却严肃地说:"甘田老师,您当然是开玩笑。但我从来不让夏生受这种错误价值观的影响。每个人的人生价值都是自己创造的,是由他对人类和社会做出的贡献决定的,而不是由他能拥有的财富决定的。"

夏梦华的"财富传奇"就是从儿子降生开始的。如今身家百亿计的夏梦华,曾经穷到几乎没饭吃。她和丈夫所在的钢铁厂发不出工资,夫妻俩推车卖过煎饼——那辆煎饼车,作为夏华集团发展史上的重要文物,如今被摆在展室中。很快他们开始收废旧钢铁,办加工厂。夏生的父亲廖承天酒后失足坠河,夏梦华挺着即将临盆的大肚子,成了寡妇。

夏生一年年长大,唐山丰登屯镇上那个小小的冶金原料厂,在夏梦华手里变成了全国制造业百强夏华集团。这么多年,夏梦华没有再婚,据说也没跟任何人有过交往,甘田看到她在夏华书院中庭厢房里为廖承天塑的蜡像,惊吓之下,立刻丢开了对她是否拥有隐秘情爱生活的猜度。

夏梦华有着很多名目繁多的忌讳,譬如给廖承天的塑像烧香就是传统文化,说夏生是命中带财的福星就是封建迷信;说夏生"含着金汤匙出生"就是市侩庸俗,说起点越高责任越大就是正面励志……这些忌讳的标准、界限难以捉摸,跟在夏梦华身边的人经过艰苦的摸索凭借经验积累下了说话的"安全地图"——后来承蒙前任秘书好心,给接任者一份的时候,顺带也给了甘田一份,甘田看的时候如同看段子一般,自己笑了很久。

　　夏生和母亲有着为外人称道的"亲密和谐"——至少面对崔警官的时候,甘田还是这么认为的。与甘田多年咨询实践中了解到的血肉横飞的亲子冲突案例相比,夏梦华与夏生母子之间,连摩擦都算不上。甘田此刻想想,想必双方都有很大的隐忍和体谅。夏梦华对儿子不放任,但也从不施以高压——那份徒劳的苦心孤诣,甘田都会忍不住同情。但夏生似乎拥有比母亲更为巨大的耐心,就那样默默地坚持着,不知道在坚持什么。亲子之间,通常都是一场战略不清的"消耗战"。最终多半会在时间的帮助下,父母老了,儿子长大,各自妥协,认同一半放弃一半——穷家富家都是这么解决代际观念冲突的。只怕谁都没想到,夏生会如此决绝。甘田仔细观察过夏梦华失控时的情绪层次,在所有的难过悲哀之下,还有一层浓重的愤怒。夏生这般消失,无疑是对母亲最为彻底的反抗和否定。

　　夏生离开之后,甘田见过两次夏梦华。那次夏梦华情绪崩溃,冷静下来,怀着真实的困惑问甘田:"他到底想要什么?他要做什么事情,我从来都支持,只要他做事情,我就高兴。他有什么事情不能告诉我?我都能理解,真的,我什么都能理解,他为什么不说呢?"

　　甘田没有正面回答,开口说:"您家的鱼特别咸,您知道吗?"

　　夏梦华显然被这个无厘头的问题弄蒙了,愣了一下,用纸巾用力擤了一下鼻涕,笑着叹了口气:"甘田老师,这就是知识分子和劳动人民的区别,我的口有点儿重,我知道——这个习惯不好,不健康……我已经逐渐在改了,你想跟我讲什么道理吗?"

　　甘田摇摇头:"您不是问为什么不说吗?因为知道,说了没有用。"

三 傲慢与偏见

知道说了没用，所以不说。

因为有了这份不抱任何希望的清醒，行动才会如此决绝。

甘田是在理解了艾冬的行为之后，才理解了夏生的决绝。

艾冬对他也有这份清醒——她知道他"行动无能"。甘田自己也知道——即便艾冬让他感觉如此眷恋，难以割舍，他也无力朝前移动分毫——艾冬打破了"百日魔咒"，三百多个日子过去了，就这样，就这样多好……这种孩子气的愿望，自己都不愿意对自己承认，但他就这么想着，耗着，不肯"进步"……

即便没有过年的"意外"，这种停留也很难持续——虽然甘田对这一点有些困惑和抗拒，但他不会假装不知道。

让艾冬在家人面前"曝光"，就是过年过出来的"意外"。

甘田很早就觉得过年就是家家户户对所有成员的个体生活进行一次"体检"，体检报告即时发布，指标正常得很欣慰，指标良好的很骄傲，指标亮红灯的则会收获一堆医生建议，缺什么都劝你补：差不多得了，别挑了，抓紧时间生，再拖想生也生不了了……而对真正无药可救的，譬如甘田，则会收到所有人的安慰。

艾冬听了笑说："倒是没人给我体检，自我鉴定为残障人士。"

甘田心里一酸，把她揽在怀里说："你还有我嘛！"

除夕两个人一起过，艾冬就有些忐忑，甘田说没关系，他就是回家也是一个人待着，爹妈还是各自在书房——初一回去就行。

初一早上两个人一起去了白云观，艾冬买了个骑大象的兔爷，排队拿了道士写的福字，笑着说回去补觉，丢下他走了。甘田知道她是催他回家。他直接去了爷爷奶奶那里，从二叔到六叔，一家一家全来了，老大家只有甘田。小叔叔就说，菜不上桌，咱家的"爱因斯坦"和他那位语言学家夫人是不会出现的。新年的家庭活动，甘田父母也就出现这么一次。姥姥姥爷不在了，所有的亲戚都是甘田作为代表去拜年。爷爷奶奶都说甘田懂事，比自己的爹妈还懂事——除了有点儿不定性，哪儿都好。

爷爷奶奶所谓的"不定性"，就是指他始终没找个女朋友结婚。过了年甘田就三十八了，爷爷奶奶早就不问了，只剩下那些堂弟堂妹开他玩笑：咱们老大，英俊多金，才华横溢，基因优良，胸肌迷人……自己挑那得累死，要不我们组织个评委会，给你"海选"吧？

初二去舅舅家，初三是在小姑姑家。姑父是殿堂级大厨，每年也就在家做这一次饭，堂弟堂妹小表妹，一堆小的"欺负"他一个大的，甘田从中午醉到晚上。撑着闹了两三天，休养一年攒下的那点儿对家庭生活的热乎劲儿消耗殆尽开始透支——透支出来虚火，让人口干舌燥，送到嘴边的不是酒精就是饮料，越喝越渴，焦灼干裂的只是口唇，五脏六腑里却冰凉得疼痛起来，切切地想抱着什么暖一暖——坐在新婚的堂弟甘宁小夫妻的车后座上，捏着只香喷喷的毛绒斑点狗，他对甘宁说了艾冬的地址。

如果不是醉了，就算甘宁再胡闹，他也会阻止甘宁上楼的。早早睡下的艾冬是被他们搅扰起来的，甘田醉笑着扑进门，抱住了猝不及防的艾冬。甘宁这么多年，只是听闻着大哥女友们的传说，今天终于看见了一个"活的"，实在按捺不住人类的"八卦"本能，抬手拍了张两人的照片。甘田趴在艾冬肩上，哎了一声，"浑小子，没礼貌！"艾冬倒是很忍耐，撑着搂着她不撒手的甘田，把强压着惊讶好奇、一直套近乎瞎亲热的甘宁夫妻客客气气送出了门，忍耐也就到了极限——她把甘田朝沙发上一扔，自己回了卧室。

甘田倒在沙发上时还想着起来跟过去，可一翻身的工夫，就睡了过去，等他醒过来，不知道几点了，他拽掉鞋子，怯怯地走到亮着灯的卧室门口，艾冬抱膝坐在床上，抬眼看他，忍不住笑了："看你的样子——像只闯了祸的小狗。"

甘田进去，扑倒在床上："我是闯祸了呀！"

艾冬的手指穿过他的头发，轻声说："你能闯什么祸……"

甘田就那样没心没肺地在艾冬的轻抚下，又睡着了。此刻想想，自己次日醒来后没来由的提心吊胆，其实并不是真的没有来由。

甘田是被厨房里的香味叫醒的。他蹑手蹑脚走过去，发现艾冬一边在切菜，一边在用耳机打电话，脸上风轻云淡，神态如常。

甘田放了一半儿心，就去洗澡了。

午饭时艾冬对甘田说，过两天她要出差，两三周，或者再久一点儿。

甘田没放到底的心，又提了起来，问去哪儿。

艾冬叹了口气,说他们公司前年立项了一部电影,弄了一年,搁了半年,交到了艾冬手上——要是收拾不起来就"烂尾"了,她陪新找的编剧老师去体验生活,北非和东非几个地方都要去。

甘田哦了一声,仔细看艾冬的神情。

"题材还是不错的,"艾冬起身进了厨房,关火,揭开蒸锅,用托盘端了四个黑黄的粗瓷小蒸碗出来,"我就不扣在海碗里,你们家过年也有这个吧?"

"北方过年都差不多——"甘田夹了一筷子酥肉,看艾冬怔怔地望着蒸碗发呆——她一个人,过年自然多思。他还没来得及说话,艾冬的眼睛里蓄满的泪水,滚下来,她伸手抹了,笑着说:"这碗是我妈攒的,几十个呢,她在的时候,蒸几十碗,鸡块儿鱼块儿排骨酥肉丸子,天天催着我吃——有时候到二月二还吃不完。妈走,就算十年了,爸也走了六年,我还是第一次用这碗……"

甘田应该立刻起身绕过桌子,去抱着艾冬——此前这样的时候,他总是这样。那天也许宿醉的缘故,浑身的关节肌肉都被酸疼抓着,没有一处是能动的,幸好大脑没有跟着迟钝,他抽了张纸巾隔着桌子递过去,艾冬接了,低头擦泪。

甘田试探着说:"这段时间,你好像没按时吃药……"

艾冬把用过的纸巾团成了一团:"大过年的,吃什么药?"

艾冬声音虽然轻,口吻却有些凌厉,捏着那团纸的手指因为用力,有些失血发白——甘田也就咽下了那句"抑郁症反复甚至恶化常因为断药"的专业意见。

艾冬先调整了情绪,继续了关于项目题材的话题。投资人有个朋友，特种兵出身，十几年来在非洲反盗猎，提供了不少震撼人心的真实素材。投资人就是冲着"环保版《战狼》"投的。此前剧本设计的感情线，女主是一个沿着女作家三毛足迹行走的摄影师，两个"追梦人"相逢撒哈拉——小王子的星空，沙漠玫瑰，铁血柔情，极致的浪漫……怎么看怎么好的一个项目，忙忙叨叨一年，却差不多要折腾黄了——本来是人人要抢的香饽饽，现在成了没人要的剩窝头，扔到了最好说话的艾冬这儿。

艾冬皱眉说："能驾驭这个题材的编剧太难找了。上一个编剧也是大咖，闹得很不愉快。投资人也是吃过见过的，不是土大款，看了剧本初稿，话说得也刻薄——就算你们给不了我《三体》，也不能拿《小灵通漫游未来》糊弄我吧？"

甘田忍不住笑了，艾冬也笑了，随即叹了口气："我本来也不想接，一点儿把握都没有，接手的这位老师，导演推荐的，说要看一下，真有想法就接，要是感觉把握不好，就算了——说不想暴露自己浅薄愚蠢的傲慢。"

话题从人类到了万物生灵，从地球又蔓延到了宇宙，俩人那点儿说不清道不明的小龃龉也就消弭于无形了。至于被甘宁拍去的那张照片会引发什么波澜，艾冬没问，甘田也不会提。两人说话的时候，甘田的手机上就接到了小表妹发的微信：哥，甘宁说照片里的女人，是你现在的女朋友——他个坏银在搞事情，是吧？

甘田回她了一个"乖，摸摸头"的动画表情。

小表妹的微信，只是第一支被点燃的炮仗，接下去长长的一串鞭炮噼里啪啦都跟着炸了。甘田在自己的婚恋问题上早就是金刚不坏之身了,知道他们也就是炸个响儿,很快就烟消云散满地纸屑了。

这次稍微有些不同。甘田没想到小姑姑甘易辛竟然和艾冬认识多年,于是关于艾冬的一切前尘往事都成了家族热门话题。好在被读的书、受的教育约束着,倒也没谁敢发表"政治不正确"的人生建议,但吞吞吐吐嘀嘀咕咕,把八十多岁的奶奶推出来,结果甘田哄一哄撒个娇,奶奶就败下阵来,由着他了。

甘田以为事情就这么过去了,没想到周日收到小姑姑的微信:回奶奶家,我今天过生日。

甘田回了条:愚人节快乐!

甘易辛同志的生日是四天之后的清明节。再说他们家除了给爷爷奶奶做寿,其他人也不搞生日聚会这种事情。小姑姑要"搞事情",不用想都知道是为什么,甘田傻了才会把自己送上案板去做鱼肉。

甘田的手机响了,小表妹要求视频通话,甘田拒绝了。很快收到了小表妹的微信:哥,接电话,给你看"你妈大战我妈"!

甘田接起来看。

画面的中心是坐在沙发上的奶奶,只能看到母亲端着茶杯的半个身子,小姑姑全是画外音,也不知道说了什么,奶奶笑成那样——再听,她们在商量外卖火锅点什么锅底——小表妹完全是个标题党。

小姑姑过来坐在奶奶身边:"我是吃辣的,妈吃辣的,小的多一半是要吃辣的,甘田肯定辣的——中间那点儿汤就够你和爸涮的了。汪露,成天就知道玩手机,我看你拿什么去考研——考不上,你就是咱家学历最低的孩子。"

小表妹回嘴:"小舅舅家还有个高中的呢!"

奶奶笑着说:"你小弟弟高一就拿过奥数全国一等奖,保送清华还犹豫着要不要去——你还跟人家比呢。"

甘田母亲说:"别听他们的,考不上也没什么,你自己的想法最重要。"

小姑姑说:"听听你这话。这就是我说的,人人都是'双标狗'——我也'双标狗',说别人家孩子,都是政治正确——快乐最重要,做你自己……换成自己的,哎!当初甘田想选文科,老大都不让,对了,甘田这个事儿——"

奶奶拍了小姑姑一巴掌:"又绕回来了!你大嫂不是让你不要管吗?"

"都听我大嫂的,就不会有甘田。要不是妈您现身说法,生了七个孩子也没耽误您成为部属专家,要不是甘田姥姥信誓旦旦说大嫂只管生不用管养——她带,甘田就没了——他们俩就没打算要孩子!"小姑姑嚷嚷起来。

"我这点儿'原罪',都被控诉三四十年了。"甘田母亲笑着说。

"你不觉得甘田的生活方式不正常吗?你不担心吗?"小姑姑扒拉着自己母亲阻止她说话的手,对着大嫂发问。

"我和他爸爸,会一起和他谈这件事。"甘田母亲欠身放下了茶杯,安慰地拉住了奶奶的手,"妈,您别再拍易辛啦,该把她打急了。她是真心疼田田,说两句,没关系的。"

奶奶笑着说:"甘田跟小姑姑最亲,小时候非得跟易辛睡,那时候易辛也才上初中,我不放心,怕半夜甘田蹬了被子着凉,去她屋里看,易辛睡得迷迷糊糊的,还伸手在摸田田胸口的被子……"

如果只是奶奶姑姑坐在宽宽的沙发旁边,讲那过去的故事,甘田也就算了,妈妈竟然肯跑这一趟,还说要和父亲一起跟他谈,可见有点儿严重。父母和他谈话的情形,在甘田此前的人生中发生过两次:一次是高考报志愿时,一次是十年前他和一位世交家的女儿分手时。两次的谈话时间都没有超过一个小时,父母对甘田的选择表示不理解,甘田适当解释,表示坚持,父母适当说服,甘田继续坚持,父母互相看看,表示尊重甘田自己的选择。

甘田抓起手机,出门了。

在去奶奶家的路上,继续通过跟小表妹的视频通话刺探军情,发现那边的画风骤变,小姑姑竟然抹起了眼泪。

"——我这个恶人,已经当过了——我给艾冬打了电话,她在国外,我们俩那对话,完全是凯瑟琳夫人和伊丽莎白……"

奶奶和母亲同时扑哧笑了,小姑姑抹着泪也笑了。

小姑姑这个"没趣"自然吃得结结实实消化不良——艾冬看着温和,平时不等冲突起来就退让了,其实却有着凛然不可被触犯的边界。艾冬的凌厉反击,只有甘田明白,她只怕是"杀敌一千自损八千"……甘田看着手机屏幕,想着艾冬,耳机里响起小表妹的喊叫,"文盲求科普——没明白什么梗?"

"你是我闺女吗?《傲慢与偏见》!"小姑姑应声。

"懂了懂了,达西的姨妈,我去!你们还能记住她的名字——逼伊丽莎白不准跟达西订婚那个——妈,你这么生猛啊?快说说,那小姐姐怎么怼你的?"小表妹点了镜头反转,跟甘田眨眼坏笑一下,随即又把画面反转回去。

小姑姑呸了女儿一下。"小姐姐?那小姐姐就比你妈小三岁——晚婚晚育都够生你一回了!"小姑姑扭脸继续说,"更可笑的是,我还给艾冬做过媒,去年圣诞节前,介绍我们刚退休的老主编,他夫人癌症,两年前去世了。她倒是没驳我的面子,来了,结果饭吃到一半,她站起身说,出去抽支烟——我当时都傻了!我哪能想到她正和田田在一起啊!"

甘田母亲笑着说:"你倒是把凯瑟琳夫人演了个全套。"

"这本该是你的戏码——你想要这么个儿媳妇?"小姑姑问。

"我连儿子都没打算要,哪还会管儿媳妇?"甘田母亲笑说,"易辛你别急,我还是那句话,这是甘田的事,我们既没权利也没必要去干涉。"

"你是外交部发言人吗?"小姑姑问。

"干涉不仅没用,还会有反作用,你已经证明了。甘田这孩子,很多时候,他都是做出反应,而不是有了自己判断之后的行动。"甘田母亲叹了口气,"你给出没必要的刺激,事与愿违是必然的。"

小表妹倒吸一口气:"大伯母套路深啊!"

甘田母亲笑着说:"人有时候,就是被'话'套路的。不说了,家里人也是关心田田,把不是事儿的事儿弄成了事儿,甘田回来,咱别提这事儿,好吗?"

甘田终断了视频通话,给小表妹发了条微信:别让她们知道你干的好事儿,我一会儿就到家。

甘田捧着一只巨大的粉色花盒进了奶奶家。"甘易辛同志寿与天齐！"

小姑姑愣了一下，才接过去，拆开玫红缎带，捧出一大束香槟玫瑰，小表妹冲过来，抓起盒子里的金色小熊："野兽派啊——哥，有必要吗？"

小姑姑笑着对女儿说："滚！"忍不住低头看花，小表妹凑过来幽幽地在甘田耳边说："哥，你这是安慰伤心女友的节奏啊！"

甘田笑着也对小表妹说了句："滚。"

小姑姑把花放下，甘田过去抱了抱她，轻声说了句"小姑姑生日快乐"。没想到一句话又把小姑姑惹哭了。

小表妹在旁边拍着胸口补白："我妈那颗少女心啊……"

四　降灵会

清明一场"倒春寒",竟然不只大风降温,还补上了去年冬天欠下的一场雪,楼下满树花朵的碧桃猝不及防地被老天拉着客串了一把"白雪红梅"。

昏天黑地睡了两三天之后,甘田带着余韵袅袅的"流感"给予的缠绵,歪在窗前的沙发上,在咨询中心的工作群里处理当日的工作——清明节开始发酵的校园性侵旧案,还在继续,公众号团队的小姑娘问是否要跟,甘田回复:找不到好角度,先不跟吧。昨天那篇"如何跟孩子谈论死亡"的稿子,后台数据反馈很棒,这个作者要维护好——能挖吗?小姑娘回答:能,你解开衬衣若干颗扣子,她不问薪酬就来了。附加一个"坏笑"的表情。甘田回:你这是职场性骚扰,知道吗?小姑娘回了个得意的表情。接着有人给他发了一张接下去的讲座安排,甘田看了,问:我病了,能减少工作量吗?群里排队回复:老板,不行。泉林姐姐的宝宝要上幼儿园了!小女子想买条新裙子!口红的色号有多少,你该知道呀?都指着你这棵"摇钱树"呢,加油!

小姑娘口中的"泉林"姐姐,就是咨询中心的创始人张泉林——她把甘田糊里糊涂地变成了"合伙人"。虽然比甘田还小两岁,矮墩墩胖乎乎笑眯眯的张泉林,对外是个南征北战东荡西杀的狠角色,对内却是个"活宝"般的老板——不仅给所有的咨询师都起了"花名"，还直接管甘田叫"花魁""摇钱树"。没有张泉林的"小鞭子"，不思进取的甘田只怕还在报社窝着写心理健康专栏呢。好在张泉林对他不只有鞭子，看见他抱怨，就发了个"乖，朕只疼你"的表情。

甘田看看笑了，回了个投降的表情。

确定了第二天的选题，甘田就没有着急的活儿要干了，他盯着楼下的花树发呆。雪后初晴，阳光明亮却温度不高，他随手拉过条毯子盖在身上，眯起了眼睛——他才意识到自己身上那种不可思议的松弛感，仿佛在外面流浪多日，终于回到了家，一切都如此熟悉，安全，不再紧张，牵挂……

他盹住了，再醒来时，已近中午，楼下碧桃上的残雪消失得无影无踪，花枝抖擞起来，新绿嫣红，仿佛并未经历那场雪。

阳光的温度也升高了，暖烘烘地晒在身上，进了窗玻璃的阳光，仿佛成了透明的金黄色液体，浸泡在里面的一切都迟缓起来，丢在脚边的手机时不时响一下，那是收到了新的微信，邮件……甘田没有动，他还能感觉到睡着之前那种久违的放松，同时在想自己到底去哪儿了……思绪也被阳光泡成了仙草里的冰粉块儿，在黏糊糊甜腻腻的液体里晃晃悠悠，颤颤巍巍，却还是原地不动……液体里渗出了一丝苦味，甘田细细地体会着那点苦——那丝苦和艾冬有关，家里因为艾冬引发的兴奋慌乱，就像花上的雪一样，转瞬即逝，好像不曾存在过，艾冬上一次给他消息，已经是五六天前……他跟着她不知不觉走出去好远了，她"消失"了，他一个人站在陌生之地等她不来，甘田转身回了"旧家门"。

这点自我省察，让甘田有些心惊。他一下从沙发上站了起来，有些慌乱地在屋里踱了两步——就这样了吗？

很多时候，问题本身就是答案。

甘田没再想下去——想与不想，只怕都是就这样了。

他拿起手机，乱七八糟的信息汹涌而至，他就随波逐流一路看下去了。黑泉的头像跳出来，下面是条让人瞠目结舌的消息——黑泉竟然给夏梦华弄去了一个外国灵媒，要和夏生"通灵"，还叫甘田也去参加"降灵会"。

甘田打电话给黑泉，劈头就问："你是不是傻？"

黑泉在电话那头叫苦不迭："逼上梁山啊，逼良为娼啊——"

甘田笑起来："谁逼你啦，你就是钱迷心窍！"

黑泉说："杰森啊！我当然是为了钱——今年艺术节的赞助，按协议，过完春节就该到账了，夏生不在，也没人管了，我弄得跟民工讨薪似的，跑了几次也没人给说法。我又不敢去找夏梦华——其实夏华那边的人，都不敢去请示——谁会蠢到拿草棍儿捅老虎鼻子眼儿啊。我只能去央告杰森，他答应去跟文化基金会的主席说这事儿，只管按协议把钱给我。但他的条件是让我找个特别神的人，把夏梦华身边的那些邪门歪道给驱散了——据说夏梦华现在特别迷信，听了一个风水大师的话，准备把夏华园的大门拆了重盖——也是邪事儿太多，你还不知道吧？夏梦华以前那个秘书出事了！"

那个秘书，就是五年前吃了甘田不吃的炖鱼，并且换职位时给了甘田"禁忌地图"副本的那位——据说是去夏华地产文化集团做了副总。清明前一天，他出了车祸，至今还在ICU里没有苏醒。按照黑泉的说法，车祸出得很诡异，前后都没车，他也没喝酒，一拐弯就是夏华园，就那么撞到隔离墩上去了——说什么的都有，自杀的，他杀的，中邪的……黑泉哇啦哇啦说了一堆，世事无常，祸福难料，甘田叹息了一声，告诉黑泉，他感冒了，不想出门——就算没病他也不掺和这种事儿，叫他去也是个拆台的。

黑泉呵呵笑着说："好吧好吧，不过只怕你我说了都未必算。"

果然，夏梦华的秘书下午又给甘田打电话了，三十大几的小伙子，都带了哭腔——甘田心一软，还是答应了。

夏梦华这样的女人，就算崩溃了，那也是钢铁熔化，冷一冷，该怎么硬怎么硬。只是崩溃的瞬间，钢水四溅，不小心沾着那也得皮开肉绽。她不好受，身边的人就是在地狱里了——水深火热，难以超生。

去夏华园的路上，秘书告诉甘田，主席完全变了一个人，雍和宫烧香，天龙寺问卦，易学大师领到家里对着世界地图掐算……现在最信的是位周大师，原本是被书院请来讲《道德经》的，夏梦华正好能安排出时间，就过去听，后来聊天时发现他精通什么命理八卦、堪舆风水。他直言不讳地说夏华园的格局犯了"妨主"的大忌，但是因为有命宫主星为紫微的贵人镇于其中，正邪相克，尚还平稳，但困厄之象已现，他说了几个状况，都很准，还说现在贵人远遁，今年夏梦华又冲克岁君，内忧外困，骨肉离散，接下还将会厄运连连，近身之人不日将有血光之灾。秘书压低声音说，接下来他那位前辈就出了车祸——毕竟他跟了主席十几年，看来还是更近一些。

甘田听后简直哭笑不得，也不应声——这种拙劣的鬼话，夏梦华怎么会信？

远远看见了夏华园南门那高高的青砖白柱三拱"牌坊"——甘田第一次见，感觉他们把清华的"二校门"给搬来了。秘书低声说："就是要拆这个门。"

夏华园是夏华集团自己的房地产公司开发的，高管基本都住在南门附近的别墅区，中间是一片容积率很低的高层楼房，北京公司的员工大部分都住在这里，北面则是红墙绿瓦斗拱飞檐的夏华书院。

黑色奔驰车沿着花木葱茏的甬道前行不久，甘田就看到黑泉在路边冲着车挥手。作为造型艺术家来说，黑泉来夏华园，着装已经极尽含蓄内敛之能事了——白色休闲卫衣，蓝色牛仔裤，只有裤脚上的流苏和流苏下面短靴上晶亮的铆钉，透露出他的不甘心。

甘田落下车窗探出头，黑泉却晃了晃近乎光头的圆寸，让他下车。

黑泉和秘书招呼一声，让他们先走。黑泉看看甘田的脸色："艾冬回来了吗？不是说加那利群岛是最后一站吗？"

"又折返回肯尼亚了，不知道啥时候准备走出非洲。"甘田佯作淡然。

"还不回来？"黑泉和甘田边走边说，"你小子又犯老毛病了吧？人家远走天涯疗情伤……"明知是玩笑，只是这把盐撒在了伤口上，甘田借故沉了脸，低头走路，不应声。黑泉笑着捅他了一把，"看这脸子摆的！得了，情圣！我嘴欠！哎，不用走这么急，刚才里面闹得跟'鳖翻潭'似的——豪门恩怨，咱俩外人，溜达会儿再进去，免尴尬。"

杰森娶的是夏梦华的侄女夏鑫，刚才屋里那场闹，就因为夏鑫在屋里哼歌，夏梦华听见了，抓起茶盘连壶带杯子砸了过去，问她高兴什么——

甘田心里一动，看了看黑泉："杰森让你给他找个神人，你就有个灵媒给他备着，你也是个神人……"

黑泉一脸无辜地看着甘田，"我就知道外国有占星的，不知道还有这种，本来已经托了个画国画的，替我去普陀山求高僧大德了。我跟这个克里斯蒂娜不熟，一起参加过大使馆的活动，那天也是凑巧，克里斯蒂娜带朋友来跟我谈展览场地，杰森去找我，不知道他们怎么聊起来，我才知道她还是个灵媒。我劝过杰森，丑话得说在前头，是不是骗子，咱真不知道。夏梦华找人做过她的背景调查，她在美国还有自己的网站，上面有和很多名人的合影，包括当了州长的施瓦辛格，厉害死了——这才请来认识，先和夏梦华谈过一次，量子纠缠，平行宇宙，谈得那叫一个好！"

甘田没再说什么，他有些后悔来——不该不知深浅地介入这件事。

门开了，杰森出来，招呼他们进去——克瑞萨说，可以开始了。

克里斯蒂娜是个血统复杂的美国人，黑泉刚介绍过，但甘田进门看到她还是觉得刺眼，那身装扮太过波希米亚，"巫气"太重。她应该有四十多岁的年纪，长而蜷曲的黑发中分披散，戴着只金色扇形的发箍，暗红色长裙，胸前也挂着累累的金饰，伸出胳膊和甘田握手时，从腋下到袖口有长长的金色流苏垂下来，像展开的鸟翅——狭长的脸颊、尖尖的喙一样的鼻子、薄如一痕的嘴,让她整个人看上去就像一只金翎乌头红羽的鸟。

这只"鸟"不懂中文,嗫嚅着她的"鸟语",杰森凑近听着,不住地点着头。

甘田看到夏梦华,愣了一下。他从未见过她如此失态——脸在眼泪的浸泡下臃肿得近乎溃散了,腮边的肉随着情绪在剧烈地抖动,看着甘田,噎了几下,说不出一个字。

秘书忙提醒和掩饰地笑着请甘田坐下。身边人的视若无睹是出于敬畏,假装看不见,却连呼吸都小心翼翼地——甘田第一次感觉到了夏梦华的孤单与无助。他没有直接坐下,而是走到夏梦华身边,安慰地拍了拍夏梦华的胳膊,轻声说:"深呼吸,慢慢吐气,会好受些。"

夏梦华点了点头,开始调整呼吸。甘田才回身落座,抬眼,那位克里斯蒂娜正跟他笑着点头,他也只能礼貌地报之一笑。

甘田的英文凑合着能用,夏梦华需要翻译,杰森坐在她旁边。灵媒的要求倒是简单,开始之后,每个人只需要全心投入想着夏生,形成的能量场加上灵媒的"超能力"自然会有奇迹。大家听话地"Calm down"①,甘田看着努力抑制眼泪、呼吸依旧粗重急促的夏梦华——这场装神弄鬼的结果,天知道会如何……

客厅的落地钟敲响了六下,灵媒庄严地抬起了双手,示意大家互相牵起手来。

---

① 平静下来。

在场的都是经由灵媒审定的、与夏生有着"最强信息联结"的人：母亲、比母亲陪他时间更多的老师黑泉、自小玩到大的兄弟杰森、心理医生甘田。大家和灵媒克里斯蒂娜，手牵手坐在一起。这荒唐可笑的场景中，不自在的不只甘田，就连黑泉都下意识抿着嘴，似乎在阻止那些"破坏信息场"的话脱口而出。

克里斯蒂娜的身体触电般抖动起来，被她拽着的甘田的胳膊也跟着抖动，甘田看了一眼紧张到屏住呼吸的夏梦华，把心底的焦躁不屑给压下了。克里斯蒂娜松开了甘田的手，闭上了眼睛。

"Listen—I hear crash of wave... I see the flower in dark sea, it's lily, white lily, and black rock..."① 她的声音柔和得近乎梦呓。

甘田及时控制了从鼻腔里冲出的一声"哧"——惊涛拍岸，岩石黝黑，幽深的海水里漂浮着白色的百合花——这个灵媒几乎要写起诗来了！

克里斯蒂娜突然睁开眼睛，扭头盯了一眼甘田，然后对着夏梦华他们说："Sorry, someone must have been thinking something else. The jam signal is so strong—lily in the sea, it's not the information from Xia Sheng..."②

操！甘田几乎想站起来骂人了——戏也太过了！我他妈是雷达吗？还能发射干扰信号？

甘田忍了。他知道灵媒都是察言观色的高手，就耷拉了眼皮，

---

① 听——我听到波涛声……我看到暗海上的花，那是百合，白色的百合花，岩石黝黑……
② 对不起，有人一定在想别的事情。干扰信号太强——海中的百合花不是来自夏生的信息……

杰森跟夏梦华解释灵媒的话,又问解决办法,一阵忙乱,夏梦华从楼上找出了夏生胎发做的毛笔,放在灵媒的手里,灵媒连着说了几次"It's nice"①,把胎发笔放在众人围绕的茶几上,黑泉长出一口气。

暮色涌进客厅,不知道从何处而来的香气弥散起来,明暗不定的光线里,那气味浓烈得像有了具体的形体,在牵手的众人间游走——克里斯蒂娜在急促的一阵呼吸和抖动之后,松开了甘田的手,忽然提高声音,俨然如城头看到幽灵的哈姆雷特一般,略带惊愕地问:"Who is there?"②

随即她的身体蜷缩抽搐,最后歪倒在地毯上,眼睛紧闭,嘴里含混不清地嘟哝着,突然她挣扎着欠身拽住夏梦华,瞪大眼睛,清晰、明确地从嘴里吐出一句汉语:"妈,叽溜姥姥去哪儿了?"

夏梦华呆了,浑身哆嗦着,眼泪哗哗地淌,克里斯蒂娜说完那句,眼睛慢慢闭上,昏迷似的滑倒在地毯上,所有人都在观察她的反应,足有两分钟,她结束了喃喃不绝的呓语,身体跟着慢慢停止抖动,舒展起来,最后她缓缓坐起,如梦初醒般睁开眼睛,展颜一笑。

克里斯蒂娜抽搐时的呓语描述了这样的画面:夏生在一个美丽的海边,天空湛蓝,他的头发在风里自由而快乐地飞扬,赤脚走在白色的沙滩上,他因为感应到了呼唤而回头,歉意地笑笑,挥挥手。克里斯蒂娜说,夏生借助她的身体传递信息,她不知道含义,但当

---

① 很好。
② 谁在那儿?

事人应该会知道。

当事人自然是夏梦华——那句话，不是模棱两可的笼统套话，而是意指明晰的信息，这一点的确让人震惊。夏梦华还在哭，杰森似乎也落泪了，他抹了把脸。

"降灵会"的结果，让甘田有些意外，但他念头一转，就又想通了——如果灵媒事先有可靠的信息来源，有什么好惊讶的？

甘田只是感慨，外国灵媒这招儿，比中国大师聪明——结论是你自己得出来的，不是我告诉你的，我就是一台"仪器"——也不知道这台外国肉身仪器与周大师手里的中国罗盘"斗法"，结果会如何……

刚才回避了的秘书，这时过来打开了客厅的灯，又退到远处，站着。

夏梦华勉强止住了哭泣，跟大家客气两句，她身子晃了一下，竟没站起来，杰森伸出手，几乎是揽着她起来，慢慢朝楼梯上走。甘田若有所思地仰头看着他们，杰森这时回了一下头，望向下面的客厅，甘田明显感觉到他似乎和谁交换了一下眼神，身边只有黑泉和那个灵媒，来不及扭头，甘田的目光就和杰森的目光碰到了一起，两个人似乎都怔了一下，随即，各自转开了脸。

厨房里，热饼铛的玉米饼子开始释放焦甜的香气，有人在那边说话，有人笑出了声，随即压抑了，那笑像鸽子的咕噜声。

夏梦华即便和颜悦色，周围的人也是屏息静气的，全神贯注地观察着她的目光和表情，即便讨好凑趣，都不知加了多少小心。这当口还说笑——黑泉在回微信,听到笑声也抬起了头,看见甘田的神情,用口型近乎无声地说了句:夏鑫。

甘田摇摇头,站了起来。这般肆无忌惮,不会让人理解为自尊、个性,反倒有种让人不甚愉快的愚蠢的恶意。他走到玄关处,伸手去拿自己的风衣。

黑泉跟过来:"吃完饭,一起走吧。"

甘田半开玩笑地低声说:"赶紧撤吧。我怕夏梦华一会儿智商恢复正常,大家难堪。你还是搞造型的,这外国姐们儿的造型也太'抓马'了——加副眼镜、给她个水晶球,可以直接去霍格沃兹上课了。"

黑泉用手指着他:"你这嘴——这么恶毒,好吗?"

"Lily is the information from you."① 克里斯蒂娜柔细的声音在甘田的身后响起,"It's the symbol of death and memory."②

甘田回身,克里斯蒂娜脚步无声地走了过来,微笑着看着甘田,轻轻地摇了摇头,"It's a shame. You'er suffering from your relationship."③

甘田本不该在意这种"江湖口"的,但那个瞬间还是被激怒了,他指着黑泉:"Please tell me something he doesn't know."④

黑泉慌了起来:"兄弟,你别瞎想——"

克里斯蒂娜淡然一笑:"You're the dreams of each other. She knows,

---

① 百合花是来自你的信息。
② 那是死亡和怀念的符号。
③ 真遗憾,你在为你的感情受苦。
④ 请对我说点儿他不知道的。

but you don't know."①

甘田瞬间没有理解这句话的意思，在脑子里翻成汉语又想了一遍，这一缓，怒气也就散了——自己认真生气也是傻，就笑了笑，对黑泉说："你替我跟夏梦华说一下，我有事儿先走——"甘田看黑泉一脸惶恐有些可怜巴巴的，就低声加了句："我不吃她家的'忆苦饭'，她知道，不会怪你的。"

黑泉放松下来，笑了。

甘田冲克里斯蒂娜点点头，拍拍黑泉的肩，推门走了。

---

① 你们是彼此的梦，她知道，而你不知道。

五　乡土手段

以为渐近尾声的感冒，竟然又逡巡了十几天，倒未见严重，只是头重得像戴着个巨大的头盔，浑身酸疼，甘田跟整个咨询中心报告病情，天花般的心疼安慰落了一身，但排好的讲座一场也没给他减。

天暖和起来，漫天飞絮，甘田又添了新症状——风一吹就打喷嚏，眼泪鼻涕一把，陪他来的咨询中心的小姑娘在旁边一边骂张泉林是"张扒皮"，一边毫不留情半催半哄地逼他进了化妆间。甘田最近才意识到，自己似乎总会处在被人"宠"和"哄"的位置上，然后自己就乖乖地听话了。如果说有例外，那就是自己的父母，还有艾冬，他们不宠他，也不哄他，只是静静地看着他……

以前，甘田颇为享受在台上的掌控感，听到有人尖叫他的名字，微笑就会浮出来，今天却有种临渊下看的眩晕感。

甘田讲的还是亲子关系，以前八成的内容是讲原生家庭带来的伤害性心理后果——如今满大街的人都知道去追责爹妈了，以"父母皆祸害"为slogan（口号）的人都团结成社群了，甘田就要调整了。从今年起前因后果只剩了两成，主要讲改变——自种新因，切断心理伤害的代际遗传，建构新的传递逻辑。

竟然在演讲的过程中想起了夏生——至少在夏生身上，他的这些道理，是无效的……虽然只是一闪念，还是导致他停顿了十几秒，用咳嗽遮掩过了，观众响起了一阵安慰的掌声。甘田驱散了杂念，集中精神完成了讲座。

不知道是感冒的缘故，还是心底的那份困惑漫了上来，他的声音略显凝滞。这也丝毫不曾削减座上听众的热情，拿病做借口，让那小姑娘替他去收鲜花礼物，他裹上了外套溜出了酒店。

还是有几个女孩子抱着书追出来让他签名，拍照，甘田只得在台阶上拉下风帽，堆起笑容。围上来拍照的人越聚越多，甘田心里焦躁起来，忽然一个穿莲紫色裙式风衣身形高大的"女子"拨开人群进来，直接把甘田揽在了怀里，对众人说："对不起啊，对不起啊，甘田老师赶时间啊，让一让好哇……"

嗲嗲的语调沙哑的声线，甘田知道是黑泉。

在黑泉香气浓郁的怀抱里连着打喷嚏，甘田被塞上车，从后座上的纸巾盒里忙抽了几张，重重地擤完鼻涕，看着从另一边上了车的黑泉："你这是唱的哪出？"

"节目彩排——"黑泉抠着自己的水晶指甲，幽怨地看着甘田，"干吗不接人家电话？"

甘田连着打了几个喷嚏，哑着嗓子说："大姐，我是真不舒服——你放过我行吗？"

黑泉凑过来，巨大的假睫毛和蓬蓬的蘑菇头刘海几乎杵到了甘田脸上，低声说："不是我不放过你，是夏梦华不放过你——她的秘书一直和你约时间，对吧？"

甘田揉着太阳穴仰靠在后座上："通灵的事儿。她是上瘾了。我不会去的。"

黑泉摘下了假发，拉开放在脚边的化妆箱，一边往化妆棉上倒着卸妆水，一边对甘田说："你呀，就是个傻少爷——活得太容易，不知人间疾苦！"

甘田没有回嘴。黑泉妆容狼藉的脸，有种悲喜莫辨的神情："命好，老天爷给的本钱又足，你横着过了三四十年，还委屈得跟什么似的，真该有人治治你！"

虽说认识黑泉十几年了，熟悉归熟悉，却没深谈过——黑泉也似乎是无法深谈的人。甘田见过黑泉主持艺术中心活动时，不涂唇膏没画眼线，拿着话筒侃侃而谈社会主义核心价值观和中国艺术家的文化自信，但私下聚会见得更多。黑泉永远都是那个兴妖作怪装疯卖傻的丑角，用冒犯的方式讨好着所有人——那份讨好背后有股哀哀的嘲讽，指向混沌不明，介乎刺人和自嘲之间，让人拿不定主意要不要介意，多半也就忽略不计了。

甘田不懂也无意去弄懂黑泉，但不想参与他们的"演出"——甘田有些苦恼地看着黑泉："也是想不通，干吗非拽上我一个外人？"

"因为夏梦华喜欢你，俩月见一面，五年雷打不动，容易吗？"黑泉说。

"喊！"甘田又不真傻，"她是为她儿子。"

黑泉脸上涂满了洁面泡沫："你以为她不知道你跟夏生在给她演戏？"

甘田怔了一下，没说话。黑泉终于擦出了一张干净的脸："不过夏梦华自己也未必意识得到，但'大家'都知道，甘田老师很重要。"

甘田没接话，看了看车窗外："你这是绑架我去哪儿呀？"

黑泉取出一张面膜,敷在脸上:"杰森要见你。"

甘田虽然有些恼火,但也不至于翻脸跳车——见招拆招吧,他闭上了眼睛。

甘田对杰森的了解有限。知道他十二岁那年和夏生一起去美国读七年级;两年后,他放弃了 upper school(高中),去查韦斯魔法学院接受职业魔术师训练;夏生在加州读大学的时候,他则在拉斯维加斯一边工作一边继续学习幻术。甘田第一次听到后,很好奇地想看一下什么是幻术,与普通的戏法有什么区别。杰森略显拘谨地回答,幻术其实就是大型魔术,譬如让自由女神像消失、穿长城之类的。

夏生在旁边满脸崇拜地补充:"我哥和大卫·科波菲尔是校友。"

原来克里斯蒂娜是转移观众注意力的女助手,黑泉也不过是个传递道具的帮衬,在夏梦华身边骠马般沉默着的杰森,那个做过职业魔术师的杰森,才是这场魔幻大戏的总编导。

杰森回国当年就和夏鑫结婚了,同样二十八岁的他,现在已经是两个孩子的父亲。虽然杰森身形挺拔,甘田没来由觉得他身上压着隐形的山一般,几乎疑心只要他走过,在地面上留下的脚印都要格外深。甘田因着这感觉,始终略带戒惧地疏远着他。

路程如此之长,甘田睁开眼睛,发现他们从北到南穿过了北京城。黑泉早就取下面膜,擦好面霜,昏沉沉迷糊着。车拐上了只有两车道的乡间公路,暮色渐浓,甘田看看路两边暗沉沉的田野,竟然有了一丝不安。

路边连续出现了几家工厂的大门,似乎进了产业园区的样子。车拐进了一个银灰色大门，几辆大货车正在装货，杰森站在不远处，和一个穿西服的中年男人一起抽烟说话。他扭头看见了轿车，辨认了一下车牌，跟那人说了句什么，两人很用力地握了握手。杰森就过来，拉开车门坐在了副驾驶位子上，扭头对甘田说："甘田老师对不起，本不该让您跑的——没办法，这是我们第一单乘骑设备，我怕出差错，今晚我得带安装调试的工程师跟甲方走，'五一'人家要开园试营业。"

甘田放松了，觉得刚才自己在心里制造的紧张有点儿可笑。杰森指挥司机绕开大车换了条路。一路朝里开的时候，杰森跟甘田指点着，厂房，车间，设计中心……这家游乐园设备企业，是杰森用自己积蓄加上银行贷款建起来的——当然，没有夏华文化地产做担保，他也贷不下来款。头几年还了银行利息发完工资，基本不剩什么了，"熬过今年，就好了——"最后这句话，杰森像是对自己说的。

黑泉叹了口气，甘田虽然疑惑重重，却什么也没问。他们在一栋四层小楼前下车，楼道拐角处一个女子逆光站着，凹凸有致的身形轮廓宛若雕塑般完美，甘田一时竟看迷了，都没在意杰森跟他客气食堂地方太简陋。有个女人在屋里大声问："蹦蹦，是小磊回来了？我听见他声音了……"那女孩子扭身进屋了。

甘田扭回头，假装看不见黑泉揶揄的笑。食堂大厅还有工人在吃饭，甘田有些意外地发现工人多是头发花白的，年轻人反而较少，杰森和他们打招呼说辛苦，三个人进了包间落座，杰森说了声："我过去一下，两位老师先坐。"

房间空气里还是腥腥的食堂味道，脚下的地板砖也滑腻腻的，塑料椅子在屁股下面嘎嘣响了一下，甘田不放心地看了看，黑泉在旁边哧了一声："摔不坏你，少爷！你就接点儿地气吧——看看低端人口怎么过的！"

甘田有些惊讶黑泉的措辞，他刚要开口说话，凉菜车推了进来，甘田一眼就看出，推车的就是刚才的女孩，黑泉哟了一声，站起来："我的大美人，赶快让我抱抱！"

女孩嫣然一笑，和黑泉拥抱。"您就是甘田老师吧？"她从黑泉的怀里探出头来，望着甘田。

这个被叫作蹦蹦的女孩，让甘田真切明白了"尤物"二字的确切含义。

她躯体的线条和皮肤的质感，洋溢着源自造化之力的蓬勃的生机，像一颗在枝头成熟的果实，处在完美的瞬间，坦荡地释放着自己的诱惑力，同时也高傲地睥睨着妄图觊觎的孱弱贪欲。

自诩也算是见过世面的甘田，瞬间还是有种目眩神迷的感觉。

甘田很清楚自己的血清素在飙升，甚至能感到在多巴胺鼓荡下血流冲击血管的声响。蹦蹦隔着桌子伸过手来，他欠身轻轻握了她的指尖，迅速松开了，低头掩饰了自己吞咽口水的动作。生物性力量没必要对抗，当然，更没必要附会上诗情与价值——甘田理解自己的血脉偾张，也知道它毫无意义。

蹦蹦放好凉菜，杰森也就回来了，手里握着瓶纯麦威士忌："委屈甘田老师吃食堂，好在还有瓶甘田老师能喝的酒——我平时不喝酒，这是夏生拿给我的。"

甘田借口感冒，坚持不喝酒。

黑泉哧的一声："你可是吃了头孢还喝白酒的主儿——"

甘田没接话，也没让步，场面冷下来。

杰森没再劝，自己端起酒，皱眉干了："甘田老师，我就直接说了，请您不要在夏梦华面前说，我和那个灵媒认识。"

甘田掩饰地笑了一下："我本来不知道这件事——何必对我说呢？"

杰森脸色有些阴沉："您说不知道就不知道吧。'降灵会'那天，您看我那一眼，我就知道，您什么都明白。"

甘田无奈笑笑："你叫我们进去时，说的是'克瑞萨'——那是克里斯蒂娜的昵称吧？"

杰森说："也只有夏生和我这样叫她——请您别说好吗？"

甘田浅笑说："我应该不会再见梦华主席了，你们的事情我不知道，也不想知道——你不用担心别的。简单吃两口，我们就回去了。"

话说到这儿，算是到底了。热菜上来，杰森要了米饭，匆忙扒完，说让黑泉替他送甘田老师，他得出发了。黑泉啊啊地应着，蹦蹦端了汤进来，黑泉招呼她坐下："宝贝儿，你劝甘田老师喝杯酒吧。"

蹦蹦听话地起身端起了甘田的酒杯，似乎不知道该说什么，不好意思地笑着，牙齿咬住了丰满的下唇，伸直双臂把酒杯递了过来。甘田接过杯子，被催眠了一般喝了下去。蹦蹦收回双臂，有些不知所措地背到了身后，站着，扭头看黑泉，似乎在寻求帮助。

黑泉倒没有嘲笑甘田，叹了口气，招呼蹦蹦坐回去了。不知道是酒的缘故还是人的缘故，甘田觉得身上暖烘烘微微有了汗意，鼻腔呼吸也通畅起来——他的呼吸里有芬芳的酒气，也有蹦蹦身上暮春夜晚般的气味，花草氤氲，温暖潮湿……

关于"通灵"的话题是蹦蹦提出来的，她好奇得很，甘田跟她说所谓的"通灵"，不管当事人的感受如何真切，基本都属于心理现象。灵媒通常都掌握了一些方法，譬如"冷读法"，就是根据人的行为特征进行推断，"热读法"，则是事先掌握了某些信息进行的表演，有时条件合适，还会使用一定程度的催眠……

蹦蹦问他会不会"冷读法"，甘田也是酒后卖弄，盯着蹦蹦，慢慢地开始说："你和杰森应该是青梅竹马，分开了，多年后相见，你们之间已经隔着财富和社会地位的鸿沟，你的青春过得很艰难，有过不幸——是啊，真是不幸，你失去过非常亲近的人……"

蹦蹦惊愕地看着甘田，右手似拢非拢地僵在胸前，微微战抖，她飞快地扭脸看了一眼黑泉，黑泉也有些惊："我都不知道杰森和蹦蹦——你们是吗？"

蹦蹦轻轻吸了一下鼻子，睫毛上还有溢出的一点泪，但转了两转眼珠，泪水就泅回去了："你怎么知道的？"

甘田赶快解释："'冷读'，看，还有猜——你和杰森刚才没有任何交流，只有关系极深刻且特殊的人才会如此。很明显你们不是情人——身体语言。你和黑泉如此熟悉，你知道我是谁，当然，你也知道今天这顿饭的用意——我大概知道杰森的经历，交叉一下，就出来了关于你的部分，美丽女孩子的青春总是艰难的，我说的都是很含混的词，然后看你的表情和反应，我再修正或者强调，不幸是个含混的词，失去也是含混的词，生离死别都算失去……"

黑泉笑着起身："原来少爷不傻呀！"

他去洗手间了，蹦蹦看着甘田，很认真地问："你说，我和他，会不会成为——情人？"

甘田笑起来。"我不会算命——不过，很难。"甘田在蹦蹦的眼里看到了真实而复杂的痛苦，"你很爱他，是吗？"

蹦蹦重重地吸了一下鼻子，随即展开了一个大而灿烂的笑："也不是啦！他有钱呀，也长得帅，不过没你帅！"

蹦蹦最后一句话说得很轻，说完咬住了自己的嘴唇，她的身体倾斜过来，歪头看着甘田的脸。她的风情里有种笨拙和莽撞的成分，美丽的容颜与用力的欢笑混在一起，让甘田有几分心疼——蹦蹦的胳膊环上了他的脖子，花香草气吞没了甘田，蹦蹦丰满的唇掠过他的脸颊，在他耳边低语："去我房间吧……"

甘田一半是担心那塑料椅子，一半是不忍心生硬地推开她，他拥着蹦蹦站了起来，然后把她的胳膊拉开，摸了摸她的脸，说了声："对不起。"

甘田揽着她的肩，让她坐下。蹦蹦坐下后开始哭，甘田没有说话，拉开包房的门，走过空荡荡的食堂——果然，楼前黑泉的车已经不见了。他给黑泉打电话。黑泉没有接，甘田就发了条语音："赶快回来接我，不然翻脸啊！"

夜色中，身穿风衣的黑泉像只黑色的大鸟，扑扑棱棱连颠带跑地过来了。甘田和蹦蹦坐在院子里的花坛边上说话，看见他，站了起来。

黑泉假装惊讶:"怎么在外面呢?俩人这是看星星还是看月亮呢?"

甘田没有理他,对蹦蹦说:"走了,放心,睡个好觉。"

蹦蹦嗯了声,扭身回去了。

两人走出去一段,黑泉不停解释,自己就是去前面走走——甘田"哼"了声,打断他:"使这么乡土的手段,有意思吗?"

黑泉几乎是万分委屈地嘟囔了一句:"人家也是没办法……"

甘田心头火拱了一下,呼一下又灭了,说不出的怆痛:"算了——不提了!"

上车后,甘田让黑泉送他去艾冬家,近一些,不用穿城去北面,再说也该去替艾冬浇花了。黑泉叹了句:"艾冬给你下蛊了吧?"

六 影子

甘田到艾冬家的时候，已经快九点了。上电梯时，楼上那位喜欢攀岩的大哥抱着女儿拎着婴儿车和大包水果零食进了电梯。

去年夏天艾冬一个人昏迷在屋里，甘田敲不开门，就从这大哥家借了专业绳索从楼上坠下来砸了窗户进的屋。

大哥显然对他印象深刻，笑着打招呼，甘田伸手想帮他拎东西，没想到小姑娘却扭着身子要甘田抱，甘田只得接了过去。大哥笑着说："看见帅哥，连爹都不要了！"

甘田把父女俩送到了楼上，开门的孩子妈妈跟甘田好一阵客气，小姑娘的哥哥应该是个初中生了，原本正在练琴，也跑到了门口凑热闹，妈妈训他不专心，被弄得很不自在的甘田借机脱了身。

下楼开门，开灯，换鞋，起身看到鞋柜上粘着的浇花时间表。那是艾冬特意留给他的，每种花如何浇，附加各种备注，兰花的备注最多，两周或者三周，宁肯干着也不能多浇，要看盆土，表面干透，盆底微潮最适合浇，浇要浇透，但叶片、兰芽尽量不要沾水，叶间更不能积水，花凳下面的那块软布就是擦叶片用的……艾冬真是肯为这几根长条绿叶子费劲。

甘田摸摸兰花的盆土，能浇了——小心翼翼地沿着盆边儿浇到盆底的托盘上渗出水来，他呼出口气。楼上传来叮叮咚咚的钢琴声，楼下屋里越发显得静得让人心惊。一个人踱到书房的阳台上去，三角梅落的玫红花朵已经成了干花,却鲜艳依旧,甘田一直没舍得扫。平素艾冬写文案看剧本的那个高几上,笔记本电脑她带走了,烟灰缸还在原来的位置,咖啡渣里插着半支烟——艾冬出门前抽的……甘田盯着那半支烟,发了一会儿呆,转身看到书案上那个镇纸,是白芙蓉雕的猫——细眉细眼,甘田曾笑艾冬很像这只猫——顺手拿了起来,摩挲着出了书房。

晚上那顿饭,他几乎什么都没吃,这会儿饿了。进厨房拉开冰箱——忽然想起自己第一次来艾冬这里,惊讶艾冬从床上下来,在他洗澡的工夫,变魔术似的弄出了一桌子精致菜肴,艾冬回头一笑,说:"我有家养小精灵。"

甘田还记得那个瞬间,仿佛某种神奇的光照亮了艾冬,没有一样可堪称道的五官放在一起,是那样生动迷人……冰箱里的冷气扑在脸上,让甘田觉得舒服,他才意识到自己的脸在发烫。

关上冰箱门,甘田拿出手机点了两个标注"变态辣"的川菜。然后去翻艾冬的酒柜,灰雁都被他喝光了,只剩下威士忌——拉开壁橱,拿出只大号洛杯,他怔怔地想,每次她递到他手里的洛杯里总是有冰的——冰呢?

坐在沙发上等外卖,甘田看着放在茶几上的那只猫,喝光了一大杯酒。屋里的那份静,让他呼吸不畅。甘田又倒了一大杯酒,抓起遥控器,开了电视,从网上搜出《猫狗大战》来看。他跟艾冬在沙发上猫狗递爪般闹着看过这部电影——艾冬常说他神情像小狗,甘田就拿这只猫让艾冬看看她自己——门铃响起的时候,甘田回过神来,才意识到自己流泪了。他匆匆抹了把脸,开了门,接了外卖回来,撕开包装就吃，口腔火烧火燎，就拿冰镇威士忌灌下去——他知道自己还在流泪，他也很清楚自己为什么流泪。就算你知道，就算你的"知道"是对的，又有什么用？那些哀乐，来自来，去自去，谁又能奈何分毫……

甘田仰倒在沙发上，他想起艾冬离开的前一天下午，他和她腻在沙发上。她在看《迷雾》——艾冬刷剧是工作需要，甘田对那个板着脸的尖刻女人没兴趣，枕着艾冬的腿躺了半天，翻身开始往她怀里拱，进了她宽松的毛衫里，开始呵气，艾冬又痒又笑被他带倒了，甘田拽下了那件毛衫，艾冬尖叫了一声，说窗帘没拉——甘田说欢迎围观。

被他裹在身下的艾冬，肢体开始变得柔软，仿佛骨骼在肌肤之下消失了，他再用力一些，她就会四散流淌开来——每次这样的时候，甘田都感觉自己像只贪婪笨拙的熊在吸吮蜂蜜……在他的记忆里，她也有着蜜的香气和甜味，有黏稠的质感，却无声无息，包裹缠陷得他动弹不得。那天她也许换了香水，一丝青涩的苦味在他的舌尖上缠绕，她就变成了透明的芦荟黏液，她从他身下滑走了，甘田伸手没抓到，她掩着凌乱的衣服，跑进卧室去了。

甘田追过去，忍不住笑了，她不仅躲在了被子下面，还用一堆抱枕埋住了自己。甘田把她刨出来，艾冬没有再挣脱，由着他，却紧闭着双眼，脸发烧似的红着，呼吸急促，咬着嘴唇不出一声——她这种不可理喻的羞，即便两人熟悉如此，也从来不曾减少分毫。甘田忍不住会过分用力，弄疼她，直到逼出她一点不堪忍受的低低的呻吟。只是那天，镂花纱帘外的阳光，在她赤裸的身体上绘出了疏淡的花影，甘田静静地看着，右手的食指一点点描着柔软小腹上的花蔓纹路，左手捧着她一侧的脸，食指拇指揉捏着她滚烫的耳垂儿……艾冬张口咬住了他左手的无名指，甘田带笑看着睁开眼睛的她，艾冬松口，欠身搂住了甘田的脖子，开始咬他的嘴唇……

不知道从什么时候开始，甘田和艾冬在一起时，感觉两个人在很多瞬间仿佛都会褪掉人形，成为两只小兽，奔跑嬉戏，撕咬打闹，静下来互相依偎，蹭蹭脑袋，舔舔皮毛……没有任何言语的负担，不需要判断，不需要理解，安心地靠着嗅觉和触感，酣畅淋漓地告诉对方，原来，不孤单的感觉，是这样的……

甘田握着手机，给艾冬发语音——语言是如此粗陋笨拙的东西，滑来滑去抓不住心里的那点儿意思——不知道发了多少条，那感觉像朝着深潭扔石子，一个一个的几十秒，噗的一声落进幽暗的水里去了，水花不溅……甘田睡着了。

满窗的阳光，亮得他眼皮哆嗦，意识恢复的瞬间，感觉整个头在疼，像锋利的金属丝勒进皮肉还在不断收紧，喉咙也疼得不敢咽唾沫，挣扎了半天，坐起来——需要想一想，才明白自己在什么地方。捡起掉在地上的手机，有一则艾冬的未读微信：菩提萨埵，依般若波罗蜜多故，心无挂碍，无挂碍故，无有恐怖，远离颠倒梦想。念几遍，好好睡。

甘田不知道自己说了什么，会让艾冬给他发一段《心经》。

朝前看记录，一连几屏，都是自己发的语音——甘田脑袋里嗡了一声，接下去，是持续的耳鸣——脑袋里被酒精损害的海马体让他毫无记忆，手里的这个鬼玩意儿却逼着他要面对自己的醉话。甘田胡乱点开听了几条，愧悔羞惭得听不下去了。

哭诉衷肠也就罢了，还啰里吧嗦从那个装神弄鬼的"降灵会"说到蹦蹦身上的"花香草气"——艾冬只怕实在无话可说，才请出菩萨来了。

甘田从艾冬那里回来，彻底病倒了。先是烧了两天，淋巴结全肿了，喉咙彻底哑掉，躺在医院的病床上，近乎无声地对张泉林说，就是真扒了他的皮，讲座也讲不了了。

张泉林笑了："看把你委屈的！我们轮流伺候你。"

咨询中心的小姑娘们倒是争着来看他，围着病床拿他打趣——说他这病完全是心因性疾病，通俗点儿说就是"相思病"，抗生素治不好的。知道艾冬去哪儿的，干脆用手机放《橄榄树》给他听，以慰相思之苦。他喉咙疼无法回嘴，只能艰难地吐出个"坏人"，让她们笑得更开心。

病房外的走廊有人在小跑，房门开着，夏梦华的秘书先探进头来，接着招手，四五个人捧着巨大的花篮，抱着水果箱，进来放下，迅速离开。接着，夏梦华一身套裙，款步进来，后面还跟着杰森和两三个甘田不认识的人。

咨询中心的小姑娘们被这架势唬住了，都安静起来。夏梦华化了淡妆，精神气色似乎回到了夏生出事之前，跟甘田和那些小姑娘们说话，也是领导探病自以为亲切随和，其实满屋尴尬的状态。甘田无法说话，倒是省事儿，只用含混地笑。夏梦华本来是带文化地产的班子成员来看出车祸的那个副总裁——人清醒过来，出了ICU，无意间知道甘田也在这里住院，就来看看他。

夏梦华也就停了几分钟，就又前呼后拥地离开了。她一走，那帮小姑娘们就炸锅了——这得多"有意"才能"无意间"知道啊！那么有钱怎么不稍微升级换代一下自己的脸呢？一个私企大老板，怎么那么像政府官员呢？看看她，我立刻原谅泉林姐姐的"体型管理无能"了！你说，那个有点儿像古天乐的，是她的"男宠"吗？她出去时扶了他的胳膊——哪儿像啊？除了黑！轮廓有点儿像——我也看见了，最年轻的那个……

她们"毒舌"一番，瓜分了夏梦华带来的水果鲜花，就散了。

护士过来给甘田挂上了当天的第三瓶水，甘田回想刚才杰森的神情——依然严肃，但那份沉重和阴鸷似乎浅淡了许多，迎着甘田的目光，有些一言难尽，却柔和了许多……甘田不知道发生了什么，也不想知道……他盯着输液管滴下的药液，眼皮越来越沉，睡着了。

甘田一周后出院，赖在家里又养了一周，张泉林的"小鞭子"举起来他就干咳，"五一"期间上海南京的巡讲让他给推到六月份去了。艾冬终于要回来了，这半个月，只收到这一条信息：五月二号北京落地，公司有人接机。

甘田回：好。

他什么也没说，却跑到艾冬家里，开始打扫卫生。扔垃圾的时候遇到楼上那位妈妈，她笑着打招呼，说才知道甘田是名人，她有个闺蜜是他的"铁粉"——你们结婚后会住这里吧？那我就可以告诉她您是我的邻居……甘田只剩下笑了，笑得自己心慌气短，扔下垃圾，狼狈逃走了。

惊魂未定的他，在路上接到了夏梦华秘书的电话——请他去看一个地方。

那是藏在奥体附近一片酒店商厦的后面、闹中取静的一个院子。几株高大的国槐环绕着，外墙是低矮的青砖院墙，推门进去，影壁的位置是一道水泥墙，过人头的高度，足有百米长，慢慢地弯出弧形，看不出接缝在何处，隔一段有些规则的圆孔，绕过去，是一栋透明玻璃墙体的建筑，水泥浇筑的几何体框架错落叠加在一起，最上面那个仅用一角支撑的立方体虽然纹丝不动，却让人揪心。如果不是有楼梯指示，你几乎无法判断这是建筑还是雕塑，甘田虽然不懂，但感觉这个院子有股特殊的气息——他想到了夏生。

果然，站在檐下的夏梦华看着那道墙，对甘田说："夏生对我说，这道墙，是影子，铸造它的木刻模具的影子……"

甘田忽然明白，自己看到了传说中的清水混凝土。他走过去，用手指触摸着平滑细腻近乎均质的墙体，慌张烦乱的心一下安定了。

混凝土这样坚实的存在，原也不过是某个心念转换的模具塑出来的一抹"影子"——甘田在心里对自己笑了……

七　星空与蝉

甘田之所以去了那个"影子院落",是因为夏梦华的秘书在电话里婉转地说:"如果甘田老师没有时间,主席就找人和心理咨询中心的法人张泉林谈了。"

甘田深怕张泉林见钱眼开,跟夏梦华"合作"起来——像甘泉心理咨询中心这样的"小家碧玉",根本经不起夏华集团这种兼具"资本帝国"和"封建王朝"双重禽兽属性的彪形大汉蹂躏,红消香断的时节,没人来葬你。

甘田当即答应过去见夏梦华。秘书接到他的时候,笑着说:"主席真是英明,这么说果然甘田老师就答应了。"

甘田苦笑。即便夏梦华前些日子显得有些"智商不在线",甘田也很清楚,只是"不在线"而已,信号恢复,那个"英明的主席"就回来了。没想到,接下去秘书讲的事情,让甘田知道,原来那些"不在线",都是"英明"的一部分。

那位周大师在夏梦华"智商不在线"期间,前后从她这里拿走了近百万,作为提供各种"消灾解厄"方案的费用,随后夏梦华就让人报案了。这样的诈骗案毫无侦破难度——转账记录完整,还有周大师口沫横飞"吓唬"夏梦华的录像,警察从夏华园里刨出了周大师让人埋下的各种破铜烂铁——铁证如山。因为涉案金额特别巨大,受害人身份特殊,算是刑警队的大案。事情还不只如此,夏梦华亲自去见了分局领导,仔细说明自己之所以丧失"科学精神"上当受骗,是因为骗子"算"出来的事情,有很多精准细节——甚至包括她第一次和骗子的"偶遇",都值得怀疑,至少是获悉她行程安排的人,才能做到。包括文化地产副总的车祸,都不能不考虑在内——于是案件再次升级。

秘书心有余悸地摇头。"那几天大家都吓死了,我也吓死了——主席的行程,我最清楚,被叫进刑警队,我都吓哭了。好在那个周大师很快就交代了,还真是有人指使——顺着往上一直追,"他用手比出了一个"三"的手势,"追到集团本部的头儿,都到这个份儿上了,你说他还不满足,人啊……"

甘田看着他故作老成地感慨,笑了,装作淡然地问了一句:"杰森,那天我看他也和你们的老总们一起去看病人……"

秘书反应了一下。"您说杜磊总啊——他现在是我们文旅集团的总裁了,董事局刚宣布的。以前我们是地产下面包着文化,现在改了,文化旅游,地产不提了,包在文旅的下面。杜磊总刚回国那年进过夏华地产,我们的"梦之路"博物馆一期就是他负责建的,后来他去弄自己的公司了,这才回来。别说人家是专业干这个的,就算——"小秘书及时刹住了话头,嘿嘿笑起来,"人家就是专业,不服不行——主席的话,就得专业的人干专业的事儿嘛。"

甘田也笑起来。

甘田和夏梦华在檐下站着,看那清水混凝土墙。

不知道是什么原因,周遭嘈杂的市声像经过了一层过滤,变得远而缥缈，甘田跨出檐下，市声的音量就被调大了，他越走近那堵墙，市声越小，贴到墙壁阴影处，清冷的孤单慢慢浮起来，他退后，温度和声音同时在上升，进进退退，感受着那从温到凉从闹到静的细微变化，他几乎忘记了檐下的夏梦华，像个发现神奇秘密的孩子，玩得兴味盎然。

"你和夏生，真像……"夏梦华叹息了一声。

甘田被惊醒了，陡然不好意思起来，踱回檐下，站在夏梦华身边。

夏梦华给他讲了这院子的由来。

夏生和杰森回国后，都去了夏华地产的文化板块。夏梦华让他们各自挑个项目试一试——项目成败不是关键，是否找到对的人和做出对的判断，才是夏梦华真正要看的。杰森选了滨海区停产的老厂房，改造出了"梦之路"博物馆一期，夏生选了奥体附近这块地——其实不是夏生选的，是设计师的要求，他的作品需要这样的整体背景。就算是"太子爷"，要剜了地产老总看得如眼珠子般的这块地，他也不干，夏梦华也不会这么糊涂，但她还是支持了夏生，最后商量的结果，让出了这个角——已经退了的那位老总至今想起来还是抱怨，综合体步行街为此短的这点儿距离，损失算到今天，十几亿都不止。

夏梦华说："杰森花了一百五十万，五十八天就开馆了。我也很意外，他怎么会选择做'红色主题'——第一期从建党做到建国，他没这个认识，也不像我们，对主席有感情。他就是聪明，听了十几个方案，选了这个——不是因为题材，是因为运营。这是市场最有保证的一个方案。实物展品不多，都是影像，主厅的地板都是LED

屏，很震撼，很适合做活动、团建、入党宣誓、过组织生活，外面栽了点儿拓展设备，种点儿瓜果蔬菜，食堂、宿舍都是厂里原来的，加上土特产纪念品……博物馆是公益性质，不收门票，但会场食宿是要付钱的，第二年就盈利了，现在基本都得提前一个月预定场地了。夏生呢，给了我这个——"夏梦华指了指："只眼前这道水泥墙，造价将近五百万。"

夏生这个不知让人体验什么的体验馆成了笑话，后来也没投入营运，不知道拿它做什么——夏梦华也不想把自己儿子的笑话拿出来翻腾，就这么搁着了。杰森也没等到收获肯定，很快和那些老总们有了摩擦，夏梦华就让他离职，自己去创业了。夏梦华叹了口气："这几年的苦没白吃，杰森老成多了，夏生还是那个长不大的孩子——"

她停顿了，显然在克制涌上来的难过，甘田静静地等她情绪过去，风拂过遮蔽院落的槐枝，瑟瑟的叶声如雨一样，甘田忍不住遐想夏日槐荫——夏梦华缓了过来，扭头看他，甘田就岔开话题，说："这几棵老槐树，真好。"

夏梦华摇头笑笑："设计师选中这里，原因之一是有两棵槐树，剩余的三棵都是移过来的，十几万还是几十万一棵，我也记不清了。反正这个院子盖的时候，地产的老总逮着机会就来给我诉苦，除非绩效考核这个项目不计入，我当然不答应，抱怨只管他们抱怨。前两天杰森履新，第一次工作会就有人提出这个院子，寸土寸金的地方，空着太浪费，不如重建、改建，利用起来。我后来看的是会议记录，杰森的意见，决不能动，它是大师作品，是艺术品，这是夏华文旅最具升值空间的资产，我们要感谢夏生。"

甘田说:"这话说得对。这个院子的设计,精细到了温度、光线、声音,还有色彩——"甘田才发现院子角有堆积落灰的白沙,"那沙子应该是平铺在这黑色台阶下面的吧,这里有水渍,水会漫上来,再落下去——"

夏梦华笑了:"据说水位是根据月亮盈亏变化的,我没看过——谁有闲工夫花半个月看院子里这汪水到哪儿了。你说杰森那话,也对也不对。我不是艺术家,但艺术作品是给人欣赏的,总要体现一种精神。我也喜欢雅致的东西,但什么都要个度,这里,我觉得过分了,弄到这种程度,太矫揉造作了,艺术家的精神太狭隘,只有自我,孤芳自赏的感觉,成天看这种东西,对自己,对社会,都没有什么好处。"

甘田不自觉又启动了"哦——点头"模式,直到夏梦华说出下面这句话:"我想,把这个院子给你们咨询中心用,要是需要内部重新装修,费用也由夏华来承担,我跟杰森去说。"

甘田立刻把点头变成了摇头,几乎把头摇成了拨浪鼓:"不行,真的不行,您这是给我个宋钧葵花盆,让我养多肉啊。"

夏梦华笑了:"条件都不听,就拒绝了?不收你们的租金,每年给我们的员工提供一次亲子关系辅导就行,工会做过调查,这个需求还是很强烈的。"

甘田笑了:"夏华集团近万名员工,我们咨询师不同价位不同,按平均单次咨询五百算,一年是四五百万,对夏华不算什么,但对我们咨询中心的体量来说,还是有点儿奢侈了。要是组织专题讲座,工作量会小一些。如果真需要,我让合伙人去找工会的人谈。但这个院子,我们不能用——暴殄天物是罪过。"

夏梦华看着他:"思路太保守了吧?"

甘田脑子里出现了张泉林气鼓鼓的小胖脸,指着他的鼻子骂:你个怂货!拿下这么个地儿,我一张高端会员卡能卖十六万八!我雇几个实习生,一年到头专门接待夏华员工……他迅速摇了摇头,把张泉林的脸给摇跑了。

甘田决定用一个扭矩足够的话题来转移谈话重心,他问夏梦华:"我有个疑惑,我知道您不信那些怪力乱神的东西,可您为什么会信那个灵媒呢?"

夏梦华笑了。"前几次约你,就是想解释这个,一是做戏做全套,特殊时期嘛。夏华二十五周年庆的时候,我有些感觉,但还是觉得夏华整体风气是正的。这几年看下来,凡是引进的高管,都待不长,杰森当初待不下去,也未必都是他的原因。夏生的事情处理得尽量低调了,资本市场的反应还是很大,我就知道有人在做手脚——索性我就让他们表演个够。不过这不是主要的——"夏梦华顿了一下,"因为我知道,那个灵媒,是我唯一能获得夏生消息的途径。"

甘田离开那个院子的时候,很忧伤。他给母亲打了个电话:"妈,我回家吃晚饭。您不用叫外卖,我这附近都是饭店,想吃什么我打包给你们带回去。"

母亲有些喜出望外:"太好了,田田!有徽菜馆吗?你点那个土鸡汤,还有臭鳜鱼,你爸爱吃的——"

甘田听见父亲嚷了句:"吃什么臭鳜鱼?老子已经够臭了!"

甘田问母亲:"我爸怎么了?"

母亲低声说:"撒娇呢!你回来给你爸做心理辅导吧。对了,我要糯米烧卖,还有糟虾——哦,算了,你得跑两家饭店……"

甘田说:"您别管了,我知道了。"

在餐馆等菜的时候,甘田又想起夏梦华落寞的神情,只有一瞬,她就抵抗住了那点儿软弱,用一种淡然的口吻告诉了甘田,她什么都知道。

夏生失联的那晚,她在夏生的房间里坐了一夜。夏生仔细整理过房间,身份证、全部的银行卡、行车证、车钥匙、家里的钥匙,都放在抽屉里,一张银行交易记录单上写着账户密码。他唯一带走的东西,是那个汉玉蝉。

夏梦华不知道夏生是从哪儿得的那个玉蝉,但后来在书院听一位老师讲中国玉文化,知道汉玉蝉是死人嘴里含过的东西,觉得不好,就不让夏生再戴在身上,虽然夏生解释过他那个不是,但还是很听话地没再戴。但夏梦华知道他喜欢,常常一个人在灯下摩挲,看见她进来,会不好意思地笑笑,收进一个小盒子里。

那个小盒空了。

"降灵会"上,那个灵媒说出的那句"叽溜姥姥去哪儿了",是夏生三四岁的时候,跟母亲的对话,"叽溜姥姥"是他们那儿的土话,北京这边叫知了猴,夏生看见了一只蝉蜕,就问妈妈,夏梦华随口说它长出翅膀飞了,夏生就对母亲说,他想做"叽溜姥姥"。本来是谁都不会在意,甚至都不大会记得的小儿语,童年的夏生竟然认真存了念头,总去找蝉蜕,随口跟小朋友们说,说成了他的外号。上学后，夏生被学校的一群坏孩子欺负。夏生被人欺负时就忍着，不会还手，夏梦华那时忙得成天不着家，回家也只有保姆阿姨叹着气替夏生换衣服擦伤口。夏梦华知道了就吼夏生你还手啊，然后去学校找老师，夏生就会被欺负得更惨——他们把他绑成"叽溜姥姥"，在地上踢……那时候还叫杜磊的杰森，拎着块砖头冲过去拍倒了一个坏孩子，把夏生救了出来。夏梦华接到电话之后赶回来，夏生一直在哭，问他们为什么要打我，嘴角淌血的杰森给夏生擦泪，说他们就是坏，我天天都会在书包里放砖头，你别怕……从那天开始，夏生从来没有离开过杰森的庇护。夏梦华把两个孩子先送进了一家私立学校，后来就把两个孩子一起送出去读书了。

夏梦华断定，没有杰森的帮助，夏生根本走不了这么彻底。所谓的"通灵"，是他们盖了块布来代夏生跟夏梦华道别——夏梦华后来想想，也就不揭这块布了。给夏生留条路，给自己留个念想，也许，夏生还能沿着这条路回来，也许……

这是甘田知道的最忧伤的亲子故事——不惨烈，不沉重，不值得向任何人讲述，不仅不是悲剧，甚至各种力量使得故事的结局走向，开始变得宛若童话般空灵，但却让甘田忧伤，无法用言语阐释、无法用头脑辨析的忧伤。

甘田揣着满怀的忧伤进了家门。母亲惊讶地看着他："可真是父子同心，你怎么跟你爸一个表情？"

甘田去书房叫父亲吃饭："我听我妈说了。他是你学生，不是你儿子，我才是你儿子。"

父亲扭头看着他："你跟我的科研有什么关系？"

甘田歪头做思考状:"说得也是。我跟你的科研没关系,你得意弟子的非主流性生活跟你的科研有关系——"

父亲被他气得站了起来,指着他,甘田嬉皮笑脸地过去把父亲拽到餐厅。

"他是最有天分的,学数学出身,这个没天赋学不了,四十多岁,正是好年纪——就因为跟一个女孩子……弄得身败名裂,彻底开除,留下做科研都不行,说风口浪尖上——"

母亲摆好了桌子,囔了句:"祥林嫂啊——颠来倒去就这几句!"

饭后,甘田陪父亲在阳台上说话,甘田问:"爸,除了我妈,你有过别人吗?"

父亲思忖着说:"没有吧——"

甘田笑起来。母亲这时拿水果过来,接话说:"他有过,你还没上小学,人家追到家里来做饭了——"

甘田问:"妈,你呢?"

母亲说:"等着吃啊——我这辈子进厨房就两件事,洗水果烧开水,你爸也等着吃。她一个人在厨房忙活,很好吃,她烧的那个茄子,我印象特别深——"

甘田大笑起来,笑把胸腔里沉郁的那股冰凉凉的空气鼓荡了出去,父母也笑了。父亲说:"人家走了,我和你妈才反应过来,是不是有点儿别的意思,你妈让我到学校问问人家,我又不傻,我不问。是她出国后,给我写了封信,说看见你妈那么美,自惭形秽——你妈算美吗?"

甘田说:"还行,毕竟是我妈。"

几天之后，在艾冬家的阳台上，甘田给艾冬讲了父母的这段"韵事"。

艾冬听后也笑。两个人的浑若无事之下，有份心照不宣的紧张。还是艾冬先挑起了话头儿："你爸妈还和你谈什么了？"

这话问得既婉转又直接——留了空间让他逃。他要躲，艾冬自然就知道了答案，彼此体面地下台；甘田若不想躲，这话就给了他正面谈的契机。甘田看着艾冬，不得不在心里叹了一句——那颗心是什么做的？

甘田没有躲，但也没有迎着问题上："我向父母道谢，父母向我道歉。"

那晚在父母家的阳台上，夜空混沌，星星是看不到的，父亲到底还是被儿子安慰了。甘田跟父母抒情，说很感谢他们一直尊重自己的选择。父亲脱口说道："那是因为我觉得，你怎么选都没什么本质区别，也不重要。"

母亲笑着拍了父亲一下："你这也太老实吧！田田会伤心的。"

父亲说："他连这点都认识不到，那个亲子关系专家只怕是假的。"

母亲拉起甘田的手说："我和你爸爸交流，不得不承认，我们是不称职的父母，只是我们也不知道什么是称职。借口就不找了，我们很抱歉，给了你'自定义'的人生。这是另一种艰难——越自由，越艰难。我和你爸爸很幸运，几乎是包办婚姻，漫不经心过了三四十年，扭头发现竟然如此契合，很自我地活着，忽视你到都不知道忽视了的地步,可你自己,还能这么好——"

甘田不知道自己的眼睛里有了泪,母亲微笑着:"小时候就爱哭,长大了还这样,我和你爸爸省下的多愁善感,也不知道够不够你用……"

艾冬颇有意趣地歪头看他,甘田拉起她的双手,把脸埋进去:"我们也'自定义'我们之间的关系,好吗?"

艾冬扑哧笑了,扳他起来,看着他的脸:"你呀,是个瘦金体的'渣'!"

甘田一时没有全部理解,艾冬说:"狂草写的'渣',还不容易辨认,你很容易辨认,清清楚楚,但是好看,线条优美……"甘田想辩解,艾冬阻止了他:"你想说,你为了捍卫'自定义'的完整,才把自己碎成了世人眼中的'渣',是吗?"

甘田愣了一下,他没想到这层意思,却觉得这句话像是从自己心里掏出来的,就傻乎乎地点了点头,艾冬看着他笑,甘田忽然有些慌乱——这话,太像厚颜无耻不负责任的借口,忙摇头,说:"我的意思不是……"

艾冬用手指按在他的嘴唇上,带着恶作剧的笑,开始说:"你什么也不要说,话语是误解的根源。你们这里的人啊,在一个花园里种了五千朵玫瑰,但是他们却找不到自己想要的东西……"

这段《小王子》里的话,甘田曾经用来在艾冬试图抓紧他时"遁逃",此刻艾冬略带嘲讽地念出来,可见她的心境早已不复当初——星空下的苦难那么巨大,宛若草芥细虫的两个人,能有执手的此刻,已是罕见的幸运——除了欢喜,再若生任何念头,都是贪婪。

"你的那些醉话,我只听了一两条,就没再听了。"艾冬放下梳子,扭头说,"要不要一起听?"

"不要!"甘田擦着头发从浴室里出来,丢了浴巾,过来抢到艾冬放在梳妆台上的手机,"太好了!菩萨有灵!大慈大悲!"

"我凑巧听到了蹦蹦什么的,后来呢?"艾冬绷着笑,故作淡然地问。

甘田知道自己又冒傻气了,恨恨地把手机放在床头柜上,他一眼看到台灯下面挂着一只青玉带沁的蝉,心里一动,伸手摘了下来,扭头看着艾冬。

艾冬起身走过来:"这是我的一个奇遇,那天在拉帕尔玛岛的海边,有个散着头发的小女孩,递给我们两枝百合,然后一直看着我,我不知道什么意思,这时候有个非常英俊的亚洲男孩走过来,给了那女孩子两欧元,我才明白过来。因为他说英文,我也不敢断定是哪国人,他告诉我,很多中国人来这里就是为了荷西三毛的故事,也不知道从谁开始的,往海里扔鲜花就成了一种方式,当地的孩子也就有了这个营生。编剧老师笑着说,再也没有了流浪,只有消费。我们就把花扔进了海里,后来告别的时候,那男孩子突然把这个放在我手里,说送给我。"

甘田听着艾冬的话,看着掌心的那只蝉——有些心惊。

艾冬拿过了玉蝉,翻过来给甘田看蝉腹,"那男孩子很细心,告诉我,这只玉蝉的腹部有两个穿孔,是帽子上的,不是坟墓里出来的。我都没来得及拒绝,他就跑走了。我大概知道一些,晗蝉是没有孔的,其实就算是冠蝉,也未必不是坟墓里出来的。我不介意这些,蝉本身就象征重生——你怎么啦?"

甘田笑笑:"听见有英俊男孩送你东西,不高兴了。"

艾冬说:"真该拍张合影——不只是英俊,干净得带有几分仙气,我们两个老女人都有点儿犯花痴,足足说了一天。"

甘田拿起自己的手机,开始翻照片,挑出一张有夏生的照片,放大给艾冬看:"这就是你的英俊男孩吧?"

艾冬摇摇头:"这个也很好看,不过肯定不是。我没法给你描述,但我看见了,绝对能认出来。哦——这个就是你说的那个出走的贾宝玉,是吧?"

甘田扔了手机,歪在枕上:"看来你还是都听了——我还说什么了?"

艾冬没说话,放下手里的玉蝉,拿起甘田的手机仔细看夏生的照片。

甘田说:"三维的你不搭理,看着二维的流口水?"

艾冬放下手机,笑着说:"我要始终保持不搭理你的能力。"

艾冬靠着甘田躺下,手里举着那只汉玉蝉。

甘田说:"收好吧,别随便让人看见。"

"为什么?"艾冬还在看。

甘田说:"我想,也许它是夏生的汉玉蝉……"

2018年5月1日 枫舍

变文 三

问津

上　忘路之远近

1

在非洲大陆奔走的那百日，教科书留在艾冬脑子里的旧图景——远方还有人类力量未及的莽苍洪荒之地——被抹去了。大自然，沦落成了保护区。

舒同说得更彻底：地球就是个巨大的 shopping mall（大型购物中心），城市是光鲜的店铺与餐厅，村野是仓库和后厨，名胜古迹是陈列的装饰物，河流、森林、海洋是绿化景观和游乐园，所有物种按照消费者的需要分为宠物、食物、玩物、象征物、寄生物和害虫……

艾冬是为公司的一个反盗猎题材的电影项目陪同编剧舒同去搜集素材，带领她们从东非到南非走了三个反盗猎营地的志愿者老崔，在非洲十几年了。

在车上，艾冬默默地听着舒同和老崔聊天。

老崔一边开车一边说话："取象牙时，很多大象还活着，盗猎者用电锯切开它的面部……盗猎者屠杀了整个象群，他们这些神经被磨成钢筋的汉子，面对荒原上一个个血淋淋的巨大尸体，都会哆嗦。偶尔能发现还活着的小象，不过救回营地，也活不了，它们不吃人给的东西……"

车里安静了一会儿，老崔又开口了，语调依旧平淡："偶尔小规模的盗猎，我们还能干涉一下，大规模的，直升机、装甲车、火箭炮，还有雇佣兵，我们做不了什么，也许用不了五十年，不只象，恐怕没什么会是真正野生的了。非洲南部这边的情况稍微好一些……"

他的车速慢了，渐渐停下来。太阳升起来了，河边茂密的水生植物丛中，显出了象群的身影。有了绯色的天空做背景，它们像某种远古的神祇，宁静安详地转动着巨大的头颅——引擎声停下了，大象的头又转向了河流。

老崔招呼大家下车，艾冬脚踩在地上的时候，才感到置身这样场景中的自己，腿在发软，呼吸不畅。两只尚未长牙的小象，步履蹒跚地朝他们跑了两步，就在几米开外，甩着软嗒嗒的鼻子，看着艾冬他们。

艾冬忍不住朝前迈了半步，立刻退了回来，怕惊扰它们。它们好奇地歪头互相看看，又一起用各自的笑眼看着她。

艾冬眼睛里一下充溢了泪水，她遮掩地吸了吸气，忙拿墨镜戴上了，扭脸看见身边的老崔，他毫不掩饰地张嘴笑着，憨憨地笑——透过自己的泪水，艾冬看懂了那笑，不只是欢喜，还有无法解释的感激……

艾冬没注意到舒同拍下了这一刻。回程的飞机上，舒同给她看照片：艾冬略低着头，显然是在拿墨镜，有一滴泪刚刚溢出眼眶，旁边的老崔仰头张嘴在笑，两张脸都笼罩在奇特明亮的光里。

舒同说，这是照进绝境的光。

2

电影《绝境》的汇报方案完成，艾冬控制着内心的激动，颇为郑重地对导演和舒同说，如果能够跟他们一起合作完成这部电影，是她的幸运和光荣。

如果——艾冬后来想想，这俩字透出了她自己都未意识到的担心。

汇报会上，舒同和导演的阐述结束后，会场一片安静。公司老总咳了一声，向两位老师表示感谢，然后看向投资人。投资人淡淡地说："两位老师这是奔着三大电影节的奖去的呀！"

舒同一笑，看了看导演，导演冷着脸说："要拍人兽情未了，您找我干吗？"

老总哈哈笑着，插话进来，他说票房这事儿，也是没个准儿，最近，一部文艺片，一部纪录片，都意外爆红，千万左右的投资，票房好几亿——看来中国电影市场也在消费升级呀。

老总的话音儿也是支持这个方案的。

投资人的语调闲淡依旧，但言辞也尖刻依旧。"做大概率成功的事儿，这是成年人的常识吧。"他顿了一下，"抛开市场，我们就谈创作。你们亲眼看到了，自己的同胞十几年抛家舍业在做反盗猎的志愿者，不震撼不感动吗？我说得还不够明白？现成的世界级好题材——地球悲歌与中国英雄赞歌混合而成的宏大交响曲！你们倒好——就说这名字,《绝境》!这是什么格局?什么调子?!可真是说了也不听,听了也不懂啊——"他控制了一下自己的情绪,转向公司老总:"我来给你打工吧!"

汇报会在老总略带尴尬的笑声中,结束了。

人力资源总监下午就和艾冬谈离职了,先感谢艾冬十年来的贡献,再说公司的艰难——这次要走的也不只她一个。

官话说完,自然要说些私房话。总监有些心疼地看着她:"艾冬,你就是太老实!人家用个发霉的烂窝头换你手里的蛋糕,你还就真换。这回,你是被你带出来的那个'绿茶'坑了,要是项目在你手里——"

"发霉的烂窝头",说的就是这部反盗猎题材的电影。这个项目拖了两年多,跟投资人深度介入创作有关。前番走马换将,是因为投资人嫌弃上一拨主创立意肤浅手法俗套,真的深刻起来,又批评人家把中心思想弄错了——自认为懂影视有想法有情怀最终还要票房的投资人,一定会把项目变成火坑。这个火坑,可是艾冬自己跳的。

艾冬原本"手里的蛋糕",是她做了两季的情景喜剧《心理分析师》,小成本网剧,收益不错,正在筹备第三季。老总年前找她谈话,让她接那个反盗猎的电影,第三季交给别人,她答应了。

人力资源总监出主意让艾冬去跟老总哭闹,辛辛苦苦十几年,最好的年纪替公司卖命,四五十了被一脚踢出门,一声不吭就走,也太窝囊了。艾冬知道她是好心,只是艾冬实在没有哭闹的本事,决定既不难为自己,也不难为公司了,顺顺当当签了离职协议,走人了。

舒同从别人那里听说了艾冬离职，特意把她约出来吃饭，话语间竟有些不安和歉意——自己应该跟公司老总说明白，是导演和她没有听取艾冬的建议，坚持了《绝境》的剧本方案。艾冬忙解释，那不是根本原因。公司裁员，都是挑薪酬高、年纪大、可替代的。作为制片人，自己既没有强大的资源整合能力，也没有足以产生行业影响的专业能力，哪怕是做那种被业内调侃为"秘书助理加保姆"的制片人，她也没有年轻人的精力和体力了——就算不被"绿茶"替代，也会被"白茶"替代，她能理解。

舒同笑起来："真没想到，这把年纪，你还这么天真。"

艾冬脸上一热，拿起杯子喝了口水。

舒同说："我不是在讽刺你，我是真的很感慨。不可替代，那说的是圣人，天不生仲尼，万古如长夜。你我之辈，谁都可以被替代。"

艾冬笑道："您是行业大咖，有那么多成功作品……"

舒同说："傻女子！这道理，我跟儿子讲过。衡量自己的内心世界，用哲学，甚至可以用宗教，建立绝对价值。面对外部世界，机械物理学就够了。不拧巴不缠绕。人活着，就是把动能转换为势能，很简单。有人出身好，天生势能高，有人出身低，但有头脑，有才华，善于学习，善于沟通，包括长得好看，这些都是动能，会随着时间耗散掉的，占据位置，赢得权力，积累人脉，把持资源——这就是转化为了势能。作品就是影响力，影响力积累到一定程度，就成为一种权力。势能会保护你，不被欺凌。人群的残酷，远超过我们在非洲草原上看到的景象。你人到中年，还这么无遮无挡地站在天底下，想想都让人心疼。"

艾冬早就对自己的"无能"有足够清醒的认知，倒也没有因为这番话再多出几分挫败感，反而被她那句"心疼"，说得心底一热。

3

这个午觉睡得有点儿长，不能再躺着乱想了，甘田晚上要过来，还得去市场买食材。艾冬起来，先做了杯意式浓缩，喝咖啡的时候看到沙发上放着甘田的新书《自定义人生》，前几天他带来的，艾冬还没翻看过。

说是新书，其实都是旧文——是甘田在"甘泉心理咨询中心"的公众号"灵台方寸"里亲子关系主题文章的结集。公众号文章已经结集出版过，再出个单一主题的集子，不无榨取粉丝的嫌疑。

艾冬拿起书，翻过了封面上英俊逼人的甘田，翻过一篇篇标题长得要用逗号的文章，她看到了那篇代后记《母亲的话语，父亲的星空》。

越自由，越艰难——这是母亲的话。

我们都渴望自由，财富自由，意志自由，情感自由……从来没有一种自由，像人们惯常想象的那样安全且轻盈。

所有外在束缚的绳索，也是使你免于坠入虚空中去的保险绳。自由就意味着放开保险绳，危险随时会降临，在你坠落的那一刻，你将会感觉到无拘无束的自我，是如此的沉重……

保险绳,即便舍不得它断,依旧不会喜欢,甚至会因此痛苦。

还有一种可能,就是把"绳索"置换成"引力",像天体与天体之间那样,靠着自身的质量,形成稳定的系统,却同时保持个体的独立。

我父亲是理论物理学家,他的职业,我觉得无聊,而且没有前途——他对我职业的看法也一样。他嘲笑我过于天真的比喻,真实的星空比人类社会更加残酷。他看着我说,譬如你,就是个黑洞——哪颗星星碰上你,可是不太走运。

艾冬看到这儿笑了一下——甘田的这些文字里,有了诚恳。

甘田文章的调子惯常是诚恳的,但那种诚恳,像随时可以从口袋里掏出生命奥义的牧师,或者保健品推销员,推心置腹地要给你好东西。这篇代后记里的诚恳,带着戒慎恐惧,对于他的粉丝读者来说,可能会有些不适、不安,甚至不解。

这样的诚恳,大可不必为人所知——犯不上对整个世界掏心掏肺的。

艾冬想着,继续往下看,意外地看到了这样的话,甘田说他在坠入虚空的眩晕中,遇上了一个陷在抑郁泥淖里的女子——不知道是谁捕获了谁,他和她都因着对方形成了新的星轨,而且在相互作用中产生了内在裂变,她变得快乐,而他也前所未有地感觉到了真实与美好——他希望自己是对的。

艾冬的笑变得五味杂陈。

甘田没有诚恳得太过,还是用一个兑了糖水儿的故事兜住了底。

作为那个曾经"陷在抑郁泥淖里的女子",甘田的确以超乎艾冬想象的力量和方式,影响了她的生命。自从去年春天,艾冬向他打开了自己的世界;去年夏天,他从闷热的房间里救出吃错了药脱水昏迷的艾冬——欲仙欲死,用于描述那段日子,不是比喻。

但她在意识到这份耽溺的同时,就试图挣脱了。

不是因为不信任甘田,而是艾冬知道,作为性识无定的人,谁都经不起这种完全的依赖与交托。虽然甘田的善良、体恤和远超一般人的理解力,使得他能担承更多,但再多,也有限度。

他含糊其词的"内在裂变",对于艾冬来说是人生中最为重大的事情。纵然此后他们之间,的确出现了甘田所说的"真实"与"美好",她也不愿意就这样进入甘田的叙述。那关乎她心底最为隐秘而深刻的东西,她不想那些在传播中注定腐败变质的言语,草率轻佻地去触碰、沾染。

明知道自己不该当真——甘田的文章完全可以视为虚构作品,也信他丝毫没有轻慢她的故意,但艾冬还是感觉被冒犯了。

4

艾冬放下书,出门了。

温热的午后夏风一吹,那点儿多思出来的不快也就散了。买青口贝的时候,甘田打来电话,问她在干什么,又抱怨盒饭难吃——他今天有两场签售,午饭是在换场途中的车上吃的盒饭。

艾冬告诉他晚上有好吃的。

下午五点，炖盅定时，食材洗净切好，配料备齐，艾冬在心里列了张晚上的菜单——土鸡炖汤，配红酒的小菜是萨拉米香肠和蓝纹奶酪，口味都很重，不过是甘田的心头好，蔬菜沙拉，青口贝用泡椒加干酪焗，等甘田进门放进烤盘就行……

厨房里弥散着瓦尼拉豆荚奶油味的甜香，这种生长在马达加斯加岛上的香豆荚通常用在甜点中，艾冬拿来泡酒，炖鸡和牛肉，觉得更好——甘田说，艾冬老弄一些有着咒语般奇怪名字的香草，再这么吃下去，突然有一天他变成山羊、鸽子或者青蛙，也不是不可能。

一阵巨大的恐慌，突然撅住了她的心——她佝偻起了腰，抓住水槽的边缘，额头竟然冒出了汗珠。这种没来由的心慌刚才出现过一次，在她点数挑选的蔬菜时——罗勒、迷迭香、小青柠、芝麻菜……这些植物都弥散着让人愉悦的气味，她的脑子里同时滑过它们的名称，心脏却忽悠一下荡到高处，又重重跌落下来，给菜过秤的摊主以为她突发低血糖，建议她喝杯果汁……

当恐慌再次降临时，艾冬没有躲闪，她抓住金属水槽的边缘，看着失去血色的指甲，在急速坠落带来的强烈失重感里，迎着心底卷起的狂风——那阵狂风，掀起了那些由重重叠叠的"物与名"连缀出的人生幕帐。

前几年，她的人生像烈日暴晒人潮拥挤的广场忽然起了骚乱，身边的人都被冲散了，她跌跌撞撞害怕因踩踏而死，慌不择路地推门进到了空无一人的陌生房间，冷气充足，汗意顿消，她长长地呼出了口气，定了定神，才意识到，一个人，此后就是自己的人生境况了。

待久了，自然会有些凉，有些慌。她就在房间里，用精致琐碎之物生出了"帘幕无重数"——那些物与名，被过于发达的感官触角抚摸、吮吸，生出了重重臆想，成了珠帘罗幕，缀满蕾丝流苏，绵密细腻、小心翼翼地勾连遮掩着虚无苍白的底里；而那底里，偏又从那丝丝缕缕的缝隙间，透出混杂着古典熏炉与时尚香氛的哀矜与欢喜；于是，帘外桃花帘内人，装模作样地抵挡着什么，思想着什么，自以为早于帘缝间窥尽了人生人世的真相，妖妖趫趫地恨一声，叹一句，又把头埋进眼前的精致琐碎里去了……

那些丝丝缕缕的"破布条子"抵挡不了什么，从感官得来的慰藉，别别扭扭到了心里不知道会拧巴成什么东西。她借了甘田进入她世界时携带的冲击力，拆掉了那些"帘幕"。她还记得照进天光时心里的感觉——若无这片天光，她和甘田走不了这么远……

艾冬被公司辞退这件事发生后，甘田一度非常担心，但艾冬不仅理智上坦然接受，情绪反应也很正常。甘田对她颇为感叹惊讶，艾冬对自己也甚是满意——她把失业的日子，过成了悠然长假。

颇为自得的"悠然长假"，不过是在自欺欺人。一不小心，她就坠到"随物婉转"的旧路径里去了。

纵然可以欺人，自欺却变得不那么容易——几天前她就曾经做过一场噩梦，梦见自己大口呕吐淤泥苔藓之类冰冷污秽的东西，醒了之后，反胃恶心了许久。当时她的判断是自己消化不好，此刻想想，那该是被压抑的厌恶感吧。

艾冬闭上眼睛，额头上的汗冷了下来。所谓"长假"，是令人厌恶的粉饰太平——真的"悠然"，哪来的这般恐慌？原本就无多长物的人生，被命运清理得几乎不剩什么了——也就还有个甘田。所谓绝境，差不多就是如此吧。

5

与艾冬一颗孤星不同，甘田隶属一个颇为巨大的星系：祖父母、父母、五个叔叔、一个姑姑，加上他们各位的配偶，有些还不只一任，以及随之而来的弟弟妹妹们。也是过年，艾冬才知道，不只甘田的父母，甘家星系的星星们代代杰出个个优秀。甘田自然不会炫耀，艾冬却从他的话语缝隙里感觉到，甘田不是最璀璨耀眼的，却是最为特别的宠儿，像太阳系里的地球。

艾冬根本无意闯入甘家星系。她与甘田，两个人还在调整彼此的运行节奏，生怕谁把谁撞个好歹，哪还能招架外力干扰？但甘田醉后忘情，春节例行的家族聚会之后，让堂弟甘宁送他去了艾冬那里。

艾冬客客气气送走了甘宁夫妻，甘田倒在沙发上睡了，她一夜未眠。

纵然甘家高级知识分子扎堆儿，接下去的剧情多半还是脱不了国产家庭剧的底色，艾冬连弄这类剧的剧本都会头疼，更不要说给自己在里面安排个主要角色了。她没有那等气力本事，去争吵哀求哭泣撕扯打闹吼叫，矜持了四十多年，青衣变不了刀马旦……纷至沓来的念头，既荒唐可笑，又悲哀恐怖，艾冬朝梳妆台镜子里的自己扔了一团用过的化妆棉——这不叫思考，叫瞎编，用的还都是戏剧逻辑。

只是一般编剧不会给出如此惊险的剧情设定——甘田的小姑姑竟是甘易辛。

艾冬去影视公司之前，甘易辛是她在出版社的直接领导。甘易辛热心直肠，母性强烈到具有侵略性，而艾冬乖觉听话，干活努力。虽然只差三岁，易辛姐与小艾，生生变成了主仆兼母女。

这份亲近是单向的——小艾离开后从未主动联系过易辛姐，毕竟那段相处的日子，说不上痛苦，但她并不愉快；甘易辛年而半载还会联系一下她，小艾实在太让人怀念了。

几年前，甘易辛从熟人那里听到艾冬离婚的消息，打电话来问候安慰，也不知易辛姐听到的故事版本成了什么样子，只是长吁短叹小艾人太好，太窝囊太委屈……艾冬自然不会跟她解释内里曲直，忍着听完安慰，就算了。

去年元旦前，甘易辛打电话来问艾冬个人情况，艾冬为免麻烦，说还那样。她立刻说，姐有个天大的好消息。出版社刚退休的主编，太太因癌症去世两年。甘易辛在工作交接时，知道主编还未再婚，如获至宝，立刻想起了艾冬。

主编房在四环内，车是奥迪三，只有一个女儿，嫁去了德国，虽然比艾冬大十五岁，但体型比艾冬的前夫还要好一些。这些都不重要，关键是他人好，像艾冬这种性格柔和、太好说话的人，再碰上个会花样欺负人的，这辈子就彻底毁了……甘易辛本就热情，加上做媒这种事情，自然是烈火烹油——艾冬决定不做无谓挣扎，答应去吃那顿饭。

甘易辛为艾冬寻的良配，艾冬连多问一句的兴趣都没有，谈话只勉强维持了社交礼貌。甘易辛全程旁白解说：小艾人善良，性格好，会做饭，懂生活，典型的贤妻良母，可惜遇人不淑……饭后，艾冬谢绝了主编为她点的冰激凌，起身说："你们慢慢吃，我出去抽支烟。"

艾冬不看甘易辛也能猜到她当时的表情，震惊一定多于愤怒——甘易辛的旁白虽然有些广告性质的渲染，但也不算撒谎，她认识的小艾的确如此。艾冬知道，自己在甘易辛眼里的人设，会跟着那支烟一起，烧成灰烬的，但艾冬不在乎。

艾冬没想到，甘易辛的甘，就是甘田的甘。

就像甘易辛没想到，多年之后，小艾竟然会跟她的田田在一起。

那个不眠之夜后，艾冬接下公司那个反盗猎题材的电影项目，陪着舒同去了非洲。易辛姐苦口婆心地劝诫，还是跨越了大半个地球，追了过来。

当时艾冬正要离开在哈拉雷的酒店，前往津巴布韦和赞比亚交界处的动物保护组织的营地，有五六个小时的车程，他们早上五点多就得出发了。北京时间正是中午，甘易辛说她没心思吃饭，必须打这个电话。

她在家庭群里看到了甘宁拍的合影，甘田搂着的竟然是小艾！她当时头"嗡"一下，血管都要爆了——这是一个可以预见的悲剧啊，小艾，你傻不傻呀？我太了解田田了——他糊涂，他胡闹，他有资本啊，他是男人，比你年轻，他折腾得起。你呢？漂亮话谁不会说？年龄不是问题，孩子不是问题——我告诉你，到时候什么都是问题！我不能看着你结束一个不幸，再制造一个不幸啊……

甘易辛的台词，和艾冬预想的基本一致，也不能再让身边人等着她接电话了，她简明扼要地说了自己在哪儿，不方便多聊。甘易辛被噎了一下,也直截了当地告诉她,和甘田分手——甘田不会认真的!

艾冬淡然回了一句:"既然这样,您也用不着这么认真!"

按照辛易姐的人物性格,不会就此善罢甘休。

事实证明,小艾多虑了。

艾冬必须承认自己的想象力过于平庸,国产剧到了甘家,升格成了雍容含蓄的《傲慢与偏见》。即便如此,还只有甘易辛一个人上台,串了把达西的姨妈凯瑟琳夫人,包括甘田父母在内的所有人,都非常"政治正确"地当了看戏的观众。

甘田说小姑姑傻——自己脑补了一部没发生的戏,还跳进去当了回恶人。

艾冬想,她利用出差制造的这场别离,傻得和甘易辛,别无二致。

这场长达百日的别离,她不只在空间上和甘田制造了遥远的感觉,同时还大幅度降低了与甘田的联系,有时"零联络"的间隔会长达半个月。凭借理性与克制,她的情绪管理做得还不错,至少比甘田管理得好——甘田在一个醉酒的晚上,给她发了一百多条语音:她成了他的"瘾",她不在的这些日子,他出现了百般不适的"戒断反应"……

扪心自问,她制造这场别离,固然是勇敢,更多的却是怯懦,有挣脱耽溺的诚挚与真实,只怕也有狡黠的试炼、欲擒故纵的机心……此刻自然不必再去分辨,望过去,千思万绪都是自我缠陷的蠢念头呵……

也许她蠢得老天都看不下去了,才敲了敲她的脑壳。

上天的敲打落到人身上,定会有裂痕——这些裂痕就是命运的纹路,可惜通常会被人只当作伤口,为之淌血流泪,顾不上细看那纹路的指向……

6

艾冬缓过来,从厨房中出来,在客厅沙发上坐下,对面壁上是黑色电视屏幕,幽暗的液晶屏成了一面镜子,艾冬看着镜子里的自己,单薄,瘦小,甚至下一秒就会消融在那幽暗之中……她的手触碰到了自己的脸颊,温热的肌肤,让她有了真实感,她的手滑到了肩上,另一只手抬起来——她拥抱了自己。

甘田总是用一种孩子气的欢喜与动物式的亲昵纠缠着她。脖颈相交,肢体相叠,两人都在对方的怀抱里了——亲密到肌肤相融一般,却忍不住会质疑,是错觉,或是幻觉?这些念头像鸟一样生着试探的利喙,却也像鸟群一样,挥手即散,散后复来……

自己在自己的怀抱里,是这样的感觉——此刻,心落了下去,安稳地在胸口,一下一下地跳着,像笃定地对她说着,是啊,是啊……

艾冬松开自己,轻轻地呼出口气,走到了窗前。院子里的路灯亮了,天色尚明,那灯光带着怯怯的歉意,像早到的客人——甘田却比说好的回来的时间晚了,她心念一转,放在书房里的手机,响了起来。

甘田的电话——他父亲突发脑出血,他正在往医院赶——甘田的声音里有少见的焦灼与慌乱。艾冬说了句:"你不要慌——"

甘田打断了她:"有电话进来,小姑姑的电话——我再打给你。"

艾冬握着电话,站在窗前。有雾霭从灌木丛中升起来,那是被烈日炙烤过的地面喷淋之后蒸腾出的水汽,在越来越暗的绀色天幕映衬下,泛出了淡淡的蓝……

7

晚上八点,甘田打来电话,说手术很成功——他那边人声嘈杂起来,艾冬清晰地听见了甘易辛的声音,情绪激动地嚷嚷着。甘田匆忙挂了电话。

十一点一刻,甘田回到了艾冬这里。

他离开医院时给艾冬打电话说情况,艾冬劝让他不要过来,太远了,明天还要去医院。甘田只是嗯嗯地应着,说:"你等我。"

他的反应让艾冬生出了额外的担心。

艾冬的父亲去世前,整整病了五年。母亲车祸意外离开后,父亲的病情恶化得很快,最后两年都没能离开医院。即便经济上能够支撑,亲人重病所要求的心力与体力,若非亲身经过,是很难想象的。

甘田进门就抱住了艾冬,耷拉着脑袋不吭声。

艾冬说:"手术很成功,又是微创——很快会康复的。"

甘田嗯了一声,放开艾冬,踢掉鞋子,扯开衬衣,褪掉裤子,光着脚走进了浴室,艾冬跟在后面收拾他的衣服,听到他进浴室后嚷了一声:"我很饿。"

花里胡哨的菜都免了,艾冬给他煮了一大碗放了青菜的鸡汤面。甘田是真饿了,顾不上烫,很快就吃完了,脸上冒出细密的汗珠:"你不是说有好吃的吗?在哪儿呢?!"

艾冬知道他是没话找话,笑了一下,轻声说:"以为你不会过来了,就没做——"甘田欠身去拉酒柜的门,艾冬起身去给他拿杯子。

艾冬出来看见甘田神情呆滞地坐着,累,还有焦虑,整个人失魂落魄的。艾冬放了只杯子在他跟前,他伸胳膊把艾冬揽住了,脸埋在她怀里。

艾冬安慰地拍了拍他的背,甘田松开了胳膊。

甘田默默地喝完了一杯伏特加,才说:"小姑姑在ICU外面跟妈妈吼,把我妈吼哭了,舅舅和小叔叔差点儿打起来——"

本来手术很成功,大家都松了口气。病人进了ICU,甘田祖母因为是医院的老领导,主治大夫请她去办公室详细说明病情。甘田母亲这边安排甘田明天上午先过来,她有个讲座。甘田刚应了一声好,甘易辛那边就爆炸了。

甘易辛指着大嫂:"大哥一辈子吃食堂吃外卖,衣服鞋袜全是自己收拾,有老婆和没老婆也没什么区别,现在用上儿子了,当初怀了田田为了自己上学非要去做流产,甘田的奶奶和姥姥合力保了下来——小时候姥姥管,上学了奶奶管,田田从小学到初中跟我睡,你管过孩子一天吗?凭什么使唤儿子?!什么讲座比你老公的命还重要?这是感冒发烧打喷嚏吗?这是大病,刚做完手术,你就算没感情也有责任啊?你这是什么态度?"

甘田母亲气得眼泪直流,说我们夫妻用什么方式生活,不用你管!你也没资格评判我的婚姻——你简直是不可理喻!

舅舅当然护着他姐姐,小叔叔要护着他妹妹,陈芝麻烂谷子的旧事都翻扯出来,生活方式论争很快变成了人身攻击,对甘田父母夫妻感情的质疑随之也升级为家族间的道德指责,血气和怒气开始诉诸肢体。甘田挂了艾冬的电话,冲过去抱住舅舅挡住叔叔,好在这时候奶奶回来了,呵斥住自己的女儿儿子,让他舅舅先送甘田母亲回去了。

艾冬叹了口气,问:"你明白他们在吵什么吗?"

甘田灌了口酒:"不明白。"

艾冬看着甘田:"你妈妈走后,小姑姑又跟你说了什么?"

甘田愣了一下,开始含糊其词:"她一晚上都在莫名其妙瞎激动。"

艾冬笑笑:"她可不是莫名其妙。你妈妈走后,她一定流着泪对你说,田田你放心,小姑姑帮你,不会让你爸受罪,也不会让你为难——"

甘田的酒杯在嘴边停住了,惊讶地看着艾冬。

至于甘易辛如何说自己,艾冬连猜都懒得猜了。她看着甘田下巴上泛青的胡茬,很心疼,这才不过七八个小时,甘田已经显出心力交瘁的样子来了。

8

一个中年男人坐在住院部大楼外面的台阶上，进进出出的人都绕着泥雕木塑的他走。艾冬只看了他一眼，就挪开了目光。她不知道那张无助的脸后面的故事具体如何，但她知道，与那故事相比，甘家的眼泪和争吵，近乎无事生非。

只是对于甘田，却还是真真切切的烦难。

甘田父亲第二天就醒了过来，三天出 ICU 进了病房，水肿消得很快，语言能力正常，肢体有影响，影响程度要看恢复情况。

医院里有医生、护士，还有护工，亲友、领导、同事、学生陆续来探望，热热闹闹倒还容易过。难就难在出院后，一个康复期的病人，吃喝拉撒都是问题。甘田最怕的是小姑姑的挑剔。甘易辛来病房，甘田母亲若是在，和她招呼一声就出去了——免生口舌是非；而护士长听见甘易辛的声音就会跑进来，各种解释——免得她借题发挥，让护士或者护工受委屈。

艾冬说："你天天给人上课，讲没有边界的人际关系是危险的，讲有多少以爱为名的控制——怎么碰上你的小姑姑，就束手无策了？"

甘田苦笑："你不是给我定性为文字工作者吗？"

甘田母亲倒是勇敢实践了儿子的理论，明确告知甘易辛，不必费心她如何照顾生病的丈夫。甘田这边说母亲做得对，那边安慰感情受伤的小姑姑——都安排好了，小姑姑不放心，可以随时来检查。

艾冬颇为无奈地看着爱博而心劳的甘田。

甘田接着说:"六月初,母亲要带团去莫纳什大学参加国际语言学峰会;我四月份病倒住院嗓子彻底哑掉,上海杭州一线六城的巡讲调整到了六月,已经公告道歉改期退票折腾过一番了,现在每场讲座1580元,三千张票卖得一张不剩了——合伙人张泉林带着咨询中心的小姑娘们来看望我父亲时,嘱咐我安心去巡讲,她们排班儿来照顾甘教授。"

"我让她少说便宜话——明知用不着她们,不会没人照顾我爸。我就是担心,甘易辛同志要是真来检查工作,我和我妈都跑得不见人影儿,她可就有说不完的话了。"

艾冬试探着问了一句:"你只担心你小姑姑怎么想,不担心你爸爸的感受?"

"我爸?那是十一维的神级存在,我在他眼里连虫子都不如。昨天我在他病房里待了一下午,他也不爱搭理我,没说几句话,就想撵我走。今天我去看他,正好韦之岸也在,那是他的得意门生,正跟他说什么实验方案,在拉格朗日点放置设备观测日冕和太阳风,听上去像科幻小说里的情节。我觉得很有意思,他听到一半就怒了,说什么时候你们沦落到给实验物理那帮家伙打下手了?你们是闲还是蠢啊?我想劝,刚叫了声爸,他就让我滚,也把韦之岸一起赶了出来。害得我和人家都尴尬得要死,出来互相道歉。看我爸挥手那劲头,胳膊是好多了。妈说出院了不用我管,舅舅已经帮我们请了护工和家政,奶奶,姑姑,舅舅,谁都说不用我管,连我爸都说,不用我管,"甘田耷拉着脑袋揪着头发,声音低了下去,"也许我,可以不管……"

艾冬没再说话，只是听着。

父亲去世前两年，艾冬在医院附近租了房子，雇了两个护工，还是累得昏倒在病房走廊里摔断了牙齿。她不会给甘田讲这些，这只夏天的虫子正陷在自己真实的痛苦里，何苦用冰天雪地证明他的痛苦不值一提呢？

甘田没有去接父亲出院，说有的是人，用不着他。艾冬还是一句都没说他，由着他躺在沙发上发呆。到中午的时候甘田接到母亲的电话，父亲在家摔倒了，又送回医院了。他跳起来，冲去了医院。

晚上甘田躺在父母家客厅的沙发上，和艾冬聊微信。艾冬问他怎么不回房间睡。甘田回答，家里没他的房间。

艾冬不知道该怎么回应了。甘田又发了一条：这个护工明天要走。

甘田父亲摔倒，不能算护工的责任。当时甘田母亲正在给护工讲解他们家的生活习惯，护工有些抵触。甘田下午打电话给艾冬说的时候，唉声叹气："其实我妈是紧张，不是看不起人——反正她俩在外面一递一句地拌嘴。我爸在房间里自己逞能，就摔倒了——幸好没别的问题，只是胳膊青了一块。"

甘田父亲出院时，左侧下肢运动障碍略微严重，大夫说好好复健的话，一到两年的时间，应该能够正常行走。别说两年，连两天都不知道怎么过了。

艾冬看着甘田的微信，想到了兰姐。

要是当初雇到的护工里没有兰姐，艾冬估计自己就不止摔断牙齿了。送走了艾冬父亲，兰姐和艾冬还会时常互相惦记，打个电话。

去年兰姐给艾冬送老家的山药豆时说，干不成了，儿媳妇要生了，得去深圳带孙子。艾冬试着给兰姐打电话，想让她推荐个可靠的熟人。她惊喜地得知兰姐还在北京干护工。兰姐说，本来是攒着劲儿带孙子，没想到出力不讨好，让儿子夹在中间为难，喊！老娘拍屁股走人，出来挣钱还不看脸子呢！

于是，艾冬就在兰姐干活的住院部外的台阶下等她了。

兰姐从台阶上跑下来，拉住艾冬的手，说胖了点儿，漂亮了。

艾冬眼眶一热，笑着说，漂亮啥？老了。

跑去买水的甘田跑回来了，艾冬给他们做了介绍，说了句："就是我这个朋友的父亲——"

甘田把手里的饮料递给兰姐一瓶，笑着纠正："是男朋友。"

艾冬脸上一热，没否认。兰姐高兴得拍了艾冬一巴掌，认真打量着甘田："你小子好命哦！"

甘田笑着点头说是。

兰姐去了甘田家，艾冬有些忐忑，当晚打电话问候兰姐，兰姐说挺好的，让艾冬放心。

艾冬也只能放心了。

9

天越发热起来，艾冬只去了两趟公司，讨要被拖欠的离职赔偿金，其他时间便不出门。

日子的内容和此前一样，吃饭读书睡觉，从上周开始，增加了一项,看剧本。每天也就在小区附近走走,顺路回来在便利店里买点儿水果蔬菜。甘田一直在出差,她一个人吃得有限,市场都不必去了。

日子却也不一样了。

清晨醒来的时候,尚未褪尽的睡意在松弛的身体里流连,夜晚衾被的暖还缭绕在手足间,头脑开始变得清凉,啁啾的鸟声从窗外的枝头一直沁到肺腑里去了。

她也就起床了,吃早饭之前,她还能工作一个小时。

艾冬从上周开始工作。此前有猎头给她打过电话,但艾冬听一听,就放弃了,做制片人,她有着很难弥补的缺陷,但她对自己看剧本的眼光和磨编剧的本事,还是有信心的。月前有个熟人给她打电话:"冬姐,反正你最近也闲着,我接了个本子,帮我看看呗。"

艾冬被噎得半天说不出话来,对方却浑然不觉,哇啦哇啦开始讲剧情,艾冬吁出口气,打断了她:"这样不好吧——随便给外人谈剧本内容。你要是决定请我帮你读剧本,最好先签合同和保密协议,费用我们可以商量。"

现在换对方噎住了,说要请示一下领导,艾冬笑着说好,就挂断了电话。

艾冬过后就没再多想这件事,却听到了关于她"穷疯了"的传言。公司财务的口吻是关心的,顺带着还骂了传话的人,最后苦着脸对着她替公司哭穷。

艾冬叹了口气,说等到七月底,她再收不到离职赔偿金,就提起对公司的劳动仲裁,反正她也穷疯了。

她出了公司,给舒同打电话——舒同在电话那端笑着说:"你下凡了?"

艾冬也笑着说是啊,约她吃饭,把传言的事当笑话讲给舒同。舒同却一下沉重起来,问她的经济状况。

艾冬笑笑:"没有去跳楼的压力,短时间也不至于缺吃少穿,所以还好。"

"甘田给你钱吗?"舒同问得很直接。

艾冬愣了一下,随即笑了:"我们俩从没说过钱,反正我的钱够用。"

舒同瞪大眼睛:"什么叫没说过钱?男女交往哪有不用钱的?"

艾冬哦了一声。"基本都是他赖在我那里白吃白喝吧。"她说着笑起来,"亏得甘田很能挣钱,不然倒十足算是吃软饭。"

舒同看着她:"你还笑?真是个傻大姐——你打算怎么办啊?"

舒同所谓的"怎么办",有着明确的所指。艾冬想想,给舒同讲了点儿自己的"人生物理学"。本来他们这样的情形,理当如同离弦的箭一样,奔着婚姻的箭靶而去,结果只有两种,脱靶或中的——至少在经典力学的理论框架下如此。然而他们跃迁到了量子力学体系,生生让那离弦之箭成了"双缝实验"中的粒子,没人知道接下去会发生什么,包括他们自己。

舒同被她的比喻,弄得大张着嘴,说不出话来。

艾冬嘴角依旧噙着笑:"我能想的,就是自己,工作要做,先得保证生存吧。"

舒同合上了嘴,一脸无奈地看着她:"知道点儿量子力学,就不是无用的文艺女青年了吗？到死都是！"

艾冬粲然一笑，说把这话当赞美听了，然后说，那个传言倒给了她启发，她是可以帮人读剧本的，国内影视业还没有专业的"剧本医生"，也许她可以试试。说着她把自己拟好的业务说明及收费标准文档发给了舒同。

舒同看着笑起来："好嘛！女文青的理想生活又增加了一条——工坊民宿咖啡馆，摄影写作读剧本……看看多久能饿死你吧！"

艾冬第一周的工作成绩，是宣告了一个剧本不治，完全没有挽救的价值，但却充分地肯定了编剧的创造性和潜力，条分缕析，论据充分，最后还给出了可能有用的题材选项。艾冬知道孵化一个剧本的成本，止损和挽救投入之间，很少人能放弃幻想做到前者。艾冬发出邮件后，已经做好收不到余款的心理准备了。

没想到周一的当天，她不仅收到了钱，还收到了制作人微信发来的一封"感谢信"。艾冬才知道，她宣告不治的是舒同儿子的剧本。

这个戏剧性的开端，虽然没让她的小作坊即刻生意兴隆，但随即有两个电影剧本和一部电视剧的初稿，送到了她的手上。又过了些日子，舒同和她视频通话，说让人给艾冬快递了一本小说，女文青开民宿的故事，看完两人商量改编的方向。

艾冬奇怪她怎么会看上这种故事。舒同说不是她看上的，是投资方找过来的，而且对改编没有任何限制和要求，只要故事发生在那个名为桃林的镇子上就行，因为有地方政府的支持。

舒同说拿到书，两页都没看完，真是受不了女文青那种腻腻歪歪的忧伤，绣花儿似的描着自己那点儿小心思，索性不看了，坐等艾冬看完的意见。

艾冬叹息着说真同情那位原作者，杜丽娘碰上鲁智深，人家柳树边做梦，来了位徒手拔树的。

舒同笑着跟她说起了那位女作者。

10

大部分时间依旧是不出门，但那个逼仄的"房间"却不知不觉消失了。重楼叠厦，不过都是痴心妄念——谁又不是无遮无挡站在天底下呢？

艾冬一边这么想，一边笑自己，越发会自我安慰了。

她正在给客厅的绿植浇水，听到了门锁转动的声音，知道是甘田，问了一声，继续去喷那些疯长的绿叶子了。甘田应了一声，进门换鞋，过来，从后面抱住了她。喷壶喷出的水雾，落在两个人的身上，蒙蒙细雨般，艾冬忙松了按柄，挣着要放下水壶，笑说："你又这样……"

艾冬躲着跌坐在窗下的单人沙发上，甘田整个人压过去，在她脖颈之间发出咻咻的声息。艾冬放弃了躲闪，叹口气，搂住了他的脖子，甘田先是挤进了沙发，接着把她横抱起来，放在了自己腿上。

一个月没见，他做出如饥似渴的样子。艾冬能感觉到，他的纠缠里蓬勃的不是欲望，依然还是那种无法用其他方式表达的孩子气的欢喜与动物式的亲昵。甘田似乎想说什么，呼吸急促起来，他的脸还在她脖子上埋着，呵出的气息弄得她有点儿痒，他仿佛感觉到了似的，用力吻了一下那里。然后放开她，起身拉过丢在门口地板上的包，从里面掏出一个信封，放在艾冬的手里："给你。"

艾冬有些不解地打开，摸出张银行卡。

甘田竭力显得自然："你用吧，这个卡我不用，给你用。"

艾冬想了一下，问："你今天去公司开会了？"

甘田嗯了一声，躲闪了眼神。

甘田是前两季《心理分析师》的专家顾问，如今顾问自带流量，公司自然舍不得换。甘田签完合同才知道艾冬被辞的事情，很生气，艾冬劝他算了。公司没人知道艾冬和甘田的关系，此前是艾冬有所顾忌，现在倒是无所谓了，不过也用不着专门跑去张扬一番。艾冬猜他一定是去公司参加策划会听到了什么，也就笑笑，没再追问，把信封放进厅柜的抽屉里。

她转身，发现甘田还站着，他深吸一口，抓起她的手，说："有件事儿……"

他郑重的态度让艾冬的心跳都加快了——"那件事儿"，是甘田父母邀请她去家里吃饭。

看来对于甘田来说，这的确是个"事儿"。他像帮助学生备考一般，花了一个晚上，给艾冬讲理解自己双亲所需的各类知识点。最后总结交代一句总纲："言而总之，他们说任何话，只要按照字面意思理解就行。"

譬如这次，甘田父母邀请艾冬，是为了表示感谢——感谢艾冬帮助他们找到了兰姐。同时他们很想认识、了解艾冬。如果是别人家的父母，你可以理解为这是托词，但对于自己的父母，这就是全部的事实。

甘田说完,竟然咽了口唾沫,等着看艾冬的反应。

艾冬被他的紧张弄笑了:"你父亲我能理解,物理学家嘛,你母亲是国内文化语言学界的泰山北斗呀,我在网上搜了她的书和文章,被称为中国语言学开山之作的那本书,就叫《语言后面有东西》。"

甘田说:"对,她只顾忙着在后面找东西了,没学会正常人类丰富的表达方式。而你吧,也不是正常人类,人家说一句,你能听出来篇论文,所以……"

艾冬笑着看他:"你至于这么紧张吗?"

甘田叹了口气,说:"我不想你哭着从我们家离开。"

甘田跟艾冬讲了一个前车之鉴。

七八年前,甘田有一个交往了数月的女朋友,坚持要去甘田家见他的爸爸妈妈。坚持的程度,按照甘田的理解,当时他只有两个选择,当场分手,或者带她回家后分手。前一天他们约了时间,甘田事先也做了"辅导",但一切还是如同他预料的一样,女孩哭着离开,甘田一路道歉,人家还是和他分手了。

原因很荒唐,女孩子想表现,买了菜在家做饭,甘田母亲不仅没有承情夸奖,反而非常介意她把厨房弄成了硝烟弥漫尸横遍野的战场。据说甘田母亲的厨房只用来洗水果和烧开水。更让女孩受不了的是甘田母亲那句:恋爱结婚是你们俩的事,为什么要跑到我们面前来表演?

艾冬扑哧笑了:"听你的口气,到今天你还是觉得令堂大人不近人情啊。"

甘田也笑了:"听你的口气,我妈还遇上知音了。她这么说你,你受得了?"

"我要是想表演,你爸爸病倒做手术那天,不就该上台了吗?你小姑姑不是还有阻止我表演的预案吗?"艾冬笑着看甘田。

甘田噎了一下,恨恨地说:"你简直要成精!"

11

抱着束向日葵,进到甘家客厅,艾冬还是有些紧张。

甘田在她身后关上门,叫了声:"妈,艾冬来了。"

艾冬对甘田母亲的美貌是有心理准备的,但见面之后还是有些吃惊——原来没有年龄感的真实含义,与皮肤发质体型着装都没有关系。甘田母亲并不比实际年纪年轻,就是个年届花甲的老妇人,素颜简衣,头发灰白,让艾冬惊讶的是她毫无枯槁之气,依旧水润山青,濯濯如柳,笑起来眼角鼻翼唇边的皱纹都会被牵动,但那笑使得她的脸有种少见的照眼的明媚。

甘田母亲把艾冬带来的向日葵插进一只涂着绿釉的陶瓶中,笑说:"艾冬,我听田田说,你很会养花,不喜欢鲜切花。"

艾冬笑了笑,猜不到下文,安全起见,就不接这个话了。

甘田母亲说:"我能把任何绿植都养成标本,这个好看,省事儿,还好处理,败了一扔——我这个瓶子正好插十五枝,田田告诉你的?你注意到了吗?这个瓶子的颜色,形状,跟凡·高画里的一模一样,你猜我在哪儿买的……"

艾冬进门一个字都没说，只剩下笑和点头。她看了一眼甘田，他正在偷笑她的紧张。艾冬这时候倒盼着甘田母亲像对待那位"前车之鉴"里的女孩子一样，打过招呼就离开，让她和甘田在客厅里"自己玩儿"。

艾冬享受的接待规格高——甘田母亲插好花，笑吟吟对着艾冬，摆出认真谈话的姿态。艾冬的心肺都感到了骤然升高的气压，好在兰姐像救星一样出现了。

兰姐壮硕的身体上穿了套秋香色真丝绣花裤褂，有些炫耀地对艾冬说："漂亮吧？戴老师不穿，新的，送我了——滑溜得跟没穿衣裳一样。"

艾冬笑了，兰姐对甘田说："你点饭店的菜吧，点你爸妈爱吃的。"

甘田母亲脸上露出孩子般开心的笑容，立刻对甘田说："田田，江南饭庄新添了霉千张蒸排骨，记得点。"

家政阿姨出来笑着说："切好的菜我都放冰箱了，饭蒸上了，鸡也炖上了。本来说今天有客人要多做几个菜，结果反而提前下班了。"

甘田母亲还带着难以置信的惊喜，看着兰姐："你怎么肯答应了？"

兰姐哼了一声："你老公说，他想那个剁椒鱼头，也快想死了！"

甘田母亲的脸上竟然浮现了红晕，不好意思地嗔怪兰姐："秀兰，你又乱说。"

兰姐冲艾冬一笑，转身，边走边比画着兰花指，拖着腔唱了句坠子："他二人将房门关上，吓坏了门外的红娘……"

艾冬低头笑了。看见兰姐依旧欢乐而剽悍,艾冬彻底放心了。

"艾冬",甘田母亲开口叫她,艾冬忙抬头,收敛了笑意。

"艾冬,我对你很好奇。你和甘田的小姑姑甘易辛是朋友,我听她说的你,和田田说的你,还有兰姐说的你,完全不是一个人——为什么?"

甘田这时抬起头,略带无奈地说:"妈,天儿就是这样让你聊死的。"

甘田母亲不满地哎了一声:"我很诚恳的……"

甘田挪到母亲身边,安慰地搂着她:"太诚恳了。你这么诚恳地谈下去,人家就哭了。"

艾冬嘴角抿着笑意,垂了眼皮,假装在看骨瓷杯里红酽酽的茶汤,听到甘田对她说:"哎,别忍着了,想笑就笑吧。"

艾冬释放了自己的笑意,抬眼看甘田。甘田说:"我妈紧张,她有黑历史。"

甘田母亲说:"明明是你的黑历史——可以跟艾冬说吗?"

甘田说:"她知道。我估计她坚持不到一小时。"

甘田母亲笑着对艾冬说:"其实是个很简单的误会——怎么吃饭。甘田的女朋友,我只见过这一个。除了韦婷,我们两家算是世交,那是从小——"

甘田忙拦:"妈,妈,可以了,换话题吧!"

艾冬说:"其实那个关于如何吃饭的误会,背后的冲突蛮本质的。没有交流可以独立存在,完全不了解对方的上下文,冲突就成了必然。"

甘田母亲拉开儿子的胳膊,身体向前倾:"上下文这个比喻,有意思。"

艾冬放下了茶杯:"我没有能力和您讨论文化语言学问题,我就说自己,也许是家庭影响,性格原因也有,我会揣摩别人的上下文,根据人家的上下文说话做事,譬如以前面对易辛——老师。和甘田在一起的时候,我会比较真实。"

甘田母亲敏锐地抓到了那个程度副词:"比较真实——还不是完全真实。"

甘田收起了手机,及时挽救谈话:"艾冬教育我的话:真实是一种生命能力,不是你想真实就能真实的。妈,你和我爸都是超人,不懂我们这些凡人的有限。"

12

甘田父亲是被兰姐用轮椅推出来的,但他还是在兰姐的搀扶和拐杖的支撑下,站了起来,坐到了一把藤椅上。艾冬站了起来,叫了声"甘教授"。

甘田父亲笑着示意艾冬坐下。他们父子轮廓很像,只是父亲的身形更魁梧,纯黑色T恤,平整熨帖的休闲裤竟然是颇具时尚感的脏粉色,脚上的亚麻拖鞋都有深褐与黛绿织出的精美纹路。

这还是在病中——艾冬不由得看了甘田一眼。甘田说:"你不会也觉得我爸比我帅吧?你这眼光够呛啊!"

艾冬笑笑,没说话。

兰姐说:"你爸没你长得好,就是比你会打扮。"

甘田父亲笑起来,对艾冬说:"谢谢你啊,艾冬,帮我们请到了秀兰。我们家现在算是有领导了,在她的'极权'统治下,安定团结,幸福快乐。"

甘田母亲又回到了"上下文",问艾冬:"你也揣摩秀兰的上下文吗?"

艾冬由衷地说:"兰姐比我境界高,我就是想揣摩也无从揣摩,她不立文字,直指人心。"

"这话说得好。"甘田父亲扭头看兰姐,"夸你呢。"

兰姐说:"我知道。不懂啥意思,也知道是夸我的。就像那天,他小姑说我'奇葩',我也不懂啥意思,就知道是骂我的。"

艾冬隐隐察觉了兰姐的意图,紧张起来。甘田比她更紧张,忙问:"小姑姑来啦?什么时候的事儿?你们怎么没告诉我?"

那天甘田父亲在康复中心做完复健,他的学生把他和兰姐送到楼下。兰姐推甘教授上楼,在电梯里遇上了来看哥哥的甘易辛。一起进屋,他们兄妹说话,兰姐就给客人倒杯茶端过去——家政阿姨只上午来,洗衣打扫,做一顿饭准备好晚饭的食材,到中午就下班了,早饭晚饭兰姐顺手就做出来了。这是兰姐来了之后确定的,免得家里一下多出两个人在屋里转来转去,甘田母亲难以适应。

甘易辛和大哥的平和谈话维持了不到十分钟,两个人就吵了起来。

甘易辛说:"我就奇怪,我关心你,你反而生气,你老婆扔下你不管,你不仅不生气,说一句都不让我说。"

甘田父亲说:"甘易辛,你是女性知识分子啊,怎么这么顽固地维护婚姻制度对女性劳动的剥削呢?她是我的伴侣,不是我的奴隶。"

甘易辛气笑了:"哥,你那脑子不是出血,是进水了吧?这什么混账逻辑?你还觉得你们夫妻感情好啊?我早就说过,哪天你倒下,她肯定不管你——让我说着了,你面子上下不来,跟我嘴硬。你们这么功利的婚姻,还有如此自私的母亲,给田田造成了多么严重的创伤,你们反省过吗?田田为什么……"

兰姐本来在屋里看剧,先是听见他们高声,就关了视频,听了一会儿,出来了,对甘易辛开口了:"他小姑,你是来看病人的,还是来看笑话的?"

甘易辛当然不高兴,说:"我们兄妹说话,有你什么事儿?"

兰姐说:"人家两口子是好是歹,有你什么事儿?!还有,儿子不想结婚,就是因为看到爹妈婚姻不幸福——你咋知道的?从小缺母爱,所以才不找女朋友找个妈——他就是找个奶奶,关你屁事!"

甘易辛看着兰姐:"你真是个奇葩!"她扭头看大哥:"你们家连找来的护工都这么奇葩!"

甘易辛留赠给兰姐一大束"奇葩",离开了。

甘田父亲笑着说:"大快人心啊!这辈子我都没吵赢过甘易辛,她每次用那种真理在握的嘴脸恐吓我,嘲笑我,把我气个半死……"

13

艾冬和甘田母亲一起摆放餐具。甘田母亲有些感慨地看着艾冬,说:"你和田田,像两个无意间碰到一起的迷路孩子,手拉手走在一条不知通向何处的路上。"

艾冬笑问:"您有建议给我吗?"

甘田从厨房里端着装了盘的剁椒鱼头出来,放在餐桌上,对艾冬说:"这道题超纲了,我妈不会。"

甘田父亲在兰姐的搀扶和拐杖的帮助下,在餐桌边坐下:"你妈会给你遮掩。你就继续假装迷路吧!艾冬,你这么聪明,早看出来了吧?"

艾冬在心里怔住了,脸上却只是笑,没有回答。

甘田母亲把碗筷放在丈夫面前:"迷路就是没有方向,你为什么说'假装'?"

甘田显得对他父母提及的话题毫无兴趣,又进厨房去了。

甘田父亲说:"真迷路,第一个反应是找路,找到找不到是一回事,找还是不找,是另外一回事。他有迷路人的惶恐不安吗?他何止是心安理得?简直是扬扬自得,到处登坛讲法,给众生指点迷津呢!"

甘田端菜出来,对父亲说:"老施主,吃口辣椒,冷静冷静。"

甘田母亲笑起来。父亲问他:"你自己信你天天说的那些东西吗?"

甘田反问父亲:"您对您研究的那些东西有确信吗?大家都靠得不到充分证实、自己也存疑的理论吃饭,凭什么您老人家就高贵冷艳,我就肮脏下贱?"

甘田父亲被儿子的狡辩噎了一下。

艾冬第一次见甘田用这种偷换概念的话术——平素他在和人交谈中，总是裕如的，即便与艾冬，遇到压力和对抗，他会沉默，不会狡辩。艾冬看见了甘田内在的狼狈，他在用交锋的姿态抵挡父亲，实际却在遁逃。

大家落座吃饭，甘田父亲问艾冬："知道熵增定律吗？"

甘田在艾冬耳边低声说："老头儿想找补回来！"

那就让老头儿找补回来吧。艾冬看着甘田父亲，摇了摇头："似懂非懂。好像是说多原子构成的系统会有一个自发地从有序到无序的过程，熵增，就是系统的混乱程度增加。我看的那些文章，应该都是在比喻意义上用这个词。"

艾冬说的是实话。熵增、量子纠缠之类的物理学概念，已经成为修辞性语汇，实在是因为蝗虫般的各类内容生产者对概念的消耗量太大。佛家的"成住坏空"说滥了，就换成新鲜点儿的物理概念"熵增"；"天行健，君子以自强不息"说俗套了，就换成"对抗熵增"。对不对、准不准先不管，新鲜就好。不说别人，甘田就在他的公众号里写过一篇讲"反熵"赋予人生价值的文章——《想起薛定谔，人生意义与热力学第二定律》。

与艾冬预想的不同，甘田父亲提到"熵增"，根本没打算跟儿子一样做篇"反熵"文章。他看着艾冬。"熵增不可抗，不可逆，除非系统改变。首先绝大部分系统无法改变或者很难改变，无论是自然系统、生命系统还是人类社会；其次即便能够改变，同时也就开启了另外一个熵增过程，你还要跟着变。人啊，就是在服西西弗斯的苦役，区别只在自己知道还是不知道。我知道，他也知道。"他指了指甘田,"如何面对,各人看着办。我从来不认为自己有资格给任何人建议,他——看在自己基因的分儿上,我给过一个半建议,一个是考大学时选专业,另外半个是婚姻,他都没接受,不接受就算了。不接受我的建议,不是问题,不接受任何给定的人生模式,也不是问题,安于自己没主意,是问题。"

艾冬看了一眼甘田,他显然不是第一次听到父亲这样的论断了,淡然得近乎冷漠。艾冬看见了甘田与生俱来的艰难。艾冬无法苛责甘田的父母,原也不是是非对错的问题,但对甘田,忍不住起了回护之心。她笑了一下,缓声说:"从事心理咨询,他见了太多盲人瞎马坠入深渊的例子。凡人能有的慈悲,也许就是犹疑,小心,尽量不伤害……"

甘田父亲大笑起来:"所有人都替他找借口,他妈妈,爷爷奶奶,叔叔姑姑,弟弟妹妹……艾冬,你替他找的说辞最高级——犹疑,小心,凡人的慈悲。哼!可惜,说辞就是说辞,借口就是借口,假的就是假的!"

甘田夹了一筷子青笋给艾冬:"坚持住啊,别哭!"

艾冬笑了一下。

甘田父亲冲儿子喊了一声:"你就玩儿吧!继续因为所以地给自己编故事玩儿,玩儿到最后,你这辈子就是场戏!"

14

凌虚蹈空的争论,借由餐桌上的一道小茴香煎饺,转换成了家常话。

甘田母亲讲起甘田小时候不知道饥饱,喜欢吃的东西就吃个没够。他很喜欢吃用鸡蛋小茴香摊的软薄煎饼,北京人叫作糊塌子。他那时候不到五岁,姥姥在厨房煎糊塌子,出来发现他把煎好的那盘全吃了——没有十张也有八张,胃胀成了皮球,跟得了腹水的非洲儿童似的,吓得姥姥拉着他去了医院,成了笑话被大家说了很久。

甘田母亲说着,忽然有点儿动感情,伸手去摸甘田的脸:"田田小时候很瘦。"

甘田有点不好意思:"妈,再捏下巴就从两层变三层了。"

甘田母亲认真看看他:"你是胖了不少。"

甘田对艾冬说:"和我妈聊天,想得点安慰,太困难了。"

落到了家常里,这顿饭也就容易收场了。饭后艾冬很快告辞了,知道甘田父母有午睡的习惯,甘田跟着也出来了。

艾冬要回家——她有些累,甘田又跟着她回去了。车上俩人没怎么说话,艾冬甚至迷糊了一会儿。他进门解放了似的踢掉鞋子,艾冬收拾好他的鞋,进卧室去换衣服,出来发现他在客厅地板上撑平板,扑哧一声笑了,甘田喘了口气跳起来:"你笑什么?"

艾冬说:"想念自己的腹肌啦?"

甘田摸摸自己的小肚子,嗯了一声。他随即把自己扔到了沙发上,拽着艾冬的手,让她坐下,自己枕着她的腿,说:"还看《猫狗大战》吧!"

两个人窝在沙发里看这部电影,猫狗递爪一般地互相"攻讦",是他们之间甜蜜的记忆。此时甘田的提议,透着一丝他自己都未察觉的勉力而为——竭力想拉住两个人都在向下滑落的情绪……

艾冬揉乱了他的头发,看着他,甘田挪开了目光。艾冬什么也没说,低头吻他。甘田一下咬住了她的上唇,吸吮着,艾冬被他拖曳着,滑下去,他一只手伸进宽松的裙子里揽住她的腰,一只手轻轻一拽,那只裙子就脱离了艾冬的身体,被他扔到了客厅的地板上。

床笫之欢后的疲惫,给了那点低落情绪自然的遮掩。艾冬等吹风机的声音停下来,对着还在浴室里的甘田说:"一会儿回公寓吧,明天去机场也近点儿。"

甘田出来说:"你把我带回家就为这个?"

艾冬笑着点头:"嗯。现在,你可以走了。"

甘田嘴里说着她冷酷无情,却没再坚持。他在门口很用力地抱着艾冬,松开了,又用力抱紧,仿佛在确认什么。

艾冬低声说:"天热,在外面自己要当心。"

甘田应一声,走了。

下　莫为外人道

1

甘田终于抽了空档去影视公司开会——艾冬离职后,他这个顾问当得甚为敷衍,这是第二次参加剧本讨论会。他进门撞见制片人敲着请柬中的宣传册页在那儿发牢骚:"舒同可真会玩啊!你看这主旨,人物设定,情节线,戏中戏的叙事框架,一模一样,换个名字再卖一回,编剧当得真是没底线!"

旁边的人说:"这个能打官司吗?咱们可是花了钱的,成型的剧本大纲,也是咱们公司的。"

制片人晃着请柬:"人家这是生怕你不知道,明告诉你!出气来的!没看见这是作品改编吗?人家也有真实原型,还有原著,你打个屁官司!"

甘田觉得册页上的书影有些眼熟,拿起来看了一眼,竟是那本《桃花源》,随即放下了。甘田去给这本书的首发站过台,因为学弟贾弘毅。

当年的贾弘毅,胖乎乎,一脸稚气,硕士生看上去还像个高中生,刚搬进宿舍时自我介绍名字都说不清楚,甘田故意把"弘毅"听成了"维尼"。后来发现这个看上去窝窝囊囊的"小熊",还颇为逞强好胜,只是有些笨,往往出风头会变成出丑。甘田笑他,却不烦他,虽然和他只是同寝室,并非一个专业的,但他无比亲热地喊着师兄师兄提出些奇怪要求时,甘田很难拒绝。

贾弘毅央告师兄,想去看他们乐队的排练。

甘田看看拿着个哮喘喷雾用力朝嘴里喷两下、憋着气冲他憨笑的师弟,狠狠心没有答应。甘田也就在贾弘毅面前能装酷,在那些不衫不履真正的师兄面前,被取笑也是甘田的日常。作为弥补,甘田带贾弘毅去看了场国外著名乐队的北京站巡演,可怜的"小熊维尼"因为激动过度当场哮喘发作,把甘田吓了个半死。

甘田毕业后,贾弘毅继续读书,博士毕业后留在北京,成了一枚生活清苦的高校"青椒"。甘田一如既往地疼爱着这个师弟,贾弘毅联系他,他就带他吃喝玩乐一番。也就这几年才见面少了,贾弘毅成了乡愁文化促进会的秘书长——甘田第一次听到这个协会的名字,以为是开玩笑,确认之后大笑许久。

贾弘毅也没介意,热情似火地多次邀请师兄去山清水秀的地方吃喝玩乐,他全包。甘田虽然没有真的成行,但却十分感念"小熊"的心。

这两三年他们没怎么见过面。然而长白山上的参、西双版纳林里的菌、秦岭喝泉水吃虫草的鸡、林芝八年才结一个的黑苹果……神州大地上各种附带神奇故事的特产时不时被打包邮寄到甘田手里,于是甘家上下,后来再加上艾冬,都知道甘田有个情深义重的师弟"小熊维尼"。

贾弘毅早就脱去了刚认识的"小熊"模样,读博的时候就开始瘦下来，还蹿高了几厘米。这几年变化更大，虽然比甘田还小两岁，却是个不折不扣颇带沧桑感的中年人了。只有他叫师兄的腔调，还带着些"维尼"的影子。

在甘田的心里，那个"小熊维尼"始终都在。贾弘毅央告他参加《桃花源》的首发式，甘田正好出差途中，差不多顺路，也就跑了去。没想到这一去，贾弘毅亲手把那个"小熊"的外壳，砸了个稀碎，碎片全扎进师兄的心里去了。

即便作为专业人士，甘田都无法完全理解贾弘毅的心理动机，发自己的不雅照给甘田，简直就是拉开裤子拉链朝师兄暴露隐私部位。这份冒犯和羞辱来得猝不及防——甘田点开看了一眼，一口骤然升起的怒气爆开产生的灼热气流烫伤了整个胸腔。

他当时什么也没问，过后也未对任何人说。删掉那张照片的同时，他也删掉了贾弘毅的全部联系方式。

2

甘田推辞了影视公司会后的饭局，急着去见艾冬——几周前知道艾冬伤了腰，他人在外地，飞回北京从机场来开会，还没见着她的人呢。

甘田到艾冬家的时候，意外发现门是虚掩的，推门就听到了艾冬的笑声，接着听她说："……是甘田。"

甘田锁上门，换了鞋走到客厅，发现艾冬在和自己的父母视频聊天。母亲冲站着发呆的他挥了挥手："田田，让你爸爸再给你表演一下——"

父亲歪着脑袋模仿霍金,用语音合成器的声音,一字一顿带着颤音说:"甘田是个小傻瓜。"

甘田笑得有些勉强——下飞机给母亲打电话,说今天有事儿,明天回家看他们。知道父母不会介意,但甘田自己觉得尴尬。好在父母很快也就跟他们说再见了。

"饿了吧?"艾冬关了电脑,用手撑着沙发,忖了忖,才站起来。

甘田忍不住伸手扶了一下她:"你不是说没事儿了吗?"

艾冬含混地应了一声。"啊,就是活动的时候还得小心点儿。"她推开他的手,朝厨房走去,"炖了牛肉,我喝汤就行,你还有麻将烧饼。晚饭简单。"

甘田跟了过去,艾冬把麻将烧饼放进饼铛加热,抬头看着甘田,笑得有些揶揄:"哎,中国好师兄,我问你,你的小熊维尼,是不是在外面偷吃蜂蜜了?"

他愣了一下,随即吁了口气:"你这成天在屋里,还什么事儿都知道。要真闲极无聊,你揣摩揣摩我,管贾弘毅偷吃不偷吃呢。"

"你不会偷吃。你会按照劳动法,提前一个月告知我,打算换厨子——"甘田刚要急,艾冬笑着拦他,"这也值得你瞪眼啊?舒同接了《桃花源》的电影改编,和我讨论剧本,后来就聊起了八卦——对了,那个新书发布会,舒同也在,她看见你了,就是没跟你说话。"

甘田已经记不清那次"盛会"的细节了,也不想继续这个话题,就不接话,默默等在旁边,艾冬把一碟青瓜丝拌鱼皮递给他。烧饼也热好了,她一边往盘子里放一边继续说:"舒同说那个清洛,是个大美人,艳若桃李的那种,如今照片都修成画儿了,不能信,你见过真人,怎么样?"

甘田拿起烧饼咬了一口:"你也是个俗女人,不就是个长相,值得这么在意?"

艾冬当即不说话了,拿完烧饼,打开炖盅,盛汤。

甘田在心里骂了自己句混蛋,想起贾弘毅,甘田还是很生气,但不该迁怒艾冬。他忙把烧饼放回盘子,开始描补:"我的意思是,你平常不这样——哦,我明白了,你是故意套我的话,是吧?担心我也……"

他演技拙劣的装傻充愣还是逗笑了艾冬。

"你?除了妈妈和小姑姑,什么女人值得你费心思左右为难地周全?"

艾冬说着把盛好的一碗清炖牛肉放在台面上,除了几块牛肉,只有几根芦笋,纵然香气四溢,还是清汤寡水。甘田看着汤碗叹了口气:"这汤跟我一样,清澈见底呀!"

两人端着饭菜出来,甘田说:"哎,抗议一下,这也太清淡了。"

艾冬扶着餐桌沿儿坐下。"你这重口味可真是家传——令尊大人天天跟兰姐抗议,不过都被镇压了。你爸爸刚才说,你妈已经堕落成了极权统治者的帮闲与帮凶,只有他一个人还在做寂寞的英雄。"说到这儿她笑了一下,带着由衷的羡慕,"你父母是我见过的真正的soulmate(灵魂伴侣)。"

甘田不由自主地哼了一声,艾冬眉毛一挑,甘田的斗志也跟着被挑起来了。

他放下了筷子:"他们不是灵魂伴侣,是合约夫妻。我爸认为婚姻只有一个价值,就是合法安全便捷地解决性问题。我妈本来是不婚主义者,接受婚姻的条件是,双方生活完全自理,除了性,对方不能对她提有任何其他要求——所有婚姻对女性的要求,包括生育、家务劳动等,除非她自己愿意。他们见了两面,第三面就去领结婚证了。我爸是恢复高考后第一届研究生,我妈原本比他晚一届,因为我,变成了晚两届。我是他们技术性失误的结果,姥姥和奶奶为了让我能从一个受精卵变成个灵长类幼崽,动用了从科学到迷信的各种力量。真的,姥姥说,实在劝不住妈妈,就偷偷剪了她的头发,拿去给胡同里的一位'出马仙儿'老吴奶奶做法,我妈才改了心思!"

艾冬听完一笑:"这故事,是你从小姑姑那儿听来的吧?"

甘田冷笑了一下:"钦定官方版本,我爹妈审阅多次,还加过批注。我妈妈说,上山下乡,家里两个孩子,她去了东北,舅舅留在北京,如果不是恢复高考,她可能就死在东北了。接到了录取通知书回来,姥姥把我爸的照片放在了她面前,姥姥不止和奶奶见过面,还托爷爷的战友,帮小舅舅调动了工作,姥姥真的拿脑袋撞了床头,头上缠着绷带押着我妈去见了我爸——我妈妈的原话,真是绝处逢生,遇上你爸爸,听了她那番话,不仅没有转身就走,反而一口应承,没问题。我爸加的注释是,包办婚姻就是好。他此前仅有的约会,以对方给了他一耳光、骂他臭流氓宣告结束。那次失败约会的后果很严重,用我奶奶的话说,影响极其恶劣。不过我爸回忆起来痛惜的是那两张《悲惨世界》的票,那时候这样的电影票多难买啊,可对方的问题又多又蠢,害得他没能看好电影。"

艾冬看着甘田。"我丝毫没有质疑这些不是事实,我是说故事逻辑——算了,"艾冬一笑,"我也是傻,还跟你争——你什么都明白……"

3

艾冬的"止于当止之处",反而让甘田心里涌起一种憋闷的气愤,但他忍下了,问艾冬的腰怎么伤到的,电话里问她,她说见面再说的。

艾冬说自己也不清楚,洗完澡收拾浴室,弯腰捡地面上的头发,一下就疼得动不了了——

甘田问:"大夫怎么说?"

艾冬说:"治疗、锻炼——腰腹肌肉力量太差,对腰椎起不到保护作用,加上骨质也开始疏松了。用你爸爸的话说,熵累积到了一定的量,系统功能就开始出问题了呗。"

艾冬说完笑了一下,似乎还有话。甘田被"动不了"三个字绊住了,他有点儿不敢问,但还是问了:"你——怎么去的医院?当时疼成那样……"

艾冬微笑:"不只是疼,更狼狈的是没穿衣服——趴在地上,拽了条浴巾胡乱垫着,趴了半天,慢慢爬到卧室,抓到手机,打了120,幸好睡裙就扔在床边的地毯上,也只能盖在身上了,不敢再乱动，怕真瘫了可怎么办，打电话给小区物业，让他们找人来撬锁了——"

艾冬的这些话，像石块压在甘田的心脏上，一句一句，越压越重，他呼吸都困难起来。

艾冬似乎感觉到了他的沉重，笑了一下："这就是个意外，你别太有负担。"

甘田苦笑了一下："实在怕了你——连道歉的机会都不给。"

艾冬说："你不用道歉的。这个月，不是出差就是活动，爸爸妈妈那里也只去过一次，今天下了飞机去开会，明天要去录节目，就这点儿空你不还过来了嘛。"

甘田憋闷得焦躁起来："你非得这么通情达理吗？"

艾冬怔了一下，随即一笑："哦，不好意思，不知道你要的是楚楚可怜满腹幽怨，还是精灵古怪任性刁蛮，不过你该事先给我剧本，我才好配合你演出啊。"

甘田忍了她的刻薄，认真说："你有不满、难过，直接说，让我解释，道歉，认错，安慰你——现在你连条心理纾解的通道都不留给我——把你一个人丢在这儿，我是有压力的。"

艾冬哧了一声，声音冷且硬："那你实在不必。本来就是意外，从哪儿算都不是你的错。就算我对现在的状态有不满，也是我自己需要解决的问题，不是你的过错。抱怨无法改变的情势，不是幼稚就是愚蠢。我想我还不至于。再说，我也必须学会一个人如何过好这样的日子……"

一股血冲到了脑子里，甘田站了起来："那你好好学吧！"

甘田关上艾冬家门的时候,心里就后悔了。他拿出钥匙,才想起来自己这把钥匙,已经不能用了。他敲了敲门,艾冬没有回应。

甘田在门外站了一会儿,转身走了。

甘田走到楼下,打电话给艾冬,她没有接。甘田就叫车回公寓了。在路上,他又开始骂自己混蛋,想想艾冬,很心疼很难过,但又觉得被她压迫着,很憋闷很生气。到了晚上,气没有了,拿着电话,却又不敢打过去,只发了条微信,一如平常两人不在一起时,说晚安。他满心不安,又有些许的期待。很快,艾冬如常回他,这又让他有些气闷,躺在公寓床上,握着手机继续想,后来就睡着了。

4

这是他们第一次吵架。

以前都是走到了争吵的边缘,就各自勒住了话头,不退让,但也不会放出话语厮杀。这样僵持的瞬间不会持续太久,两个人就各自在心里把那些未出唇的"刀兵之语"消化了,一切如常,好像那静默相峙的瞬间,不曾发生过。

第二天他才完全理解了两个人的这次争吵:那种病态的彼此迁就,消失了。

他都未曾察觉,艾冬什么时候产生的变化,但她此前那份孱弱敏感不知不觉替换为了坚韧通透,他也在不知不觉中开始信任她,信任到可以吵架……

甘田拿起电话打给艾冬,电话通了,却不知道说什么,两个人沉默了差不多半分钟，甘田说了句："明天有雷雨黄色预警，你知道吧？"

艾冬在电话那端扑哧一声笑了，甘田没头没脑地说："我们去看电影吧。"

第二天是周六，甘田上午集中处理了一些急事，没要紧的都推到了下周，买了艾冬家小区附近的影城午后场的票。去的路上才想起来，让腰还没好利索的艾冬在黑漆漆的电影院里坐一百多分钟，也是没脑子。艾冬却说没关系，她挺想看那部片子的。俩人出来时果然雷雨大作，虽然影城所在的综合体与艾冬家的小区，就隔着座过街天桥，但她那娇小的阳伞抵挡不了这么大的雨。站在檐下，艾冬问甘田要不要进去找家餐馆吃了饭再回去。甘田说算了，站着看雨吧。

他揽着艾冬，感觉前所未有的踏实："前天——我走了，你哭了吧？"

艾冬嗯了声："哭了一会儿，不过想想，你虽然有情绪，但很诚恳，我呢，也有情绪，但说的话——反而有些矫情，就好了。"

甘田笑着说："这么宽宏大量啊？"

艾冬说："情绪碰上了情绪，那就宣泄一下呗。"

甘田双手揽起她，艾冬笑着说："你是不是很开心，我们敢吵架了？"

甘田被她说中心思，有些不好意思，胳膊用力想掬她起来，她哎哟一下，甘田忙松手，又怕她跌倒，慌着去抱她，手忙脚乱。倒是艾冬揽住了他的腰，靠在他身上，笑起来。

甘田叹了口气："我们吵架不一样。以前我很害怕和女朋友吵架，明明在气这件事,非得拿另一件事来吵——纠缠不清,让人绝望。"

艾冬挽住他的胳膊:"说说,都怎么跟历任女友吵架的?"

甘田低头看她:"回家摆上瓜子沏好茶,我给你开个书场。"

雷声住了,云色也渐渐淡了,雨丝开始变得纤细透明,两个人撑起伞走回家,身上还是湿了大半。艾冬要去洗澡,甘田跟进了浴室,说要帮她洗澡,不想让她弯腰。艾冬羞得要命,甘田还是挤进了玻璃淋浴房,认认真真地帮艾冬洗了头发。他的手指在她满是细腻泡沫的背上移动,一点一点地轻轻摁着腰椎,问这疼吗?艾冬闭着眼睛靠在他胸口,轻声说不疼……

这个澡足足洗了一个小时,他用浴巾包着她放在床上,小心地找准疼的位置,给她贴上药膏。他给艾冬把头发吹干,梳顺,艾冬说头发越掉越少了,要不要烫成卷,显得多一点儿。甘田说不要。

晚饭甘田本来要点外卖,艾冬说家里有现成的,很好弄。甘田就说:"那你指挥,我来弄。"

甘田在艾冬的指挥下,从冰箱里拿出收拾好的黄鱼,放作料,又拍了一堆姜,和鱼一起蒸。从冷冻室拿出一袋包子,电饭煲里放上笼屉,隔水蒸。

他干活的时候,艾冬说:"哎,不是要开书场嘛,先说一段儿。"

"还真要听啊——"甘田一边洗着做拌菜的青菜,一边咳了声,"伤情最是晚凉天,憔悴斯人不堪怜。"

"定场诗免了!"艾冬把他洗净的罗勒拿了出来,又丢给他几个西红柿去洗,"直接开书——"

"钗头凤斜卿有泪,荼蘼花了我无缘——讲完了。"甘田笑着把洗干净的西红柿放在盘子里,"这一堆西红柿要怎么吃?"

艾冬说:"突然想吃罗勒焗的西红柿——你认真讲。"她从冰箱里拿出一包软干酪,给饼铛加热。甘田半天没吱声,艾冬一边把切好码了干酪的番茄放进饼铛,一边似笑不笑地看着甘田。

甘田说:"我不讲,你不高兴,我要真讲了,你更不高兴——"

艾冬白了他一眼:"自作聪明!"

甘田就笑着说:"等黄鱼吃到嘴里,你再给我杯酒,我就跟你说实话。"

甘田真的说了实话:"吵架基本都是因为别人受不了我的沉闷、无趣、冷漠、自私……反正就是这些词儿吧。吵几回,就分手了。每次都跟'戊戌变法'一样,时长不过百日,以失败告终。真就是那句'卿有泪,我无缘'。"

甘田喝了一口自己倒的酒:"说这话基本是找死,不过我相信你能懂,所以才敢跟你说——不过你对我不也有很精妙的总结吗?我就是个瘦金体写的'渣',容易辨认,但是好看。"

艾冬听到这话,笑了:"你这是断章取义——我是说在别人眼里。也不照照镜子,都成魏碑了,还瘦金体呢?"

甘田也笑了:"你想想,哪个女孩子能忍像你我这样的相处模式——你不觉得我们俩之间很单调吗?见面就是在这间房子里吃饭睡觉,只出去看过两回电影单独吃过一次饭,我也不会送礼物——最刺激的冒险之旅是去我家见我爸妈……"

艾冬笑着问:"那你想要复调,还是交响啊?"

甘田说:"我什么都不想要,就想这样——只是不知道为什么很担心。"

艾冬抿嘴一笑:"我知道你为什么担心。"

甘田好奇她能说出什么来,忙问:"为什么?"

艾冬一笑:"我不告诉你。你想出来,就不担心了。我告诉你,就不灵了。"

这样的时刻,灵动一笑,加上猝不及防的话语,艾冬就像被神奇的光照亮了——甘田有点着迷地看着她,没再说话。

艾冬被他看得不好意思起来,即便如此熟悉了,她依然会在某些时刻突然浮现出羞涩——她扭开脸去,呷了口杯里的酒。

5

甘田好不容易腾挪出一个空闲的周日,就好好睡了一觉,过了十点才揉着眼睛从小卧室出来。艾冬在客厅里专心看东西。

他挨着艾冬坐下,拿起靠垫垫在她背后,顺手从她手里抽掉那摞纸,看了眼封皮,是《桃花源》的剧本,就说:"你们公司的人说——"

艾冬从他手里夺回来剧本:"我早跟他们不是'我们'了。为了那点儿离职赔偿,我跟讨薪民工似的,就差直播跳楼了——劳动仲裁结果出来,他们也没上诉,就是不执行,说没钱——这是等着我申请法院强制执行呢。"

甘田愣了一下:"你为什么不用那张卡里的钱?"

艾冬说:"我的钱够用。但该要的也得要——我在锻炼自己。人变老,也就是在变弱,变弱就会被欺负,别人会欺负你,社会规则会欺负你,自然法则也会欺负你——熵增是不可逆的,我在换系统,硬件系统就算了,看看软件系统能不能换成弱能量运转模式。"

甘田笑着说:"完了,你被我爸洗脑了。"

艾冬推他:"有你爱吃的,快去。"

餐桌的青瓷荷叶盘里是小茴香鸡蛋煎的糊塌子——艾冬终究还是艾冬,她的心思绵密到让人愕然的程度,感动之后,压力跟着也就来了。甘田看看收拾了剧本站起来的艾冬,捏起软软的饼,塞进嘴里,把那些说出来就会被误解的话一起吞咽下去了。

艾冬说:"提起你爸爸,今天要是没事儿,回家一趟吧——我跟你一起去。我有个同学做了档谈话节目,想找真正的物理学家聊《三体》,我自告奋勇答应去请你爸爸做嘉宾,不知道会不会碰壁,反正去试试吧。"

甘田用力咽下嘴里的煎饼:"这同学伤害过你?你这么报复人家!"

他不情不愿地嘟哝着说:"我前天刚回去过,你腰上还贴着膏药呢。"

艾冬没接他的话,让他把冰箱里那两个保鲜盒拿出来。甘田说:"我们就是去,也犯不着自己带饭吧?"

艾冬只是笑,还是不接他的话。事先打了电话,他们进门的时候,甘田父亲正扶着复健器械,在练习站立,抬起满是汗珠的额头,对甘田说:"网红专家又回来了——看来最近不怎么忙啊!这么快就过气了?"

甘田说:"我过气怕什么,您老人家马上要红了。"

兰姐接过甘田手里的袋子,艾冬说:"都是调好味的,上锅蒸就行。"

兰姐进去交给了家政阿姨,出来说:"我给戴老师打了电话,说你们来了,她中午回来吃饭。"

母亲比预报时间更早回来,眉开眼笑地对艾冬说:"我昨天还跟秀兰说,那天忘了让甘田带给你,今天不能忘了。"

她匆匆进卧室去了。一会儿拿出来一个雕花的樟木小盒,里面是一对掐丝点翠的蝴蝶耳坠。"这是甘田姥姥留下的老东西,我从来没穿过耳洞,那天找衣服在柜子里看见这盒子,兰姐说你有耳洞,送给你吧。"

艾冬忙站了起来:"这个礼物太贵重了——"她求助地望向甘田,眼神儿有一丝慌乱。

甘田说:"我妈的话,就是字面意思。"

甘田母亲拿起一只耳坠:"这个很轻的,就一点儿金子,上面是翠鸟的毛,不会很贵的。"

艾冬笑了一下:"谢谢您,这个很珍贵。翠鸟是保护动物。我见过剧组用在古装戏里的仿点翠,都是鸽子毛染色。"

艾冬说着,戴上了那对耳坠。入夏,她原本长及锁骨的头发剪到了腮边,尖尖的下巴两边,突然多了两只勾勒着金边的蓝色蝴蝶,她转了转脸,蝴蝶翩然,靠着唇膏的色泽饱满起来的小嘴,孩子气地嘟起来,随即不好意思地笑了……

甘田只是怔怔地看着她,她那丝慌乱又出现了。艾冬努力掩饰着,轻轻摘下耳坠,放进了樟木盒子。刚被扶进屋换衣服的父亲和兰姐都没看见刚才那一幕,就又逼着艾冬戴上给他们看,艾冬推诿不过,只能又戴上……

比起艾冬的温和淡定,甘田更喜欢她那瞬间的慌乱羞怯。

6

甘田没有参与他们的谈话,说不清楚为什么,这份言笑晏晏其乐融融,总让他有点儿吃力……他正出神儿,电话响了。

电话那端的消息,像一只冰做的箭射进了他的胸口,猝不及防,就格外冷,格外疼。他下意识走开了两步,挂了电话,依旧呆呆地站着,看着那边说笑的几个人。显然只有艾冬注意到了他的神色,站了起来,父亲母亲跟着转了头。

甘田收起了手机,母亲问他:"田田怎么了?"

甘田说:"没什么——反正我也不重要,你们说,别管我。"

"你当然不重要!"父亲回答,"你有什么好不满的?"

母亲笑着拍父亲,甘田看着父亲身上那件纪梵希恶犬T恤,说:"爸,今年最好别穿这件衣服出去,小心人家把你摁倒打疫苗。"

艾冬眼里满是担心,却还笑着说:"你连撒娇,都这么别致啊!"

甘田瞒下的,是贾弘毅的死讯。

一个月前,贾弘毅死了,不知道死在什么地方。学校通知家属说,他是被纪检监察部门叫去配合调查,哮喘发作,心肺衰竭,送到医院人已经不行了。

告诉甘田这一消息的，是贾弘毅的妻子小欢。她请甘田帮她，带着孩子从家里搬出去——贾弘毅生前交代过，如果他母亲不同意，就去求师兄帮忙。小欢根本不敢跟婆婆提这件事。

这是什么荒唐要求？甘田不知道该如何向艾冬表达内心的感受。饭后从父母家出来，简单给艾冬说完原委，在院子里原地转了两圈，太阳穴上的筋一跳一跳的，张了张嘴，什么都没说出来。

艾冬把他从烈日下拉到了楼前的阴凉处，说："还是得去看看吧，到底怎么回事——我和你一起，孤儿寡母泪水连天，你怎么应付？"

甘田嗯了一声，往外走，他走着走着，突然爆发出一阵剧烈的咳嗽——那不是咳嗽，是哭——身体都不愿意承认的哭泣，眼泪流出来了。他依旧呛咳着，艾冬的手轻轻抚着他的背，他的呼吸慢慢平顺下来，接过艾冬递过来的纸巾，胡乱抹了脸上混在一起的汗和泪，说："你的腰没事儿吧？"

艾冬说没事儿，催他叫车。

甘田以前没有来过贾弘毅的新家，房子不大，装修很简洁，虽然客厅的一半已经被孩子的玩具占据了，但很干净。家里的阿姨开了门，拉着仰头看甘田和艾冬的小女孩去一边继续玩玩具了。

贾弘毅母亲坐在沙发上望向甘田，神情近乎肃穆了，仿佛接受朝拜的神像。

他们坐下后，贾弘毅母亲第一句话就是："我不相信弘毅做了错事，他是老实上进的孩子，他——"眼泪还是流下来了，但她迅速擦去了，仿佛流泪是件有损尊严的事情。

小欢从卧室出来："师兄，冬姐，我哄孩子睡觉了。"

贾弘毅母亲看了小欢一眼："你穿的这是什么？"

小欢身上是件浅咖啡色的孕妇裙——虽然孩子好几个月了，小欢的腰腹依然看上去像有五六个月的身孕，伶仃的小腿给人艰难支撑的感觉。她低头没有吭声。

贾弘毅母亲说："你不戴黑纱也就算了，也该穿件得体的衣服吧。你老公就这么不明不白地死了，你倒跟没事儿人一样！"

小欢坐在那把椅子上，依旧低着头，不过哭了。她一边哭一边从兜里摸索出一张纸，哽咽着说："这是小贾给师兄的。"

如同贾弘毅不再是"小熊维尼"，眼前的小欢也不再是当初那个不高兴就拧小贾耳朵的小欢啦。甘田忙欠身接过那张纸，上面潦草地写着很简单的几句话："师兄，请帮助小欢，让她带着孩子过自己的生活。多谢，抱歉。小熊维尼。"

7

"小熊维尼"站在那里，叫着师兄又提出了奇怪的要求，甘田就算能狠心，却也没办法当面拒绝他了。

贾弘毅母亲伸手把纸条夺了过去，看了很久，慢慢将那张纸放下，看了看屋里的人："这什么意思？"

艾冬在小欢身边站着，轻轻推了推她："别哭了。"

小欢忍住抽泣，说："我要带孩子搬出去。"

贾弘毅母亲很震惊："搬哪儿去？你没工作没收入，怎么带两个孩子？"

小欢抬起了头："我搬去和我爸爸妈妈住——他们租了房子。我和贾弘毅离婚了，孩子归我……"

小欢又哭了起来，哽咽得说不成句，艾冬就不断提问，断断续续把事情经过问了出来。三个多月前，贾弘毅和小欢协议离婚。小欢获得了两个孩子的抚养权，而家里的房子因为首付和每月的房贷都是贾弘毅母亲出的，留给了贾弘毅。

贾弘毅母亲指着小欢："你们脑子有毛病啊？"

三个月前，差不多就是贾弘毅张罗清洛新书发布会的时候，贾弘毅说，这本书以及随后的电影，是桃林文化特色小镇建设的重要项目之一……甘田当时听一半丢一半，贾弘毅嘴里总是这个项目那个项目的，甘田不了解这几年他到底在做什么，但把散散碎碎的信息串联起来，具备基本社会经验的成年人，都能勾勒出贾弘毅身上大概发生了什么。甘田忽然想起发布会前一天的晚宴，出去接完电话回来的贾弘毅，舍命陪君子地和甘田喝酒——有哮喘病史的他本来不怎么喝白酒，还有第二天他面对师兄的不以为然，近乎癫狂地冒犯……

甘田用力吁出一口气："阿姨，我不知道是怎么回事，我也不理解贾弘毅为什么要这么安排——我们还是尊重他的想法吧。"

贾弘毅母亲打断了他。"甘田，弘毅的想法要不要尊重，取决于对不对。这是什么混蛋决定？！孩子怎么办？一个刚要上幼儿园，一个还吃着奶，"她转向小欢，"别说拿出这么片儿纸，就是贾弘毅现在站在我面前给我说这番话，都没有用。我不会让你走，更不会让你带着孩子走。你放心，我昨天已经去附近的培训学校联系过了，我这样的高级中学老师，靠补课，也挣得不少。我和你一起把孩子带大,到时候你想去哪儿去哪儿,我不拦着。"

小欢已经哭得身子摇晃,在椅子上快坐不住了。艾冬扶住她:"贾妈妈,也许小欢并不需要您的帮助,她需要您的理解。"

"还要我怎么理解她?!她和贾弘毅离婚了,我儿子的生死冤屈,跟她无关。可孩子不是她一个人的。她没能力,性格又不好,形象就不用说了吧,大专文凭,又没什么一技之长,出去能找什么工作?!"贾弘毅母亲面对小欢,语速更快,"指望你父母看大门扫厕所来养活你养活两个孩子吗?什么叫你自己的生活?你不会想着再找男人吧?有点儿志气好不好?弘毅父亲去世的时候,我和你一样,刚刚三十岁,我为什么不找?我怕孩子受委屈!母亲就该是无私的。"

贾弘毅的女儿和阿姨一直默默地在一边玩着乐高积木。甘田胸口憋闷得有些疼,里屋传来孩子的哭声,小欢抹了把眼泪,起身进屋去了。

贾弘毅母亲对甘田和艾冬下了逐客令:"你们走吧。不帮忙,也别添乱。"

小欢可能听到了这句话,抱着孩子又冲了回来,哭着喊了句:"师兄!"

孩子的哭声和小欢的哭声混在一起,场面凄惨却又异常荒诞可笑。甘田碰上了艾冬的目光,他脸上写着"无奈"两个字,她不会看不懂,就劝抱孩子的小欢进屋去了。渐渐的,孩子的哭声呜咽一下,就停了,想是被母乳安慰了。甘田又坐了下来,拿起了那张纸,低声说:"阿姨,贾弘毅也许有很多不得已——您不知道……"

贾弘毅母亲的泪滚下来,开始给甘田讲如何含辛茹苦地把儿子养大，养成了当地的高考状元……甘田差不多在五分钟之后，把自己从当事人调整为了咨询师，职业状态让他坚持听完了贾弘毅母亲一个多小时的倾诉。以他积累的类似案例为参照，控制狂母亲造成的儿女悲剧，这还不算最惨烈的。

贾弘毅母亲的倾诉差不多接近尾声时，响起了敲门声。甘田坐得离门比较近，起身去开了门。门外站着一男一女，黑瘦的男子有五十多岁，身上穿着件短袖的保安制服，手里抓着几个色彩艳丽的编织袋，矮胖的女人穿着红底黑花的裤褂，一直在玩儿的小女孩扭头冲他们叫了声"姥姥姥爷"。

她颠颠儿地跑过来，抱住了女人的腿。女人一把抱起孩子，却没有即刻迈进门来。艾冬和小欢从卧室里出来了，贾弘毅母亲一下暴怒起来："你们想干什么？"

在姥姥怀里的小女孩激灵一下，小欢妈妈忙安慰地拍了拍孩子。

艾冬说："小欢今天就走，她爸爸妈妈来接她和孩子。车在楼下，小欢只带她自己和孩子的东西，您可以看着他们收拾东西。"

甘田愕然，看着艾冬，感觉完全不认识她了。

贾弘毅母亲抓起茶几上的杯子砸向艾冬，甘田冲过去挡了一下，杯子砸在他身上，摔到地上碎了。甘田顾不上身上的茶水，上去拦住了贾弘毅母亲。

贾弘毅母亲撕扯着甘田号啕大哭起来。甘田任她撕扯衣服，用胳膊护着免得她摔到，好不容易把她扶着坐下了，她伏在甘田肩上哭了好久。

艾冬丝毫不为所动，招呼小欢父母进屋，拿着编织袋装东西，小女孩欢快地努力掬着自己的玩具，扔进袋子里。

艾冬陪着小欢一家人离开了，保姆也走了，甘田一个人留下陪贾弘毅母亲。

她一直靠着甘田哭，哭得心都要呕出来了。甘田心酸得说不出话来，只能轻轻安慰地握一下她的手。

她终于止住了哭泣，走到了窗边，回头看着甘田，她单薄却高大的身影，在暮色里毫无颓意。她说，"甘田，弘毅也就你这么一个朋友——你和他一样，都是心肠软的好孩子……"她用力拉上了窗帘，"今天你带来的这个女朋友，不能跟她结婚，心狠又有主意的女人，不能要！"

她开了灯，走过来时，弯腰捡起地板上一小块儿明黄色的积木，在手里用力捏着。

8

艾冬的腰好了之后，开始去健身房。甘田担心她再练出毛病来，艾冬说她知道，所以请了教练。艾冬给他看私教发来的训练课程以及各种注意事项，甘田注意到的却是私教微信头像里的照片。

艾冬住得远，甘田就算人在北京，能陪她的时间也有限。他想艾冬老在屋里待着总是不好，就强迫艾冬陪他去录视频，说每次进棚都跟唐僧进了盘丝洞似的。

艾冬笑着。"少来，还唐僧呢——猪八戒吧，如鱼得水的。"她揪了揪甘田的腮帮子，"真胖成猪八戒了。"

"我这是累的,加班胖!"甘田分辩了一句,盯着艾冬,"天天看穿紧身T恤的肌肉男,觉得我没法看了是吧?"

艾冬笑着点头,甘田作势要把穿着睡裙和拖鞋的她扛到门外,艾冬央告着答应去才放下。这一去就是一天,好在艾冬事先想到了,带了剧本,坐在角落里读。

晚上七点,盒饭到了。制作人招呼大家先吃,吃完接着录,顺手拿了份合同给甘田,说是这个节目在音频平台播放的合同,让甘田签一下。甘田应了声,接过笔翻到最后一页。刚要签,艾冬要吃甘田饭盒里的半只卤蛋,他就放下笔,拿给她,艾冬顺手就拿起了合同看,仰头问:"音频合同里怎么还有纸质出版的授权条款啊?"

制作人笑着说:"我们都是制式合同。"

艾冬笑着说:"改一下吧。"她把合同递还给制作人,扭脸看甘田:"卤蛋呢?"

制作人看着甘田,甘田故作无奈状,冲他咧嘴笑,把卤蛋递给艾冬。

艾冬和甘田两人出来,已经夜里十点了。甘田要打车去吃消夜,艾冬哈欠连天,说平时这会儿都睡着了。两人正掰扯着,甘田的手机响了,是贾弘毅母亲,说有个叫清洛的女人找到家里来。很快清洛接了电话,希望甘田过去一趟,有些话不方便在电话里说。

甘田拉着艾冬一起去。艾冬不肯,说怕被打出来。

甘田说:"不行,你得去保护我。"

甘田拖拉着艾冬上了车。

甘田想到面对清洛就觉得难堪,虽然这难堪多半只是他一个人的——贾弘毅不在了,再没人知道那张照片的事……但甘田还是需要艾冬在他身边,心里踏实。

艾冬比他还显得忐忑,进门后不自觉就缩到了甘田身后,甘田和贾弘毅母亲打招呼的同时,把她拽出来,艾冬含混地说了声您好,又抓住了甘田的胳膊。倒是清洛站了起来,落落大方地说:"甘田老师好,艾冬老师好。"

清洛要甘田来证明她的身份,只有相信了她的身份,贾弘毅母亲才会相信她的话。她劝贾弘毅母亲不要再纠结儿子的死因,安葬贾弘毅,结束这件事。

甘田艰难却肯定地对贾弘毅母亲说:"她是弘毅的——女朋友。"

清洛说:"甘田老师不必替我难堪。阿姨,我给您说的话,都是贾弘毅让我告诉您的。您为了自己,为了贾弘毅,也为了孩子们,就让这件事过去吧。"

贾弘毅母亲一直在为儿子讨要说法,贾弘毅现在还躺在医院的冰柜里。在她的要求下,进行了尸体解剖,得出的结论和医院当初给出的死亡原因一致。她依然不肯接受。

"过去?怎么过去?"贾弘毅母亲的眼睛失神地望着对面空荡荡的白墙,"就这么不明不白地没了儿子,你们告诉我怎么过去?!"

她的声音不高,却震得甘田耳朵里嗡嗡地起了一阵回声,以头撞墙的殊死缠斗,只是不想让绝望降临。所有人都沉默了,甘田的手机连续响起了收到微信的声音,他忙拿起手机,关成静音,才发现是艾冬在身后发给他的——都是贾弘毅孩子的照片和视频。

艾冬低声说:"小欢发给我的,给贾妈妈看看。"

甘田拿过手机，坐到了贾弘毅母亲的身边，给她看照片和视频。甘田的注意力很快从孩子转到画面中的环境，他望向艾冬，艾冬解释了一句："那是小欢他们租的房子，在燕郊。"

甘田没有再问什么，清洛一动不动坐在椅子上，显然对视频没有什么好奇。贾弘毅母亲没有问一个字，看着抓着摇篮栏杆已经能坐起来的小孙子，开始默默地流眼泪……视频里传来小女孩咯咯的笑声，小欢让她唱歌，她一边在落地窗前光洁的地板上摆弄玩具，一边随口唱起了英文歌"Twinkle twinkle little star..."（一闪一闪小星星）。

贾弘毅母亲推开了甘田的手机，她的眼泪止住了，神情恢复了端庄肃穆。她对甘田说："好了。我明白了。"

甘田不太确定她明白了什么。

贾弘毅母亲转而向清洛说："姑娘，我希望你以后在任何地方、任何人面前，都不要再说你和贾弘毅如何如何——你不在乎名声，他在乎，我也在乎。人总是要有点廉耻的。这个，你拿走，不明不白的东西，我不沾。"

贾弘毅母亲把茶几上的一个信封推了一下，看着清洛说："你走吧。"她转而向甘田说："你让她也出去，我给你说几件事。"

"她"自然指的是艾冬。艾冬原本一直坐在甘田身后的塑料小凳子上，这会儿如获大赦地站起来。清洛收起信封，和艾冬一起走了出去。甘田紧张得忍不住咽唾沫，听了才知道真的都是具体的事情：一是料理贾弘毅的后事，尽量简单；二是如何处理这座房子。

甘田满口应承下来，虽然他心里茫然不知所措。贾弘毅母亲对他露出了一丝微笑："放心，我不会有事儿的。你真的跟弘毅一样，是个心软的好孩子。"

9

艾冬站在路边抽烟,扭头看见他,在垃圾桶上的灭烟器上摁熄了烟蒂。

清洛跟她站的有几步距离,看见甘田,紧走两步迎过来,艾冬也过来了。甘田简单说了贾弘毅母亲的话。清洛由衷地松了口气。"甘田老师您不必担心,我替阿姨聘请了一位律师,他会和您联系。我还有一个不情之请,要麻烦您,"清洛从包里拿出一个芭比娃娃的礼盒,还有一本书,"方便的时候,请您把这个娃娃送给贾弘毅的女儿,这本贾弘毅的旧书,还给他妻子,实在是我不方便去送。"

甘田借着路灯光看,那是本破旧的封面有潮渍、内里有折页的《随园诗话》。

甘田有些困惑地想翻看那本书,艾冬把他的手摁住了。清洛看了一眼艾冬,艾冬笑笑,拿过娃娃和书,说:"我是个闲人,这个,我去送。"

清洛没再说什么,就跟他们告别,到马路对面去等自己叫的出租车了。

清洛离开,甘田松了口气——他始终没有触碰过她的目光,这时,却怔怔地看着她夜色中的身影。艾冬推了推甘田:"你明天还要过来这里,住公寓会近一些,我自己叫车回去。"

甘田一把拉住她:"跟我回公寓吧。"

艾冬摇摇头，她扭头看着密密麻麻全是亮灯窗口的小区群楼："我有些担心那位贾妈妈——贾弘毅好像并不担心他母亲。他显然知道自己会出事，做了一些安排，却没有一句话留给他母亲，你不觉得奇怪吗？"

甘田摇摇头，抓着艾冬的胳膊："为什么不跟我回公寓？"

艾冬不好意思地笑了："那儿一间房子一张床，我睡不好。"

甘田恨恨地撒了手。

回公寓的路上，甘田刷微信找人，凑了局，喝到凌晨回去倒头睡了。

一周之后，贾弘毅母亲带着儿子的骨灰离开了北京。

甘田替她请了帮忙搬运行李的工人，送她上车，两人在进站口告别的时候，甘田满心怆然，说了句："阿姨，保重。"

贾弘毅母亲反倒笑了一下："放心，孩子。我不会让任何人看我笑话——什么都打不败我。三十年前如此，三十年后依然如此，我会比他们活得都好！"

甘田激灵打了个寒战。目送她单薄的背影，混入了人流，单薄却高大挺拔，依旧毫无颓态。一个让甘田不寒而栗的真相袒露在他面前：这个面对生活充满斗志的女人，与她的绝境顽强缠斗了三十年，只是不断在扩大那绝境的疆域，将更多靠近的人携裹其中……

甘田嘴里满是苦涩，在路上和艾冬通话时说想吃甜的。进屋之后艾冬递给他一个透明的冰激凌盏，上面放着一坨——那颜色和质地让甘田下意识用了这个量词——黄乎乎的东西，告诉他说这叫桂花栗粉糕。

虽说造型很失败，但闭上眼睛吃了一口，味蕾还是被原料固有的甜香安慰了。艾冬要进厨房，甘田揽住她，说："别弄了，晚上的飞机，去成都——跑过来吃口屎看看你，说两句话，不然就得下个月见了。"

艾冬伸手抿了一下他的嘴角，笑着问："说什么？"

甘田一时也不知道说什么，就问："你在家干什么？"

艾冬扑哧笑了："没话找话，不如不说。"

她挣开他的手，收拾起沙发上用有色笔批改得密密麻麻的剧本。甘田看见厅柜的格子里放着那个芭比娃娃套盒，盒子上是那本《随园诗话》。甘田拿起书，问艾冬："你不是说你去送吗？"

艾冬说："小欢说先放着，她方便的时候过来拿，不让我跑了。"

甘田心里一动，说："你有没有觉得这礼物，有些奇怪？会不会别有深意？"

艾冬看他一眼："你是历史剧看多了——哪儿那么多深意？"

旧书页角翻卷，其中有一页还折着，甘田随手一翻，折的那页是卷八：

诗有极平浅，而意味深长者。桐城张徵士若驹《五月九日舟中偶成》云："水窗晴掩日光高，河上风寒正长潮。忽忽梦回忆家事，女儿生日是今朝。"此诗真是天籁。然把"女"字换一"男"字，便不成诗。此中消息，口不能言。

10

甘田在飞机上看了自己的行程安排，对邻座的合伙人张泉林说："咱们是什么甘泉中心啊，整个一血汗工厂。"

成都心理工作室，是他们的第六个分支机构。张泉林照例带队来做开业前督查。甘田在成都休息了一晚上，接下来两周的巡讲、签售、各种媒体活动和商业活动，甘田马不停蹄。中间一档当地电视台的综艺节目联系他们，甘田又跑了一趟重庆。因为第二天在一家大型购物中心与一家儿童玩具品牌有场推广活动，甘田连夜赶了回来。只在车上睡了几个小时，回到酒店也就剩洗澡换衣服的时间了。

到了活动现场，发现还有时间坐下喝杯咖啡，甘田吁了口气。团队小姑娘笑着说："老大，扣子是不是解得有点儿多？今天什么活动？你这少儿不宜啊！"

甘田说："不是凹造型，是真扣不上。"

小姑娘扭头看看旁边林立的店铺，说来得及去买一件，甘田懒得动，让她随便去拿。

他坐着慢慢喝完咖啡，店里的电视在放新闻。

"……获奖方案中，有中国科学家提出的'地蚀方案'，观测日冕和太阳风，观测仪器放置位置在第二拉格朗日点……"甘田忽然想起来，这就是自己在父亲病房里听过的那个方案，画面里接受采访的正是和自己一起被父亲赶出病房的韦之岸，两人尴尬地互相道歉，争着说是自己连累了对方——咖啡机研磨豆子的声音遮蔽了电视解说，但甘田还是听到了，这是一个分量颇重的国际物理学界的大奖……

冰咖啡的杯壁上起了雾气,甘田用手指在上面胡乱画出一团缠绕的线条,小姑娘拎着衬衫回来了。甘田匆忙喝完了咖啡。

到了活动现场,在休息室换上大一码的衬衣,工作人员给他戴直播用的头麦时,他感到心跳有点儿快,咖啡喝多了。他看看投影幕布上演讲的标题:《学会"溺爱"孩子》,讲得烂熟的主题,甘田还是做了下深呼吸,主持人开始介绍甘田。

PPT一页一页地翻,甘田一如既往的自如。讲到了心理学史上著名的恒河猴实验时,室内有几个跟着家长来的孩子,纷纷扭头,发出一阵低低的笑声,甘田顺着他们的目光朝透明的玻璃隔断外看了一眼,那些没有入场券的围观者中,混进来一只熊本熊布偶。"它"摇头晃脑拿爪子抵着两团红脸蛋在逗小孩儿,门口的工作人员很快把那只"熊"赶走了。甘田忽然脑子一片空白,他向后退两步,想看一下PPT给自己点儿提示,没想到一步踏空,摔了下去。

讲台只有十几厘米高,按他平时的反应不至于倒地,偏那天不仅摔得结结实实,手里的翻页器直接飞了出去,还在旁边的装饰景观上把自己的胳膊划破了。

甘田迅速站起来,举起没受伤的右手示意工作人员不要乱,笑着自嘲"熊出没,很吓人"。他顺手拿起台边放着的一只布偶,用受伤的左手捏着——左臂上伤口流出的血洇进布偶里去了。

他继续讲恒河猴实验了,投影幕布上,一个铁丝做的能提供奶水的假猴子,另一个假猴子则蒙了一层绒布却不能提供奶,小猴子紧紧依偎着"绒布妈妈",即便饿得狠了,去铁丝妈妈那里吃一口奶,又迅速回到绒布妈妈的怀里……真实的接触与柔和的回应,比食物更重要。

甘田看到台下一个刚上小学的男孩子，下意识抓紧了妈妈的手。他讲起了自己小时候，所有的大人都很忙，只有小姑姑，搂着他讲故事，抱着他睡觉，走路也拉着他的手……后来小姑姑上高中了，等她晚自习放学回来，甘田常常就睡着了。但他一定会早早起来，哪怕是大冬天，他都要牵着小姑姑的手去胡同口买炸油饼——这是他们唯一可以在一起的时间了。奶奶不让他跟着，说天太冷，他就是不听。有一天他起晚了，小姑姑已经把油饼买回来了，他就像错过了天大的好事，哭了一个早上。

甘田微笑着，轻声说："我错过了寒风中那只温暖的手——没有回应的世界对任何孩子来说，都是绝境。"

活动现场不止一位妈妈眼里有了泪，抱紧了自己的孩子，工作人员已经找到了那只飞出去的翻页器，悄悄递过来，甘田接过来，接着讲完了PPT。

甘田的左臂上缝了四针，他拍了张伤口的照片发给艾冬。

艾冬立刻打电话过来，问打"破伤风"了吗？

甘田笑着说："我有常识——你除了破伤风，能不能说点儿甜言蜜语啊？"

艾冬在电话那边沉默了一会儿，说："别干了，不值当的。"

甘田笑着说："跟你组成失业二人组，进军演艺圈吗？"

艾冬也笑了，低声说了句："快点儿回来吧。"

11

甘田破天荒接到了父亲的电话,当时他在去双流机场的车上。

父亲在电话里劈头盖脸骂他:"你是恒河猴吗?!小时候没被你妈好好抱过,长大后就丧失了交配繁殖的能力?!一辈子都等着人亲亲抱抱举高高——老子的基因怎么会变异出你这么个怂蛋?!你自己不羞愧吗?照照镜子看看自己,你现在还是那个扯着甘易辛手的小男孩!涂着红脸蛋抹着红嘴唇头上点着红点子,到处表演节目,等着别人夸你漂亮夸你乖,多聪明的孩子……"

甘田头顶火星乱冒,眼前一阵发黑,车上有别人,也不能直接怼回去。幸好那边的电话被兰姐夺了过去,甘田从电话里听到了母亲号啕痛哭的声音,兰姐只说了句:"给艾冬打电话吧,我也没弄懂是咋回事。"

甘田稳稳心神,给艾冬打电话。艾冬说得很简约,甘易辛把讲座视频的链接发在了家庭群里,感动了小姑姑,却伤了母亲的心——回来安慰一下吧。

甘田挂了电话,想想不对,随即又打了回去:"我妈的理解力不至于如此,感情也没这么脆弱,我爸无缘无故也不会反应过度,到底怎么回事,你告诉我!"

艾冬似乎怔了一下,随即说:"我怎么会知道?"

甘田也觉得自己问得无理,就告诉艾冬自己在去机场的路上了。

北京落地之后,他微信给艾冬报平安,回了自己的公寓。

艾冬回他:别多想,好好睡。

甘田开门进屋，绕过沙发，本想去拉落地窗的窗帘，结果走到床边时，看了一眼暗蓝色的被罩，直接就倒了上去。不知何处来袭的疲惫彻底攻陷了他的身体——在睡着之前，他蒙眬想到了答案，自己的身体启动了自我保护机制，它在抵抗某种过于艰难的思考……

他在一个不断坠落的噩梦里，两边都是幽暗的虚空，不时有带着长长闪光的人形物体无声地从他身边滑过。他看着看着明白过来，那是和他一样下坠的人在与虚空摩擦燃烧。那火光很快就熄灭了，他知道那些人烧成了灰烬……他一下意识到自己也在燃烧，恐惧和燥热让他大汗淋漓……

一只手推醒了他，那是艾冬，甘田坐起来，心有余悸地抹去额头的汗，怔怔地想着那个噩梦，有些疑惑，自己刚刚不是睡在自己的公寓的床上吗？

艾冬拉开窗帘，天光大亮——不只是阳光，还有雪光，窗外白雪皑皑，艾冬回头笑着对他说："快起来，今天是你妈妈的生日。"

她戴着母亲送她的点翠耳坠，蓝色的蝴蝶在她尖尖的下巴两边翩然飞舞。

甘田忽然有些不安，匆忙起来，路上去买花——他本来是想买向日葵，可是却买了一大束百合。百合的香气让甘田越发地焦灼不安，他开始在雪地上跑，艾冬抱着花，艰难地跟不上他，他只能站下来，说："干吗老穿这么高的跟儿？"

艾冬委屈地落了泪——那眼泪落在百合上，仿佛冻上了，凝固在那里。等他们进了家门，那颗泪还在。

甘田大声叫着"妈妈"，父亲从屋里走出来——他又健步如飞了，惊愕地看着甘田:"你疯了吗?你妈妈半年前就去世了。"

"我怎么不知道?为什么没人告诉我?艾冬——"甘田扭头看身后的艾冬,她仿佛一下就接受了这个事实,站在那里,脸上的神情哀戚却不失淡定,百合花瓣上的那滴凝固的泪珠此时融化了,滴下来……

那滴泪仿佛洗掉了甘田眼里的荫翳,雾蒙蒙的周遭一下变得明亮起来,家里一切都变了,墙上出现了乐队的海报,木制家具都换成了金属与皮革的,色彩是饱和度极高的柠檬黄与宝石蓝,他大声地叫着兰姐,兰姐——

兰姐在卧室里应了一声,不过和她一起出来的,还有一个穿着浅咖啡色孕妇裙的长发女子,那女子不只穿着与小欢一模一样的裙子,也同样露着伶仃的双腿,甘田立刻猜到了,那是父亲新娶的妻子,她还怀孕了——兰姐摸着那女子的肚子说,不知道是男孩,还是女孩?

甘田求救似的回头找艾冬,她不见了,那束百合花还在,就在她原来站的地方,亭亭地立着,像是从橘绿色地板上长出来的一样……

甘田溺水般拼命挣扎,带着疼痛醒来的时候,喉咙里依旧有着喑哑的嘶吼声,人从矮矮的床上滚到了地上。梦境带来的激烈情绪依旧在他身体里盘旋,他在蒙尘的地板上伸展四肢,躺平,让那股幽暗的情绪之流顺畅地在身体里流淌……

梦是面镜子,他在镜中如此清晰地看到自己的恐惧,也看清了用来逃避那恐惧的渊薮……

12

父母一生都在等孩子道谢,而孩子却在等父母道歉。

不知道这话是谁的原创,反正甘田和同行们这几年都在用。好用——戏剧性地描述,很容易被接受。但甘田心里清楚,这份被描述的表象之下,藏匿着谁都无力撼动的徒劳与无奈。

甘田和自己的父母,与此恰恰相反——他们自有他们的艰难。甘田由衷地向父母道过谢,而母亲不止一次地向他道过歉,至于父亲——甘田虽然对弗洛伊德理论接受的程度有限,但用于解释他们父子之间的斗争状态,还是生效的。

客观地评价,甘田认为他们家的亲子关系,健康指数是远高于平均水平的,非要拿着放大镜去找问题,那才是病态。即便父亲一反常态的激烈,母亲一反常态的脆弱,甘田也不打算简单地归因到自己身上——这点儿专业认知他还是有的。

艾冬听完他冷静的分析,抿嘴一笑:"那干吗还一大早拉我过来,不是为了给你当人肉盾牌?"

他们刚从花店出来,买了六十枝玛瑙色的重瓣康乃馨。甘田说:"我就没见过比你更鸡贼的——万一我分析错了呢?"

他们进门,甘田父亲在进行每天的锻炼,看见儿子,笑起来:"以为你会内裤外穿披着斗篷飞进来呢!估计你这救世英雄当不成喽,地球还好好地转着呢。"

甘田对艾冬说:"你看,基因强大吧?我爸撒娇也很别致。"

甘田母亲想是听到了他们的声音,从书房出来,摘了眼镜,笑着说:"这花的颜色真漂亮。"

找来了一只松木桶做花器,几个人在客厅里拆那捆康乃馨,花还没插完,兰姐扶着结束锻炼的甘田父亲去了浴室,一会儿出来,低声对甘田母亲说:"就没见过这么讲究的男人——出点儿汗就洗澡换衣服。"

甘田母亲说:"是啊——我们刚结婚一个月,你爸爸对我说,本来以为见面那天你穿的衣服不好看,结了婚才知道,你就没一件好看的衣服。后来他就一直给我买衣服,说是为了他的眼睛。"

家政阿姨来上班,兰姐和她进了厨房,艾冬继续调整着木桶里的花枝。甘田挪到母亲身边,母亲看看他,他低声严肃地说:"妈,我不是恒河猴儿。"

母亲被他的语调逗笑了:"你爸过后也承认自己是迁怒,不该骂你。很多人都有这样的时候吧,被一个念头绊住,就掉进虚无里面去了。生老病死,人生不过就是这些事。我和你爸爸,老和病都到了,从身体到心念,都在遭遇否定,就连各自的学术研究,外界否定和自我否定都有,我和他都有些慌乱,又都假装镇定,那晚我情绪低落。提起你,说了句也许我们错了,你爸就爆炸了。我们俩吵得太凶,兰姐吓坏了,就给艾冬打电话——"

甘田看了一眼低头假装专心整花儿的艾冬,又在心里骂了声鸡贼。

"本来和艾冬说了会儿话,已经好了,没想到出来听见你爸爸竟然打电话去骂你。田田,对不起啊!可我失声痛哭不是因为你,我是为你爸爸难过,他心里是何等难堪的境况,才会如此慌乱如此失措……"

母亲的眼泪滚下来，甘田抽了纸巾，给母亲擦泪，低声嘟哝："妈，我也是服了你，能替他找出这么高级这么深刻的借口骂人——你听见他说我抹红脸蛋红嘴唇了吗？"

母亲说："那不算骂你——还有照片呢，头上点个大红点儿。"

艾冬这会儿抬头笑着说："得空找出来，我太想看了！"

甘田笑着说："你们这是标准的精神虐待——"电话铃声打断了他的话，他看了一眼手机："我小姑姑！"

甘田母亲说："至于吓成这样吗？精神虐待就是你小姑姑虐待的，红嘴唇红脸蛋都是她抹的。你告诉她。"

甘田笑着接电话，甘易辛听见他说在父母家，就说："太好了，你等着我啊。"

挂了电话甘田才回过味儿来，他看了看艾冬，对母亲说："小姑姑要过来。"

"过来就过来，她是能吃了我还是能吃了艾冬啊？"母亲说。

甘田看着过分耿直的母亲，无奈地笑了笑。

13

甘易辛引起的紧张，是心理定式，甘田略一思忖，也就能克服了。但看见甘易辛身后的韦婷，甘田的脑袋里还是嗡了一声。

韦婷刚从英国回来，联系了甘易辛，想来探望甘家伯父伯母，没想到甘伯伯病了——托词的逻辑，漏洞百出。韦婷究竟为何而来大家都心知肚明，寒暄客套之下，所有人都藏着份紧张。

甘田脑子里的震荡还余音袅袅，感觉一只小小的肉乎乎的手，触到了他的掌心——那是艾冬的手。甘田拉起艾冬的手，笑着跟韦婷打招呼，同时介绍艾冬："这是我女朋友，艾冬。"

艾冬说了声："你好。"

韦婷第一反应却是扭头去看甘易辛，甘易辛尴尬地笑着说："我没想到小艾——也在……婷婷，你坐啊。"

小姑姑还是老实，谎都不会撒——甘田在心里叹了一声。

韦婷下意识用手握住了挂在胸前的挂坠，眼睛里盈盈地有了泪光。那挂坠就是块鹌鹑蛋大小的白色鹅卵石，镶嵌在缠枝花纹的银框里。鹅卵石，是高中时甘田捡回来哄韦婷开心的，韦婷因为父母不让她跟着甘田他们那群大孩子去什刹海游泳，整个暑假都泡在眼泪里。把鹅卵石镶成挂坠，是甘田和韦婷热恋的时候。再勉强自己一点儿，十年前的甘田就和韦婷结婚了——如果他不过分介意余生都泡在韦婷的眼泪里面的话。

除了甘田的父亲，所有人都还站着。虽然甘易辛说了几遍"坐啊"，也没有一个人坐。甘田的脑子里安静下来，他知道，自己是唯一该对这个尴尬场面负责的人。他依然拉着艾冬的手，笑着对甘易辛和韦婷说："小姑姑，韦婷，你们坐，先和我爸爸妈妈说会儿话。艾冬今天安排有其他事，我送送她，一会儿就回来。"

甘田说完，看了看艾冬，艾冬笑笑，也就跟甘田父母告辞了。

两个人在电梯里四目相对。

甘田说："我和韦婷分手后，她坐在我们家哭，给我爸妈留下了不小的阴影。加上今天还有小姑姑——他们负担更重了。"

艾冬还是没有说话,电梯叮的一声停到了一楼,两个人出了楼道,虽然暑气未尽,风里还是有了凉意,天不觉也高了,蓝得耀眼。

艾冬说:"回去吧。"

甘田问:"那你呢?"

艾冬笑了一下:"我随便走走,然后回家。"

甘田点了点头,艾冬走了,他一直看着她的背影,到甬道拐弯处,背影消失了,艾冬没有回头。

甘田进屋的时候,父亲由衷地松了口气,招呼兰姐扶他进书房去。甘田笑着对小姑姑说:"小姑姑,我和韦婷出去聊吧。你和我妈话不投机,也就别聊了。您老人家该干吗干吗,好不好?"

甘易辛笑着给了甘田一巴掌:"你个浑小子!"

甘易辛高高兴兴地走了。韦婷也很有礼貌地跟甘田母亲告辞。母亲叫住了甘田:"田田——"

甘田笑了一下:"妈,你放心。"

在附近的咖啡厅,甘田和韦婷坐下,韦婷的眼睛里满是幽怨和困惑:"就因为她从来不跟你哭不跟你吵,事事都顺着你让着你,对你毫无要求,是吗?"

韦婷一开口,甘田就回到了十年前——同样的眼神和语气:"你告诉我,为什么要分手?我是因为爱你,才在意你的所有反应,你难道不能理解吗?"

甘田笑着说:"看着你,听你说话,感觉十年前,就是昨天。"

韦婷一下子哭了:"我也想忘记你——可我做不到。要是你结婚了,或者爱上了一个好女孩儿,我不会打扰你的。易辛阿姨说,你是被一个有心机有手腕的坏女人迷惑了……"

甘田隔着桌子递过去纸巾:"婷婷,别哭了。我们好好说话,行吗?"

韦婷小心地拭着眼泪,以防弄花了妆容。甘田安慰地笑着说:"艾冬不是坏女巫,你也不是白雪公主,我给不了你要的爱情童话,十年前给不了,现在更给不了。还有,这话我跟你说过——你爱的不是我,是你自己的心理投射,我演不了你虚构的角色。"

韦婷看着他:"我改变了,成长了,我也不相信那种童话,我对你什么要求也没有,真的,只要和你在一起,平平淡淡的。"

甘田看着她:"人没那么容易改变——某种意义上,人几乎是不会改变的。成年后能略做调整的,都是了不起的人。我是一个有着巨大欠缺的人。就连你说的那种'平平淡淡在一起',我也给不了你。婷婷,我们认识这么多年,你并不了解我——"

"那个艾冬了解吗?"韦婷问。

甘田很肯定地点了点头。他跟韦婷说起了他们的这次争吵,接下去的一个小时,他们谈话的主题一直是艾冬。韦婷对艾冬充满了好奇,也充满了质疑。甘田说着说着,忽然意识到这样的谈话有引起误解的危险,立刻刹车了。

显然有些晚,韦婷点了点头,说:"易辛阿姨的话没有错!她果然很厉害。"

甘田后悔也来不及了,只能匆忙结束了和韦婷的谈话。他出门给艾冬打电话,艾冬随便走了一个多小时,刚刚叫了车,她就让司机调转车头去接甘田了。

甘田上车,还没说话,艾冬的手机就响了,艾冬接起来,半天没有说话,只是听。甘田忽然紧张起来,果然,艾冬开口了,声音很柔和,但语调强硬:"你不用见我。这是你和甘田的事情,更准确地说,是你自己的事情。不好意思,我得挂电话了。"

14

甘田后来知道,在他接下去出差的一周内,艾冬遭遇了韦婷的电话轰炸。

艾冬不见她,还是在电话里被迫听了她与甘田从青梅竹马到谈婚论嫁的全本故事——分开这十年,她一直带着他们的信物。

"蒲草韧如丝,还坚信鹅卵石也无转移——奈若何?"艾冬看着甘田,笑了笑,"你别怪我刻薄。我出于礼貌,也有点儿强装大度,忍着听完的。"

"对不起。"甘田说。

艾冬说:"你的确该道歉!还有,去把你的'木石前盟'收拾干净,鸳梦重温也好,一别两宽也罢,别骚扰我就是。"

两个人在客厅沙发上坐着说话,艾冬说完,要起身。甘田把她摁住,抓着她的肩膀:"这么无所谓啊?"

艾冬打掉了他的手:"没听出来在生气吗?"

甘田仔细地辨析着艾冬的眼神,她叹了口气,依偎进了他的怀里:"我也很奇怪自己的感觉,虽然不堪其扰,却也真的替她难过,还有点儿感慨她那份天雷都打不碎的自信——生活在自己的故事里，永远是女主角，抒情时带着理所当然天经地义的底气……"

甘田没有说话，艾冬仰起脸，伸手摸了摸他的脸："我也没办法告诉她，来此绝境，不复出焉，遂与外人间隔。问今是何世，乃不知有汉，无论魏晋……"

甘田心头一震，但他没有说什么，只是搂紧了艾冬。

艾冬催他，趁着这两天在北京，约韦婷再谈一次吧。甘田说与韦婷谈话，引起的误解远远大于产生的沟通。艾冬收拾着散在茶几上的剧本，说那也得谈啊。

甘田应了声："对了，那天话没说完，岔开了，《桃花源》的剧本到底怎么回事？公司的人怎么说拷贝了你们原来非洲那部电影的大纲呢？"

艾冬看了看手里的剧本，笑了一下："清洛的《桃花源》，情节很弱，也谈不上思想性，靠那点儿情绪什么都撑不起来。逃离都市，世外桃源般的小镇，淳朴温暖的老人，轻易就完成了对受伤心灵的拯救，放在'鸡汤'里都是剩的带馊味的'鸡汤'，肯定不能用。我很喜欢《绝境》的思想内核，保护区、避难所，就是'绝境'，拯救是否完成，只能在具体的个体身上显现，无法给出判断，给出判断就会变成制造幻觉，我们能讨论的，也只有人的徒劳与面对徒劳的态度。我也是念头一闪，小镇上残存的前现代生活方式，与那些在保护区里苟活的野生物种，不是很像吗？把'空间'置换成'时间'，'物种'置换成'文化'——《绝境》就这样变成了《桃花源》。不然，剧本哪能这么快出来？还有啊，版权法保护的只有表达，不保护思想,所以,我就是拿来用了,也不算侵权!"

甘田还在消化这番话,艾冬停下,歪头看他:"你是不是又在心里骂我鸡贼?"

甘田笑起来:"你真是成精了——我在心里骂你,你都能知道!"

虽然不抱希望,甘田还是当天约了韦婷——至少要解决艾冬的困扰呀。谈话果然如甘田的预料,无论说什么都无法撼动韦婷的判断——他就是鬼迷心窍,清醒了自己也会后悔。但韦婷这次淡定平和了很多,十年岁月的力量显现出来了,她比以前沉得住气,含笑听甘田说,都不急着打断——甘田越发觉得徒劳。

甘田只能沉默了。

韦婷看着他:"不管你说什么,可你并没有打算和她结婚,对吧?"

甘田没有躲闪她的目光:"韦婷,童话的结尾才是婚礼。能相信童话,是福气,我没有这种福气。"

韦婷的目光里出现了片刻的犹疑。甘田恳切地说:"婷婷,你不止一次说过我自私。当初我还找理由百般抵赖,现在我承认——我自私。善恶生死,父子不能相勖助。我父亲对我失望,因为我连承担自己的勇气都没有。把关注点放在自己身上吧,生命很艰难——"甘田突然顿住了,脑子里啪的一声,像一个键被摁下去,一道幕布升了起来,眼前的世界为之一变……他碰到了韦婷的目光,回过神来,加了句:"你心里的那个我,是个幻象,打破它吧。"

甘田不知道自己的话,韦婷理解了多少,又误解了多少,最后她说:"我明白了,你和我之间,并没有隔着别人。"

甘田苦笑，至少免了艾冬被扰，好歹也算有个结果。

他出来给艾冬打电话，她正在逛菜市场，因为离得不远，就叫他也过去。

甘田到了，才知道这就是艾冬给他吃的那些奇奇怪怪东西的来源地。站在水产区一排排的大玻璃缸前，看着里面游来游去的各种鱼，艾冬问他想吃什么，甘田盯着一条扁乎乎的鱼从缸底漂上来，又慢慢落回去，像在滑翔，而非游动。艾冬说那是鲽鱼，就是那句"得成比目何辞死，愿作鸳鸯不羡仙"里说到的比目鱼——买一条回去红烧吧，说完，她回身想招呼老板，甘田拽着她离开了。

"比目鸳鸯"后面怎么能跟着"红烧"？甘田拎着沉甸甸的购物袋，笑着对艾冬说："君子远庖厨，从心理角度来说，也是深刻的洞见。"

艾冬挽着他的胳膊："看来谈得不错。"

甘田笑笑："结果如何，不好说。不过，那天你说你知道我为什么担心，但不告诉我。现在我想出来了。你想知道吗？"

艾冬摇了摇头。

甘田有点儿意外："你不想验证一下？要是咱俩想的不一样呢？"

"此中人语云，不足为外人道也。"她笑了笑，"你不担心了就好。"

她扬起的脸沐浴在明亮的光里，甘田忍不住仰头去看那光的来处，一个多雨的夏季之后，高远的秋空澄澈湛蓝。

2018年10月3日 枫舍

变文四

桃花源

上篇

1

三年前,盛夏。

钓鱼台国宾馆芳菲苑会议大厅,主席台大屏幕上定格着会议名称:中国乡愁文化促进会成立大会暨中华乡愁文化产业发展高峰论坛。

秘书长贾弘毅忙得像操持大家族红白喜事的当家媳妇。一切都安排妥帖,他看了看手机,快步走出会议大厅。身后开始播放的宣传片,气吞山河的恢宏配乐与浑厚深情的解说男声混杂着嗡嗡的人声,让贾弘毅头昏脑涨。

会议大厅外的休息区,人头攒动。一位面孔为公众熟知的文化名人正在接受采访;几个文旅行业的企业家们在互换名片;行业金融协会的两位领导自顾自说着话要进会场,被身着青花图案旗袍的礼宾小姐温柔地拦下,笑着引到用一幅巨大的山水画为底纹图案的签名版前;新旧各种媒体人扛着长枪短炮、举着手机自拍杆在人群中寻找目标……贾弘毅快步穿过人群,推开大门,扑面而来的热浪和夏日午后的刺眼阳光反而让他精神一振。

树影婆娑,蝉声清亮,贾弘毅舒舒服服地吁出一口气来,魏文庸的车也到了。

魏文庸的助理从前坐下来，一路小跑过来拉开车门，贾弘毅跟着出来迎接的几位相关领导也疾走几步到了车前。

魏文庸的红酸枝拐杖先伸了出来，然后是裹在玄色香云纱阔腿裤子里的一条腿伸出来，助理伸出手，魏文庸虚虚地将手搭上去，下车，立在车门边，远眺，略微四顾，才把目光收回，投向赶到车边迎接的人——德高望重名满天下的文化大家自有一番不同流俗的丰仪。

魏文庸微笑着和前来迎接的人一一握手，最后轮到贾弘毅——他满脸堆笑躬身两只手握住魏文庸的手，叫了声："老师！"

不是魏老，不是魏教授，只叫老师——强调着不足为外人道的亲近。

魏文庸笑着用力晃了一下贾弘毅的手，低声说："小子，这是要劫皇纲啊！"

贾弘毅谦逊地弓腰笑："老师取笑了！"

魏文庸这话里的"典故"，来自数月前贾弘毅的狂言。

那是研讨会中间茶歇，贾弘毅和几个熟人闲聊，有人说某某某办国学班骗了不少钱，贾弘毅不屑一顾："装神弄鬼欺世盗名，办班儿能收几个钱？！赶明儿，咱们几个憋个大的！劫就劫皇纲，嫖就嫖娘娘！"

众人哄笑，有人在贾弘毅身后说："好有志气！"

贾弘毅扭脸，耳朵里轰一下，脸变得滚烫，结巴着说："魏，魏老……"

魏文庸笑着说："改天给我说说你打算怎么劫皇纲！"

贾弘毅没有想到，自己竟然也如回眸私顾贾雨村的丫头娇杏一样，偶因一着错，交了狗屎运。几天之后，院长要他一起去参加个活动。虽然贾弘毅平素是个戚戚于贫贱、汲汲于富贵、论文高产、热衷开会的上进好青年，但像他这样的年轻副教授，能跟院长大人亲近的机会也不多。

这个活动，就是在京郊一个花木葱茏庭轩精致的园子里，喝酒，吃饭，聊天。贾弘毅那天许是受了魏老林下之风的感召，很放得开，从屈子庄周王阳明，到唐诗宋词《红楼梦》，从文旅产业升级换代，到人工智能万物互联，谈什么他都懂，都插得上话，古典是美的，世界是平的，未来是湿的……

酒酣耳热，临水的敞轩上喝着明前龙井的魏文庸说，对面朱栏板桥的亭子上缺一副楹联，他给了个上句，"朱栏空明月"，环视众人，贾弘毅张口对道："绿水惹闲花"。

魏文庸大笑："劫皇纲，惹闲花——你这小子有意思！"

回去的路上，院长大人很沉默，坐在车前座的贾弘毅僵硬着脖子略偏脸偷眼看后座上院长的脸色——也不是十分难看，木木地定定地，似乎在出神，不知道在想什么。贾弘毅坐正了，以免引起院长的注意，酒意褪去，心里开始七上八下——自己有些太闹腾了，不知道今天这个聚会的深浅，说多错多……

拖着心底的长吁短叹下了车，到家借酒盖脸，一头栽在床上，挺着大肚子的妻子带着气推他，他耍死狗闭着眼哼哼地装醉，后来真的就睡着了。

凌晨两点钟醒来，干疼的喉头下面是空落落的躯体，心丢了一般。他摸索到了客厅，抓起茶几上的杯子，一股刺鼻的腥味让他又放下了。窗帘没拉，远处建筑物上的灯光照进了房间，不开灯也能绕开满地的杂物去厨房。

三家分租一套三室两厅的房子，客厅这样的公用空间永远脏乱。"像国民党撤离大陆似的"——母亲在贾弘毅婚后来过一次，站在客厅里，自以为淡定而幽默地说了一句。新婚妻子小欢没听懂婆婆大人的话，低声问贾弘毅什么意思，母亲听见了，就说："意思是我们要齐心协力建设新中国。"

母亲是中学老师，把儿子培养成了当地的高考文科状元，在北大从本科读到博士，并且留在北京做了大学老师……贾弘毅婚后，母亲只来过那一次，在附近的快捷酒店住了一晚就回去了。他们的"新中国基础设施建设"——买房首付和每月的按揭还款，完全依靠母亲在家乡开办的高考补习班的活广告，在母亲故作淡然的讲述中，贾弘毅依然天之骄子般活得让人艳羡。

从冰箱里找了半瓶不知道什么时候打开的橙汁灌下去，想着母亲的比喻，贾弘毅陡然有了兵荒马乱身世飘萍的凄惶。从厨房的小窗里看得到天心处的圆月，想起白天的园子，魏文庸的笑，院长的脸色，还有那副对联，"朱栏空明月，绿水惹闲花"……他毫无睡意，也不想再回到床上弄醒怀孕的妻子，于是把自己的身躯蜷缩进了客厅沙发里，刷微信到天亮……

2

那夜贾弘毅佝偻蜷曲的背影,留在了断裂的"前生"之中。

天亮时,外面的世界变成了巨型的猪笼草,狰狞艳丽的紫红叶笼启开盖子,一口吞掉了他这只懵懂嗅着蜜味儿飞近的小飞虫。

滑落时的惊愕,被消融的痛楚,还有神奇的轻盈重生——重生为另一个物种。贾弘毅抖动着还不熟悉的真实羽翼,扑棱棱飞到了崇林之上,这是此前他孱弱透明的小翅膀永远无法抵达的高度——他看到了山河壮丽,众生芸芸……

时间和空间同时开始膨胀,多到无法细数的人和事涌进了他的生命,很多事物的比例开始发生变化,原本面积颇大地形复杂的校园,因着他使用的地图比例尺急剧缩小,也迅速缩成一点然后消失不见,他的目光打量着广袤中国版图上成千上万的美丽乡村,特色小镇……

黄淮海平原上,有个名叫桃林的小镇。

顶着颗大秃脑袋的董卫东,就是桃林人。

董卫东是那天在芳菲苑众多与贾弘毅交换名片的董事长之一。所有来跟贾弘毅谈的董事长们,都带着关于某村某镇的故事——历史悠久人文丰厚的中国大地上,实在不缺神奇动人的故事,但那些故事多半是关于古人或者故人的,而董卫东带给贾弘毅的桃林故事,是个例外。

一个名叫清洛的女子,就在贾弘毅的人生发生巨变的同时,因为与桃林镇的一次意外相遇,也改变了自己的人生。贾弘毅该去桃林,了解一下她的故事,给这个故事更大的可能……

董卫东笨嘴拙舌，实在难以驾驭如此戏剧化的叙事，他讲得难受，贾弘毅听得难受，董卫东擦了擦头上的汗，说清洛把她的故事写下来，领导自己看吧。

几天之后，因为飞机晚点，贾弘毅点开了董卫东发给他的微信链接。

死亡咖啡机

我原以为这是一个普通的工作日。

中环世贸双子塔中一间主色调为银灰的办公室里，永远第一个到办公室的我，摁下了咖啡机的电源开关，等待咖啡机启动时，我揉了揉倦意犹在的双眼。清晨八点，起床后两小时，却疲惫得仿佛根本没有睡。手机不断传出收到微信的提示音，研磨咖啡的噪音中，我刷看朋友圈，36岁清华毕业的IT男过劳猝死的消息，还在被转，我忍不住又一次点开看了，悲剧故事的男主在黑框眼镜后的笑脸，年轻得带着稚气——仿佛哪儿吹来一阵冷风，我抖了一下，才意识是悚然的战栗，不觉鼻子一酸，眼里有了泪意——兔死狐悲物伤其类……我迅速克制了自己的负面情绪，深呼吸——什么地方似乎有些不对……

咖啡溢出了白色的马克杯，我慌乱地去摁控制键，端杯子，滚烫的咖啡淌到了手指上，白皙的手指红了，我没有感觉到疼！我用力呼吸，浓烈的咖啡香气应该充盈在房间里，可我没有闻到！又来了，我没有被治愈！我用力呼吸，呼吸，以至于呛咳起来，咳着咳着，我哭了！

我这种古怪的感官失常，去年夏天出现过。我相信科学，配合治疗，春暖花开的时候，我再次拥有那个身心健康的自己。可是，在这个冬日清晨，毫无理由突然复发，我崩溃了！

那是一场浩浩汤汤决堤洪水般的大哭！大哭摧枯拉朽地携带走了我所有的理性，只剩下一片湿漉漉黏糊糊的淤泥般的绝望！我抓起包冲出了办公室——我不知道自己就这样从办公室一走了之之后会如何，不知道自己要去哪里——将车开出地库，一头冲进北京早高峰的车流里，在龟速前行的汽车里，我接到部门经理的电话："怎么回事啊？章清洛你是从不掉链子的！客户马上要到了！"

我很淡定："我病了！"

经理："你病了？！你病了这个案子怎么办？你也知道这个标意味着什么……"

我吼了出来："我死了！"

我把手机扔在一边，最后吼出的那句话还在车内嗡嗡盘旋，我落下车窗，寒冷污浊的空气呼地扑进来，把那句话吹得无影无踪。

我过分用力地把着方向盘，如同掉进激流中的人抓住一根浮木。

这不是一次所谓说走就走的旅行，这是逃离，逃离一座正在窒息我感官的城市——我感觉到了死亡，缓慢的细微的死亡，一点一点在吞噬我。那种恐惧和悲哀是无法言表的，意识到这一点的那一瞬间，我要逃生！不知道逃向何处，我本能地奔着南方去了，也许，那里会有生机……

3

贾弘毅颇为意外,不是他想象的带点儿文艺腔的营销文章。他有过无疾而终的创作经历,他一眼就能辨识出如此细密流畅的叙事,没有一定的文字训练是做不到的。但他没有因此质疑清洛叙事的真实性——恰恰相反,清洛的真切描述唤起了他"青椒"岁月里曾经挥之不去的濒临窒息的绝望感。他跟着文章的提示,关注了民宿公众号"去往桃花源",在标题为"清洛故事"的专栏里,找到了下面的文章。

灵异事件

天黑了,车灯照着朝向黑暗无限延伸的道路,我感到头晕心慌,近十个小时的奔逃,生理和心理都到了极限,我仓皇从最近一个出口下了高速,驶入一座未名小镇,驶入一个未知的故事。

晚饭时分,街两边黑沉沉的是关门的店铺,门口亮着灯箱的只有两三家饭馆、发廊和网吧,不知从何处飘来音乐,竟然是张学友的《吻别》,童年飘满大街的歌声再次被送入耳中,如同听到一声召唤,蓦然回头,看见已然故去的朋友,就站在几步外冲自己笑,心底那份哀与惊,足以麻痹四肢。

我踩下了刹车,落下车窗,冬夜的空气扑进来,落在微微沁汗的脸上,我深深地吸了一口气——

那口气里有红薯被滚水揉破纤维时散发出的饱含水汽的甜,久违的煤炭燃烧的烟火气,蓝色的小火舌从黑黑的煤块里钻出来,急急地舔着锅底,空气里开始有了淀粉焦煳的气味……

一个让我浑然战抖的事实撞穿我的意识——这一切都来自感官,如此鲜明真切!我必须证明这些气味不是幻觉和想象——跟随那气味,穿过街道,到了街口,一个白底红字的灯箱上写着"平安旅社"四个字,老板娘正巧在门口倾倒炉渣,余热尚在的炉渣腾起一阵白烟。

老板娘在那个卷边儿的登记簿上写下了我的名字和身份证号,有一种奇异的感觉,像是被灵界接纳,我拿到了渡我到另一个世界的船票,也许我真的逃出生天了。

我跟着她进了厨房,慢慢地喝着她盛给我的一碗黏稠滚烫的红薯稀饭,微微有些煳味儿——不是我的幻觉,一切鲜明真切地让我感到刺激——后天失明的人突然恢复光明,也许就是这样……

然后,我跟随老板娘上了二楼,她打开一个房间,说这里朝着后院,安静——太安静了。

灯泡里钨丝微微颤动发出吱吱声——那是幻觉,灯泡里面是真空,没有空气,声音是无法传播的——也许,那些吱吱吱的声音,是我进来惊扰了房间里的鬼魂,那微弱的声音,是被赶到天花板的鬼不满地从牙缝里出气……或许是嘲笑,那鬼捂着嘴在哧哧嘲笑愚蠢、无助的我……

我下意识转身,发现门开了——我又没听到门开的声音!老板娘拎了壶热水进来,走过去摸了摸刚才她铺展好的被子,关上了电热毯,不知道她是为了省电,还是为了安全——老板娘把热水倒进脸盆，雪白的毛巾也丢了进去。

我有些迟疑地问："这儿——就你一个人？"

老板娘含糊地一笑，"不是还有你吗？两个人。洗把脸睡吧——你穿得太薄，这儿冷，仔细冻着了！"

老板娘走了，我才意识到在没有暖气的环境中待了许久，身体凉透了，冻木了。把手插在热热的水里——通常我不用温度这么高的水洗脸，但今天可以。那微微发烫的水透过毛巾浸渍着脸皮，表层的肌肤仿佛随之溶解，微微的刺痛，像过于热烈的亲吻，从刺痛里挣脱出来，我从脸上拿下毛巾，清冷的空气捧着洁净的新生的脸颊，映在粘在墙上的简陋镜子里——孩子气地红着，张皇，喜悦，像刚刚被吻过，却不知道那吻的含义。

我钻进厚厚的被下睡了，被窝是热的，像个茧——我的身体被罕见的浓烈睡意软化为一条蠕虫。这时我感觉有人坐在我的床边，伸手替我披严了肩头的被子，那人说："跑了多远？——你要去哪儿呀？"

我不知道那人是谁，想看一眼，可眼皮被粘上了，我睡着了。

明亮的天光，我醒来时感觉亮得几乎睁不开眼，昨夜忘记拉窗帘了。索性闭上眼，原来闭着眼睛也能感觉到光线，还有冷冷的空气。从被窝里抽出手臂放在外面，那手臂仿佛浸到了凉水里。

想起了小时候，那早已忘记的感觉——没有暖气的冬天的早晨，破茧一样艰难地起床。时间原来是这样蜿蜒盘旋在空间之中的，我觉得回到了过去，心底涌起一股莫名的渴望——我想留在这里。

一念生，因缘起。我当时根本没有想到，这个念头将改变我的命运，改变周妈妈的命运，甚至改变桃林镇的命运。

4

也许是候机厅贵宾休息室的冷气太足,也许——贾弘毅抬起头,摩挲了一下起了鸡皮疙瘩的胳膊,又把自己埋进了清洛的文字里。

周妈妈

我不知道来到桃林镇的次日,是腊月二十三。

空气里有葱姜的气味,打开门那味道更浓,噔噔的刀在案板上剁着,我走下楼梯。小时候放寒假,自己就是在这样的气味和声音中醒来。老板娘听到了脚步声,拿着手从厨房里出来,看看站在楼梯口的我,说:"你穿得冷!下雪了,下了一夜!"

我忽然哭了,眼泪在脸上无声无息地淌着,抹了还淌。老板娘惊讶地微微张着嘴,呆了一下,随即理解了。她叹了口气,那声叹息里有一种浑厚而宽广的同情——不用真的知道,知道了也许依然无法真正懂得,对于她来说,我的悲哀过于复杂幽微,真伪难辨。老板娘说:"我给你拿件袄。"

老板娘不只给我了一件棉袄。在后院一个整洁的房间里,我脱下驼绒大衣、黑色羊绒套裙,紧身的裤袜、靴子,换上了老板娘给我找出来的一套保暖内衣,大红色的鸭绒袄和一条黑色的保暖裤,还穿上了羊毛袜子和一双棉鞋——感觉自己是在襁褓之中了,且被人温存地抱着。衣柜门上有镜子,我整了整那件鸭绒袄的白色兔毛风帽,环顾四周,衣服显然和这个挂着粉红格子窗帘、铺着粉蓝格子床单的房间属于同一个主人,老板娘没有说起房间的主人是谁。

我回到楼上的房间放下衣服,想了想,下楼去厨房里找老板娘。

厨房很宽敞,除了那一间正房又扩出了一间,朝后院开着大大的窗户,窗下放着张半旧的黑漆方桌,两条宽板凳,灶台和周遭贴着白瓷片,墙也是雪白的,铁皮烟管也是簇新的,让人觉得窗明几净的。灶台的旁边是枣木案板,案板上摆着十几个硬邦邦的馒头和豆包,旁边是柳木菜墩,老板娘正把剁好的葱姜末推进盛肉馅的盆子里。我没作声,坐到了宽板凳上。火上放着蒸笼,刚圈上气,缭绕的水汽从暗黄色竹笼盖的缝隙间溢出来,同时释放出香味,能闻出来,笼里蒸的有酥肉、鱼块儿、排骨……我饿了。

此时此刻的饥饿,让我感到委屈。

老板娘走到屋角的水池边,扭开龙头冲菜刀,又洗干净了自己的手,看着那个因为棉服越发显得臃肿的普通老妇人的背影——母亲的背影,我心里荒诞的委屈越发重了。也许是板凳有些低,就觉得桌子高,大人坐在那里也成了孩子,我的委屈是孩童时代的委屈。

过年的菜肴准备要花费好几天,家里整日缭绕着诱人的香气,可那些东西一时是吃不到嘴里的。虽然最终可以吃到,而且总是吃到餍足——初五初六,母亲就催着她吃,要坏了要坏了——即使是油炸又反复蒸过,可放了十天之后,那些肉食的鲜美味道还是会大打折扣,那时候我就不肯吃了。我替它们可惜,最美味的时刻却被搁置起来。

这种延宕不是因为匮乏,而是因为郑重,一种充满敬意的延宕。我理解到这点的时候,已经不记得母亲这种郑重带给我的委屈了。只记得有母亲的世界,天地有时,万物有序,四季轮回,年节流转,有初一十五端午中秋腊八除夕，有寒暑冷热，春花秋月……母亲带着她的世界离开了，我落进了真空——真空里没有声音，没有感觉，所有关于那个世界的感觉都塌陷进了忘却的黑洞，我头脑清醒镇定自若地在真空中飘浮……

此时骤然重现的委屈，让那个世界回来了。

"周嫂子！周嫂子！周——"

嘹亮的女人的嗓音，号角似的破空而来，半截帘子一挑，一个穿亮金色鸭绒袄的中年女人，拎着个红漆食盒进来，那女人愕然张嘴，最后那声叫被噎了回去，见了鬼似的看着我。

老板娘转身："还得等会儿，没好呢。"

女人回过神儿，眼睛还在我身上："周嫂子，这是谁呀？猛一看我还以为是小青回来了！"

老板娘淡然说："是住店的客人。"

女人哦哦地应着，在我对面坐下，摇头叹气。

老板娘开始低头和面，不说话，女人就跟我搭讪，问我从哪儿来，到哪儿去，我胡乱应着。女人说既然到了他们桃林，就该去河对面看看娘娘庙，据说女娲娘娘抟土造人就是在他们这地儿。又感慨我没有赶上正时候，每年二月二到三月三，娘娘庙的庙会香火可盛了，人山人海的，接着是来看桃花的，沙洛河对岸有十万亩桃园，周嫂子这店里一年的挑费都指那两个月挣呢。

笼屉里的蒸碗蒸好了，老板娘一碗一碗地放进女人的食盒，女人说笑道谢而去，厨房里陡然静下来，空气里有些微妙的尴尬。

老板娘先开口："小青是我闺女，七八年没信儿了，找不着人！"

我不敢追问,更不敢告诉她我的小名也是"小青"。老板娘反倒宽慰我似的笑笑,转身拿过一个笸箩,打开冰柜,扯开里面一个个的塑料袋,大把大把往外抓炸好的酥肉、排骨、鸡块儿、瓦块儿鱼、莲条、豆腐条、丸子……冻硬了的塑料袋窸窸窣窣的声响里,老板娘淡然得有几分麻木地说着:"最后一个电话,也是快过年了打的,说是在广州,要去北京。那是北京开奥运会那年,后来就没信儿了。天南地北的,她有本事跑,我们没本事找!过了两年她爸也走了,癌症,小青她不知道……"

老板娘端着盛了一半的笸箩,脸上浮着微笑,那笑里有几分歉意,仿佛在为给别人讲述如此不愉快的故事而抱歉。老板娘关上了冰柜的门,似乎是思忖,又似乎是自语:"我不是说现在不好,到底不挨饿受冻了,我是挨过饿的,可现在这日子过得比挨饿的时候还'枯楚'——心里'枯楚'……"

清洛笑了笑,虽然不是豫东人,可"枯楚"是晋冀鲁豫很多地方方言都有的词汇,她听得懂。'枯楚'本意指东西起皱,蔫,又常被用来指人落魄倒霉,阴郁压抑,萎靡不振,只是所有的这些书面语言都不能完全涵盖这个词所表达的那种无力感,那种正在慢慢死去的悲哀与恐惧……

老板娘笑了一下,半是自嘲半是自我宽慰:"唉,老了能不'枯楚'?!从脸'枯楚'到脚,上下里外哪儿都'枯楚'!"

老板娘把笸箩放在了案板上,说:"过年这蒸碗,原来都是各家自己蒸,现在都来我这儿买现成的——对我也是好事儿,多挣俩。"

我抹去了眼泪,说:"周妈妈,我帮您吧!"

那声周妈妈自然而然地脱口而出,刚刚变成"周妈妈"的老板娘愣了,但她没有推让,答应了。她在菜墩上拍大段的葱姜,我一边说着以前家里如何过年,一边按她说的,一碗一碗地码着食材,铺上葱姜,放进笼屉。我的脸被炉火燎着,被笼屉里弥散的水蒸气熏着,灼热却舒服。那些关于过去和母亲的记忆,也如同炉火与蒸气,燎着、熏着我的心,灼热却舒服。

放好蒸碗,周妈妈又在蒸屉里搁进去两个大馒头,接着在旁边的灶上烧了一锅面汤。一刻多钟,两人的早饭也好了,热腾腾的馒头,一碗酥肉,一碗莲条,加了醋和麻油的纤细如发的芥菜丝,最后是顺滑的面汤——腊月里的味道!时间在咀嚼中开始倒流,我随着那些食物的味道,回到了少年,童年……没有悲伤,只有愉悦与满足,厨房里的笼屉不间断地蒸腾着更多的愉悦与满足……在收拾碗筷的时候,刚刚相识不到24小时的两个人,很自然地变成了亲亲热热的"周妈妈"和"闺女"。

周妈妈耷拉着眼皮,揪自己套袖上的线头儿,问:"闺女,你今儿走吗?"

"不走!"我脱口答道。

周妈妈脸上有了笑,抬眼望着我:"那咱包饺子,今儿是小年儿!"

5

贾弘毅听到机场广播念出了自己的名字,才匆忙奔向登机口。

手机被他握得有些发热，他坐下之后，揉了揉酸涩湿润的眼睛，在空乘提醒大家关闭手机的时候，又恋恋地刷了一下，十几张照片划过屏幕，枣木案子、柳木菜墩、暗黄竹笼，包饺子的周妈妈，搓灶糖的周妈妈，燃香祭灶的周妈妈……贾弘毅想，间或出现在周妈妈身边的，那个面容姣好的女孩子，应该是清洛……

董卫东早就向他推送过清洛的微信名片。

董卫东是该地市最大的地产集团董事长，做文旅也有七八年了，他去桃林考察旧城改造，发现了清洛的民宿，不仅做了投资，还聘请她做了文旅集团的创意总监。

董卫东真正感兴趣的，当然不是民宿。贾弘毅有些担心，这个大秃脑袋很可能毁了那个小女子用来拯救身心的"桃花源"。

公众号里的照片，多半是大大的风景，小小的人。好在照片像素很高，经得起他放大放大再放大——他研判着清洛的眉眼，同时能听见自己心跳的声音。

贾弘毅和清洛添加了微信，客气一番，清洛给他发了一些民宿以及镇子的照片和大致的开发规划。贾弘毅那晚斟酌再三，发给她一句：轩窗明月人不见。

清洛回他：小镇落花谁与归？

贾弘毅接受了董卫东的邀请，去了桃林。

三年之后，他和清洛站在了黄河岸边。

清洛盯着脚下缓缓流淌的黄河水，兀自出神，脂光粉艳的脸，宛若画中人，贾弘毅的独白也就成了画外音。

三年了，二十七岁的清洛，变成了三十岁的清洛。

在这三年中，当初妻子腹中的婴儿已经长成了会对他说"Dad, I love you"（爸爸，我爱你）的两岁半女孩儿，而妻子的怀里，又有一个刚刚出生的男婴在吃奶，辞去工作的妻子成了一双儿女的黯淡背景，原本退出他日常生活的母亲，再度成为这个家的家长，比妻子小欢更加严厉地约束、监督着贾弘毅的行为。

清洛从未成为贾弘毅的问题。

她真的如画中美人，他召唤时才会活过来，与他浓情蜜意，欲仙欲死，平日里就是张无声无息的画，只要他的目光投过去，她就在那里，默默地等着。

她越是这样懂事，贾弘毅心里的压力就越大。固然有一部分是因为他担心这沉默的期待如淤积在河床上的泥沙，一年一年地沉淀下去，堤坝维护得稍有差池，他就得接受"悬河"灌城的灾难了；但更重要的，他要替清洛的一生着想。

替清洛想，他就得放开她——他那特别的"爱的方式"，在她身上留下了禁绝别人接近的印迹。他用这种方式爱过的人，只有清洛。

清洛是他的初恋也是他的绝恋；是幻影幢幢的秘境，也是褪尽伪饰的乐园；让他成为暴君，在凌虐宰割中感受权力极致的快感，也让他化身赤子，在哭泣颤抖之后安享温软的怀抱，吸吮着血变成的乳汁……怎么能割舍？！

他依然要割舍——这份牺牲先感动了贾弘毅自己。站在黄河岸上，他为清洛唱完一曲"赞歌"之后，又赋上了一曲"离歌"。

这曲"离歌"，他曾节节推敲，字字斟酌：主体说理——因为爱你才放开你；结尾处抒情——今生我都会默默地守护你……

贾弘毅说理结束，顿了一下，清洛应了声："我知道了，咱们走吧。"

她转身走回了车边，结尾部分的抒情，只能憋回去了。

贾弘毅的感觉，宛如下楼时误以为还有一级台阶，腿脚却结结实实地墩在了平地上——比踏空了还让人错愕、难受。谈话成了断崖，贾弘毅心内忽悠一下，有种恐惧的眩晕感，他没有动，饱含情感地叫了声："清洛——"

清洛回头笑了一下："真该走了，人家好不容易答应来站台，不能让你的甘田师兄等咱们呀。"

清洛伸手拉开车门，裙袖下是她单薄的肩膀和纤细的胳膊，胳膊停在车门边，那茶叶末色的真丝袖幅，在风里无助忧伤地抖动着……

贾弘毅为了抵抗那忧伤，回头又看了眼近乎凝滞不动的黄色水流。

6

去机场的路上，贾弘毅在心里感慨：还是不够自私啊——做不到师兄那样，万花丛中过，片叶不沾身……贾弘毅都不记得师兄到底有过多少前女友了。

虽然贾弘毅称呼甘田师兄，其实他们只是校友，不同年级也不同专业，凑巧住进了一间宿舍而已。贾弘毅很不喜欢甘田给他起的绰号"小熊维尼"，但他从来没说过，憨憨地笑着答应。那时候的贾弘毅跟人处不来——别人看不起他，不愿搭理他，甘田比那些自以为是的肤浅家伙厉害多了,却对贾弘毅很好。他看了贾弘毅的学习习惯,猜他是教师子弟,解释说,咱们俩一样,都有被当老师的爸妈拧出来的变态习惯。贾弘毅很快从别人那里知道,甘田的父母可不只是普通的老师,都是学界的泰山北斗,但因这句话,和师兄在心里亲近起来。毕业之后那段清苦的日子,想好吃好玩的就给甘田打电话,师兄总是有求必应。贾弘毅自己有了能力之后,想加倍偿还师兄,投桃报李,同时也扬眉吐气。

只是甘田太优越了,漫不经心地就拥有了一切,做心理咨询也能弄得名利双收。贾弘毅纵然劫了皇纲,揣着险中求来的"富贵",想想甘田,别说炫耀,拿出来的底气都不足,到底还是没尝到扬眉吐气的滋味。

请甘田来,是参加清洛的《桃花源》新书发布会。民宿公众号里的那些文章,加上以此为肇端的桃林镇旧城改造的故事,成了这部非虚构小说《桃花源》。

走去停车场的时候,甘田被粉丝认了出来,围上来合影。甘田很大方地松开拉杆箱,揽着两个女孩子笑对镜头。那两个女孩显然注意到了清洛,其中一个冒失地说甘田老师的女朋友好美啊!清洛忙不迭地否认,甘田站在那儿傻傻地看着清洛笑——贾弘毅那一瞬间,感觉到了扬眉吐气。

第二天的发布会就在他们入住的迎宾馆举行。晚饭前散步,贾弘毅带甘田去看了当年毛主席专列开进此处的铁轨。甘田笑着对清洛说:"你这发布会的规格够高的。"正低头走在铁轨上的清洛,一趔趄,甘田伸手揽住她,把她扶了下来。

清洛顾忌地看了一眼贾弘毅，迅速挣脱了甘田的手，说："我哪儿配啊？还不是为了桃林的项目，领导要求的，没办法……"

甘田愣了一下，迅速把目光转向了贾弘毅——师兄竟然会惊讶？！贾弘毅笑着过去揽住师兄的肩膀，说该回去吃饭了。

甘田的手在肋下捅了贾弘毅一"刀"，贾弘毅嘿嘿地笑起来。

晚宴他安排甘田在作协、出版社那屋，贾弘毅去各屋敬过酒之后，回到了甘田所在的这屋，坐下对作协主席说，甘田不只是心理专家，也是畅销书作家。甘田忙不迭地否认了，笑着说："在真正的作家面前，我脸皮再厚也不敢这么说，我女朋友给我的定位很准确，文字工作者。"

有人就说："甘田老师的女朋友一定很美，给我们看看照片吧。"

"我请示一下，她同意了就给你们看。"甘田说着，真的就发起了微信。大家又笑了。贾弘毅疑心这是师兄不愿拿出照片的"即兴演出"。甘田这位现任女友艾冬，不只容貌平平，身家也是平平，还比甘田大好几岁的样子，十分不般配的两个人竟然还一直没有分手——自己女儿周岁生日的时候师兄身边是艾冬，自己儿子过百日，和甘田一起来的还是艾冬。两年多了，这在师兄波澜起伏的情爱史上，无疑是特例了。贾弘毅不知道是不是师兄山珍海味吃腻了，用白菜豆腐换起了口味——那个艾冬，淡淡的，话不多，开口总是微笑，想必事事会顺着甘田，就像清洛对他一样，百依百顺，甘田又在看清洛了，清洛回避地垂下了眼睛。

贾弘毅心里莫名其妙地感到了一丝快意。

他带着这丝快意开始劝酒。贾弘毅有哮喘，以前几乎不喝酒——

甘田知道，所以贾弘毅半真半假地"舍命陪君子"，逼得他无法推让，很快就有了醉态。

手机响了，是个陌生号码，贾弘毅先是挂了，电话又执拗地响起来，贾弘毅接了，听见院长的声音，立刻出了房间。

7

院长依旧是贾弘毅的领导。

这不仅仅因为乡愁文化促进会挂靠在他们学院，贾弘毅的工作关系是按照高校教师离岗创业的政策来处理的，院长对贾弘毅还有一层更为隐秘和直接的领导关系。贾弘毅担任法人的文化公司作为实体承担着促进会的各种业务。他们主要给企业和地方政府提供咨询服务，譬如特色小镇的文化主题提炼，田园综合体的设计，地方非遗项目的挖掘、申报和产业化发展，申请国家相关资助资金的项目资料准备等等。自成立之日起，找上门来的企业络绎不绝，作为执行者的贾弘毅，自然不会去深究他们为何会如此信任这家公司，只是把他们的项目及报价整理后，呈送促进会会长，也就是院长。

院长会将项目报送专家委员会审批。在此阶段，项目方会按照贾弘毅的要求，给付项目评审费用和专家咨询费用。这个阶段通常要长达数月甚至一两年，专家会给出各种意见，项目方补充修改后再次提报。过审之后的项目，贾弘毅的公司就可以签订合同执行了。他们收取的是市面上顶级策划公司的费用，但交到他们手里的项目，其实大局已定。他们公司不需要设计策划团队，只要两个熟悉操作系统和修图软件的年轻人，按照既有内容来规范版式与优化图片，一周之内就能完成。那些慕名而来的企业，都怀着一种执念，相信他们在专家指导下做出来的项目报审资料，在获得政府配套支持以及申请国家补贴资金时定会成功——虽然事实并非如此，但他们仍然不惜代价，希望能够和贾弘毅的公司签订合同。

他们就像苍蝇，嗡嗡嗡地围着贾弘毅吵。贾弘毅有时候觉得他们蠢，有时候觉得他们脏，有时候看着他们如同在赌桌上下注般的神情，还有几分可爱与可笑……被"苍蝇"围着的贾弘毅，偶尔也会想想，自己到底是什么？

曾经有只"苍蝇"，是熟人介绍他来见贾弘毅的。贾弘毅在办公室见他，简单听完项目情况就说，他们的"特色小镇"毫无特色，文化含量稀薄，房地产色彩太浓，努力的意义不大。他开始纠缠，问如何才能提升他们项目的文化内涵和特色，贾弘毅说很困难——那人又说贾弘毅正在帮他一个熟人的项目做修改，贾弘毅说我们公司团队也是在肯定项目基础的前提下，才会帮助修改提升，敷衍地劝他自己先回去调整充实了。

他还不肯走，眨巴着小眼睛不厌其烦地询问类似项目的详情，旁敲侧击地暗示，贾弘毅噘他了一句："真项目还做不过来，谁有精力陪着你造假？"

那人临走时阴阴地看了他一眼，嘟哝了一句："真假还不是你们说了算？"

贾弘毅根本没把那人放在眼里，却不知道为什么始终记得他的话。他说的"你们"听在耳朵里，像在坚实的墙壁上敲击时，突然传出了空洞的声音。

贾弘毅当时有些心惊。已经站在下面了,返回头再推敲墙是否牢靠,多半太晚了。前几天,忽然看到魏文庸发文公开斥责某部委官员"不学无术、尸位素餐",那人是魏老最为得意的弟子之一,贾弘毅还揣着攀附一下的小心机,只是苦无机会。魏老翻脸骂人,让贾弘毅有些懵,想着找合适的机会问一下院长。

院长的电话,让他所有困惑都荡然无存了,尤其最后那句——"丢车保帅,断臂求生——至于你我,听天由命吧!"

一道雪亮的闪电劈在了头上,贾弘毅感觉听到了自己头盖骨碎裂的声音,那里面的东西四处迸散,什么都没剩下。

有人远远在叫"维尼——"

视力渐渐跟着听力恢复了,甘田从走廊的另一端走过来,步子不是很稳——贾弘毅在恐惧中散掉的神智,被师兄叫了回来。

他和甘田搭着肩往屋里走的时候,心里蒸腾起一股滚烫的烟云,辨析不出是怒是狂,是悲是喜,只觉得胸开胆裂,血脉偾张。回到酒桌前,他开始和甘田拼酒,直到甘田彻底倒下,他依旧毫无醉态。

那一刻,他的感觉犹如拔剑斫地的绝地勇士,睥睨着已经伏在桌边难受得直摇头的甘田。

8

甘田是被别人架回房间的,贾弘毅则去了清洛的房间。

董卫东正在那房间里等他,看见他咧嘴笑起来。

贾弘毅盯着董卫东，一点儿笑容都没有。

董卫东的"梦里桃花源"，是贾弘毅上任之初最早提交的项目之一。自然不会过审，专家的"修改"意见是重新调整思路，等于全盘否定。贾弘毅那时去过了桃林，劝董卫东，真不行——种几亩桃树就说自己是桃花源的地儿，中国没有一百也有八十了。

董卫东不信这个邪，简单粗暴地朝贾弘毅的后备厢里扔进去一箱"水晶富士"。当时清洛在他车上，拦住了要下车的贾弘毅，说："你再想想，有没有别的路。"

贾弘毅和清洛细细地讨论了一晚上，决定另辟蹊径。

第二年娘娘庙庙会期间，贾弘毅请动了名气声望与魏文庸在伯仲之间的民俗大家杨老，附带着一车专家学者，拉去了桃林。这件事自然要瞒着院长和自己的老师，而杨老并不知道他们这个不明不白不伦不类的"乡愁文化促进会"。他能说动杨老，是因为 20 世纪 80 年代杨老做黄河流域民俗考察时，选取的考察地点就有桃林，他还一直记挂着娘娘庙的庙会，听说还在，立刻答应了。

民间信仰的盛况，让专家们感到震撼。当地人习而不察的诸多生活细节，被专家们辨识出了无比深厚的文化内涵，那些旧式民居依然在使用，这种"生活态"才是文化真正活着的标志，很可能在不恰当的开发和改造中被毁掉……

杨老在研讨会上怀着真切的忧虑对当地领导说，不能再拆了真的盖假的，毁了活的供死的，桃林应该找到一条道路，改造出来一个"活着的"文化特色小镇。

市委书记亲自到会，就是要讨教方家。县委班子全体成员都跟着参加了研讨。董卫东不拆不迁、让人生活其中的新版"桃花源"规划，不谋而合地出现了。天时地利人和，经过了几次可行性论证，他的"桃源梦"，终于照进了现实。

贾弘毅觉得很对得起董卫东了。没想到董卫东拿到了地方政府的配套土地、银行贷款，得陇望蜀，还在想国家的特色小镇津贴。贾弘毅对他的予取予求有些反感。清洛劝贾弘毅，不急着拒绝，且看看再说。

贾弘毅这一看，就是两年。

董卫东显然着急了，故技重施。贾弘毅跌坐在沙发里，踢了踢沙发前面的那箱"妃子笑"。酒精在血液里灼烧，大脑里是一片白炽光，但贾弘毅的语调沉着、缓慢，带着胸有成竹的漫不经心，他对董卫东说："有了杨老那句'桃林经验'值得学习，你就什么都有了，急什么？"

董卫东点头不迭地说："我知道我知道……"

打发走了董卫东，贾弘毅看着清洛——在灯光下裙子成了阴沉的暗绿色，而裸露的脖颈和胳膊却越发白腻，他要撕破那绿，揉碎那白，吸吮鲜红的汁液……

他带着酒后的焦渴醒来，房间里灯依旧亮着，他扭脸看到枕边团着那条真丝裙子，一团暗红的血迹，清洛裹着酒店的浴袍在沙发上坐着，瞪着眼睛，木着脸，朝着他的方面，却似乎看不见他。

贾弘毅挣扎着起来，走过去，抓起清洛的手吻了一下，清洛躲开了他挪向面庞的嘴，可能牵动了嘴角的伤口，木着的脸有了丝抽动。

贾弘毅也就撒了手，走到小吧台那儿，拧开瓶矿泉水，灌了下去。

不知道是灯光还是角度，贾弘毅从站着的地方看过去，清洛的整个轮廓今天竟如此枯槁衰老，他惊了一下，走过去，盯着她的脸，鼓鼓的苹果肌似乎被高高扎起来的头发牵引得改变了形状，但那光洁细腻的肌肤上一丝细纹都没有，带伤的嘴唇微微有些肿了，却像破了点皮儿的红樱桃，让他想狠狠地再咬下去……

贾弘毅把她揽在怀里，低低的，含混地说："我是真的爱你啊……"拖着的尾音，像呻吟，又像抽泣，他不知道那声音，是否泄露了他内心的绝望。

9

宾馆院子里那些高大的法国梧桐，树龄超过了半个世纪。鹭鸟翩然飞起，树冠里藏着它们的巢。

贾弘毅在树下踱着步，扭头看到甘田从他们住的九号楼台阶上下来，忙整理了一下情绪，冲甘田招手："师兄，在这儿。"

甘田显然还被宿醉折磨着，指着贾弘毅："真是没想到，你小子——这么多年，隐藏得够深啊——"

清洛出现在楼前的台阶上，远远看着他们，并没有过来。

贾弘毅发现甘田又在看清洛，笑笑："师兄，一会儿发言的时候，好好地夸夸清洛——没看见你的发言稿，我不放心。"

甘田哧了一声："我夸人，不用稿。"

新书发布会真的开成了大会，各级政府领导发言，作协领导发言，评论家发言，文坛名家发言，文化学者发言，民俗学家发言，文化产业发展专家发言，"特色小镇"建设研究专家发言……当然，还有心理学专家甘田的发言。

贾弘毅竟然在一系列的发言中睡着了一会儿，被旁边的人推了一下才醒，那种不可思议的困倦依旧不肯褪去，他几乎无力抵抗，艰难地端起茶杯，逼着自己不停喝水。

董卫东在台上，低着大秃脑袋，用带口音的普通话，认真地念着发言稿。

"……我至今还记得，贾弘毅秘书长在钓鱼台国宾馆乡愁文化促进会成立大会上的重要讲话，他说，不只靠吟风弄月来守望乡愁，而是通过产业发展呵护美丽中国，为所有人留住故乡。这话深深地印刻在我的心里……我们就是秉持着为所有人留住乡愁、留住故乡的理念，改造旧城，开发桃林。清洛女士，是这一伟大时代进程的参与者，也是记录者，她为我们用文字记录下了那些火红的足迹，我们还有幸请到了电影艺术家舒同老师，来到桃林，电影《桃花源》将用影像再现那无数动人的日子……"

清洛女士已经是董卫东地产集团的股东、文旅集团的总裁了，为了防止这个大秃脑袋过河拆桥，日后欺负清洛，贾弘毅才努着劲儿、变着法儿地推清洛和《桃花源》——他想给她能给的一切……

董卫东终于抬起头来，说出最后一句话："让桃林走向中国，走向世界！"

掌声中，贾弘毅知道仪式接近尾声了，下面播放纪录短片，既是这本书的创作始末，也是桃林旧城改造的宣传片。贾弘毅起身去了洗手间，甘田正在里面，看见他就说："跟别人比，我明显夸得力度不够啊——不过我尽力了。"

贾弘毅说："师兄发言效果最好——都市心理病得到治愈，桃花源就是心灵庇护所，讲得很动人。可见活儿好不好，不在力度，在技术。"

甘田笑了："你小子，被这个清洛教坏了。"

"清洛是个单纯、听话的女孩子，"贾弘毅拉开了裤子拉链，"是我太坏了。"

"小熊维尼，你能怎么坏？"甘田笑着出去了。

师兄不以为然的笑声，今天格外刺激贾弘毅。贾弘毅拉上拉链，用手机给甘田发了张照片——让他看看，贾弘毅早不是那个胖乎乎的小熊了，他是享受过祭祀的神……

已经出去的甘田，一脸震惊地又回来了，瞪着正在洗手的贾弘毅，但他什么话也没说出来，转身又出去了。

贾弘毅和镜子里的自己一起大笑起来。很快，他的笑迟滞了……

贾弘毅回到会场，灯光亮起，接下去的环节，清洛和出版社总编辑一起，向全省 1876 个乡镇文化站捐赠新书。

灿烂的笑容，明艳的脂粉，清洛像花一样在灼灼地开着——贾弘毅站在门口，带点儿心疼和迷恋地望着她，他们当初的对句幽幽地盘旋而来：

轩窗明月人不见，小镇落花谁与归？

电光火石，太短了，太快了……

下篇

1

二月二，娘娘庙，天还没亮的时候，烧香的人已经跪满了前殿。

清洛绕过前殿，中殿，后殿，到了最后面人祖奶奶小山一样的坟冢前面。那不过是个大土堆，上面古树杂生，下面砌着半人高的红砖矮墙，被香火燎得黢黑。

清洛拿出周姨帮她做的纸牌位，贴着坟冢底部的红砖矮墙立好，拉过一个余温尚在的铁皮盆，清空了里面残余的纸灰，把金银锭和纸钱放进，红砖矮墙上很多空的小香炉，清洛挑了一个完整的拿过来，点燃香，插进去。香的气味很刺鼻，她蹲下来开始焚化纸钱。心里空空荡荡，什么都没有想，纸钱金银锭笼罩在火焰中，她拿起牌位，看了看上面的名字，也放进了火里。

火舌很快舔去了"贾弘毅"三个字，香还未尽，纸灰犹红，清洛已经转身走了。她本不想来，周姨劝她，去了不多——神有神道，鬼有鬼道，人过日子不招惹他们——周姨平时从来不信神啊鬼啊的，都是人在装神弄鬼。但该尽的人事，她从来不马虎，就算不信，也不能不敬。

人死灯灭，没有鬼，敬什么？

要是有呢？

清洛激灵了一下，她没敢回头，想走得再快些，腿却像被牵拽着，怎么都走不快——她接连撞到了几个人，慌张的步态引来了异样的目光。人流拥挤，她渐渐看不清那些人的面孔了，扶着中殿殿座的高台边缘，停下，窒息带来的眩晕，让她的身体瘫软，她滑到地上，手抓挠着脖颈，她要掰开那双看不见的手，忽然手松掉了，她用力呼吸，空气中浓烈的香烛气味让她呛咳起来。

视野慢慢清晰起来，她看见自己指缝里的血迹，脖子也感到了刺痛——她自己抓伤了自己。她扶着身边的台子站起来，才发现有人驻足在看她，清洛低了头，向前殿走，最后开始跑，羊皮短靴的高跟在甬道的石板上滑来滑去，但她没有跌倒，她跑出了娘娘庙。

停车场的出口入口都拥堵着车辆，清洛决定不开车了，她朝河边走去。太阳出来了，沿路都是招展的黄色的三角旗，带着犬齿状的红边儿，上面写着"桃林镇民俗文化节"的字样，旗下是正在开花的迎春，黄灿灿两条花带绵延到河堤上，清洛一步一阶，走上了河堤。河对岸，能看到城门楼上的刚刚修复的魁星阁。

迎着风，清洛心神稳了下来。家就在对岸，可要过河，还得绕到县政府门口的桥上去，三四公里，清洛不想走了。她在河堤上坐了下来，看到对岸镇水的铁牛和拴铁牛的石柱子，那铁牛是20世纪90年代重新安放的，不过石柱子是老的。周姨说她年轻的时候，这里还是渡口，县政府门口的那座桥，是"文革"后才修的。清洛想，该在这儿添上渡船……

2

如今，清洛说桃林要有渡船，桃林就会有渡船。

谁能想得到呢？

在清洛成为清洛之前，她叫李青，出生在五里庄。桃林镇被五里庄的人们叫作城关镇，因为那是县政府所在地。城关镇，就是城，而五里庄，就是乡，这中间的五里路，就是天堑。

五岁的李青第一次跟着赶集的父母去了城关镇，看着长途汽车的车身上喷着她不能辨识的红字，发出吃力地嘶吼声，从她面前驶过，她被车轮扬起的尘土迷了眼睛。

那是 1980 的夏天，李青还在镇上看见了一个女子，两根长辫子，穿着白地小碎花的衬衣，勾勒出膨胀的胸部和纤细的腰肢，很多人在看她。母亲敬畏地说她身上穿的是的确良——这个陌生的不明其含义的词语，因为母亲的语气，让李青记了很久。

有几分姿色些许聪明的女子，不如意时心里难免会有那么点儿不甘。即便自己认命了，那点儿不甘多半也就转换成了无名的怨气。母亲从来没跟李青好好说过一句话，不骂不开口，只要不挨打，李青也不会觉得有什么。天不亮起来铡草拌猪食，听见母亲的屋门响，就跑过去拎尿罐，母亲骂她"惯会溜腔沟子的小贱种"，平和喜悦的语调，听在李青耳中，已经是疼爱和表扬了。

让一个女孩子读初中，对父母来说是很大的风险投资，但母亲决定在李青身上赌一把，父亲听母亲的。他们赌赢了。李青初中毕业考上了师范，在市里读完两年师范，回到桃林当了小学老师，有了城市户口。李青倒也没有辜负爹娘的期待，十九岁的她托关系让哥哥招工进了火电厂，妹妹进了市鞋厂。母亲的姿色和聪明，终于在李青身上实现了价值。只是桃林太小，略一折腾，"李青"两个字在别人眼里嘴里的颜色味道就变了。

此时跟李青说话已经郑重得有些恭敬的母亲，把女儿叫回家，旧态复萌，连荤带素地骂了一顿。这一顿骂，携裹着真实的恐惧与血泪教训，母女都哭了。李青第一次在母亲的怀里哭，感觉很复杂，不过，这点儿感觉也足够给她动力，让她在能够享受到晚婚假的二十三岁那年，把自己嫁了。

李青嫁给了校长的儿子，按照母亲传授的"密招"，在新婚之夜成功"见红"。三天回门，一身中式红缎袄裙的李青被清秀儒雅的新婚夫婿护着，映照得父母门庭，霞光万道瑞彩千条。

这光耀很快就黯淡了。

后来的清洛，原谅了那个没见过世面的李青，原谅了那个太稀罕母亲怀抱的李青，感激那个二十八岁离开桃林、三十岁离婚的李青。

清洛需要想一想，才能回忆起前夫的名字，这份淡漠让她自己也惊讶。当初结束名存实亡的婚姻，加上没什么财产，所以并没有太多纠缠。唯一需要商量的是四岁儿子的归属，她开始不准备要儿子的抚养权，没想到对方也坚持不要，她也就只能要了。

李青不能把孩子带在身边。母亲跳脚骂她天生的贱、骨子里的浪，当了娘娘也要挣出来做婊子，作死作到烂在阴沟里没人收尸——李青再难，也不能把儿子送回娘家，让他听着这些话长大。有人让她去找周姨——周姨靠着拾废品，收养了六七个孩子，有弃婴，也有流浪儿。李青牵着儿子的小手,站在满是废旧纸箱和塑料瓶的屋子里,冷得浑身哆嗦。

周姨穿着鼓鼓囊囊的防寒服进来,先把孩子抱起来,拉开防寒服的拉链,揣进了怀里暖着,看了眼李青:"只顾卖俏儿哩,穿恁薄——给孩子也不多穿点儿,这十冬腊月天,孩子嘴唇都紫啦!"

周姨抱着孩子,和李青到了屋外太阳地儿里,外面比屋里还暖和。周姨解释说,不敢在屋里生火,去年着过一次,差点儿烧着孩子。因为这场火灾,福利院把孩子都从周姨这儿领走了。周姨因为这个还上了省电视台的新闻。

李青把孩子留给了周姨,一个人去了北京,每月给孩子和周姨寄钱。两年之后,她在桃林买了新房,让周姨带着儿子搬了进去。没过多久,周姨哭着给她打电话,说自己惹祸了——李青的儿子也被福利院带走了。

李青问了半天,周姨才说实话,前两年那些被福利院带走的孩子,大的上学了,小的也能跑了,就商量着偷跑回来找周姨,周姨又从街上领回来一个乞讨的孩子,加上李青的儿子,家里又成了孩子窝。福利院找过来的时候,不相信周姨的解释,把那个小乞丐和李青的儿子一起带走了。

李青让周姨不要慌,她找人彻底解决问题。

李青找来了董卫东。董卫东的地产集团出资,从县民政局获得批准,成立了由县儿童福利院监督管理的民间福利机构向阳儿童福利院,孩子们继续归周姨养,其余的事情,都由董卫东的人去弄了。

周姨看着她说,你真有拴住日头的本事!

3

李青真的拴住了日头，拽回了时光——把自己的户籍档案迁往异地，变成了生于1987年的外地女子章清洛。而她十岁的儿子，则在向阳儿童福利院里有了新的户籍档案，周姨成了他的监护人。

清洛真正回到桃林，是2015年，也就是《桃花源》故事开始的时间。事实上，清洛与董卫东已经相识五年了。

他们俩的故事开头很俗气，在北京文旅产业咨询公司做了几年市场的清洛，遇上了甲方客户董卫东。到了北京，一个省的都是老乡，不要说来自同一个地市了，那是亲老乡。多喝了两杯的董卫东拽着清洛进了房间，正常的情节发展是宽衣解带，不知道从哪儿转的向，董卫东和清洛丢开了床笫之事，认真说起了话。

董卫东觉得清洛比咨询公司那些做策划的专家强多了，想得透彻说得明白，清洛说她就是没文凭，所以在公司只能做市场，不过拉客户也不能只靠喝酒唱歌，他们那套东西，她早就烂熟了。她戳了一下董卫东的大秃脑袋，笑着说："也就你们这些傻子，花几百万买一本漂亮画册，啥用都没有！"

董卫东拽住了她的手，清洛看着他，说："哥，我帮你做事情吧。"

后来两个人想起来那晚就觉得好笑，也颇为感慨，甚至感动——毕竟欲海翻波容易得很，义结金兰就难多了。

清洛出手，董卫东真的省下了那几百万。清洛电脑里多的是策划案，换换图片与说明而已，打印出来，一样是本"漂亮画册"，拿给地方政府领导看并不露怯,清洛代表董卫东的公司做汇报,比那些名校出身的专家效果还好。至于可信度,请知名咨询公司,还不如请行业专家做背书。

董卫东了解了清洛的过往经历,对她又多了几分疼爱,她说什么就是什么,即便不理解也执行——譬如改户口,申办福利院。2013年底,清洛给董卫东讲了"桃花源"的故事,董卫东开始还有点儿狐疑,翻过年就看到了浙江"特色小镇"的成功案例,随后国家就给出了扶植政策,董卫东对清洛表达了五体投地的佩服。

清洛没有未卜先知的本事,也是听了明白人的话,才想到的。故事想出来的时候,还是故事,不过很快就会变成事实。清洛要董卫东在镇上找个合适的地方,装修出一家民宿,她要回桃林——开民宿的女白领是真的,董卫东这个投资人自然也得是真的。董卫东颇为感慨地看着清洛——这一步步是怎么算出来的?清洛笑着问他答应不答应。他当然答应,而且不打折扣地执行了。

清洛和董卫东一起参加了在芳菲苑举行的乡愁文化促进会成立大会。她远远地看着贾弘毅,董卫东凑过去递了名片,回到清洛身边,擦着脑袋上的汗,说让他跟着咱们去桃林,够呛吧?

清洛没有吭声。

贾弘毅来桃林的时间,迟了半年,但还是来了。

清洛从他看她的眼神中,很清楚接下去将发生什么。但她不清楚的是,那件事发生的方式。清洛带他参观民宿,见了周姨,然后带着他看镇子。天有些飘雪,他们沿街走着,店铺里充斥着确定无疑的低端劣质商品和无比可疑的假冒品牌商品,转过街口,就没了门面，是成片的民房、平房或者两层小楼，半新不旧的瓷砖，吉祥富贵的图案，大红铁门，都是关门闭户的门上落锁。沉默了一路的清洛说，过年的时候，人就回来了。贾弘毅哦了一声，什么也没说。清洛朝那些民房中走去，贾弘毅迟疑了一下，跟了上来。

虽然到处都是翻修和加盖的痕迹，但那些青砖老宅子还是能辨认出来的，更靠里面有几处还能看出院落进深，有一家的门都坏了，就敞着，院子里蒿草丛生，斜旋过来的风扑了他们一身的雪屑和花香，贾弘毅抬头，院墙上斜伸过来一枝蜡梅，满枝的花朵开得娇黄明媚。

听镇里的老人说，沙洛河早些年水大，还能行船，是黄淮间重要的水路。桃林作为埠头，也曾经风光热闹过，那光景就算老几辈的人也是听说，并不曾见过，只是那十几座清末传下来的老宅子，多少可以做些佐证。河水越来越小，有时候还断流，除了挖沙子的船，也没别的船了。

清洛说着朝贾弘毅伸出手，拉着他绕过那家宅子，眼前瞬间开阔，可以看见河滩了，雪下得紧了，蒙蒙飞雪中，看不清楚对岸——河对面就是娘娘庙。清洛左手指着，同时松开了拉着贾弘毅的右手，贾弘毅一把抓住了她的手，把她拉到怀里，似乎叹息了一声，吻了下去。

清洛有些眩晕——带着蜡梅香的吻，于她，是陌生的。

清洛带着贾弘毅从这片旧宅子穿了过去，就到了民宿的后门。贾弘毅那晚没有回县政府旁边的酒店，窝在民宿和清洛说话，像早恋的中学生一样，拘谨克制，留心着进进出出的周姨，悄悄拉一下手，偷偷地亲一下脸，最后乖乖地放她走了。

清洛穿过院子的时候，掉下泪来——这眼泪是给自己的。

清洛的生命里，有了三天恋爱时光。

她根本不用装——不要说二十七岁，她直接回到了十七岁，脸颊发红，眸子清亮，化妆的时候，想起他的吻，嘴唇哆嗦得唇线都描歪了……两个人的目光接下去整整纠缠了两天。离开前那晚，一直不喝酒的贾弘毅破例喝了几杯白酒，董卫东则把自己喝得直接趴在了桌子上。

清洛进了房间之后才明白，贾弘毅为什么需要那几杯酒。

那晚近十二点的时候，她从酒店电梯里出来，愕然看见董卫东仰靠在大堂沙发上，鼾声如雷。她走过去，推醒了他，董卫东迷迷瞪瞪地嗯了几声，激灵醒了："哦，我送你回去。"

不知道他那大秃脑袋里都装了些什么，傻到亲自坐在大堂里等她，还能等睡着了——董卫东明明有房间在楼上，而且酒店上下几乎全认识他……

他憨笑着说，也没故意等——就是坐着坐着，睡着了。

他身上酒气熏天，关上车门开了暖气更难闻了。清洛打开了音响，靠在椅背上，放声大哭，董卫东凑过来，她受伤的嘴角缓缓有血渗出来，她在酒臭和血腥气里肆无忌惮地哭着……

4

拿只管拿，但要付代价——清洛不记得从什么地方看到的这句话，她认这个理。所以她忍该忍的一切，就像祛除那十余年的光阴留在身体上的痕迹，她必须忍受针刀之痛。

贾弘毅像蛊毒，服下可以获得巨大的能量，却会隔一段时间发作，带来巨大的痛苦。清洛服下时并不知道——若是知道，她会拒绝吗？

即便到了此刻，她依然回答不了。

清洛忽然想起来刚才自己烧完纸转身的时候，没按周姨说的跺跺脚。若他真的有灵有验，也不该纠缠她，他交代的那些事，清洛都做了。

但清洛还是站在河堤上，亡羊补牢地跺了跺脚。

清洛的手机响了起来，她看了号码，心里莫名一惊，这是北京那位律师的电话——不该一直想贾弘毅，再招来什么事儿……

该来的，躲不过。

贾弘毅是去年五月，被纪检监察部门叫去协助调查的过程中，哮喘发作，心肺衰竭，送医不治而死的。清洛到今天都不是完全清楚贾弘毅牵涉进什么事儿里去了——贾弘毅让她不要问，她也根本不想问。

新书发布会那天，清洛甚至不知道贾弘毅是什么时候离开的。他在路上给她打了告别电话，最后说他会把这个电话处理掉，她不要再和他联系，剩下的，就是等了。清洛挂了电话，在马桶中冲掉了那张只用来和他联系的电话卡。

焦虑和恐惧像一只无形的铁箍，紧紧地勒在她的头上，但她行动如常，没有和任何人说一个字。

一周之后，董卫东一脑门子汗，冲进她的办公室，关上门，哑着嗓子说："贾弘毅死了。他那个什么促进会，是诈骗……"

清洛一下瘫软在椅子上，慢慢地，一直又冷又疼的头，似乎开始回暖，咔咔嚓嚓转动起来，那只铁箍松掉了，她甚至听到咣啷一声，掉在了地上。悲哀是很久以后的事情，她把董卫东带来的消息和贾弘毅留给她的话，拼合起来，大致有了判断。清洛站了起来，淌下了眼泪——她那一瞬间，充满了庆幸和感激。

清洛亲自准备了说明材料，董卫东很早提报过桃林项目，给他们交过几万块钱的咨询费——几万块钱也是被骗。清洛和董卫东一起，先去市公安局报案，然后跟县委领导做了专门汇报，又陪着主抓文教卫的副县长一起去市里汇报。虽然他们被贾弘毅响亮的名头蒙蔽一时，但没有想着抄近路，走捷径，才避免了真正上当受骗。领导几乎和董卫东和清洛一样，感到庆幸和感激了。

五个月之后，清洛和董卫东去北京参加电影《桃花源》项目启动新闻发布会。那晚的招待酒会，清洛提前离开了。她按照贾弘毅交代给她的地址，去见贾弘毅的母亲。董卫东劝她不要去，再惹出什么麻烦。

清洛说，他交代的事儿，还是替他办了吧。

清洛原本可以不办，但她没忍心——毕竟这关乎他的老母与儿女。董卫东送的那两箱"水果"，贾弘毅都给了清洛。那晚他让清洛给自己的孩子和母亲买份保险，只给了她资料，没说数额，让她看着办，合适的时间给他们吧。清洛也无法判断何时为合适的时间。从官方反馈的信息，案件已经进入司法程序了，算是尘埃落定。贾弘毅能够接受的人间惩罚也只有没收非法所得且缴付罚金了。他名下的财产自然早已冻结。那份保单清洛不敢假手他人，想着跑去放下就离开。

她想简单了。

这位贾妈妈，像个冷静的疯子，义正词严地说着荒诞的疯话——贾弘毅根本没有做什么错事，他是被人冤枉、陷害的。只要不死，她就会为儿子讨回公道。她还会要求二次尸检，他儿子一定是非正常死亡。她盯着清洛，你到底是什么人？指着清洛放在桌上的信封，你是不是想来继续陷害弘毅？

清洛那一刻追悔莫及，她不该来。这一来，惹了天大的麻烦。

清洛的第一反应是赶快离开，贾弘毅母亲又不让清洛走，非要她说清楚，不然就打电话报警。清洛的头嗡了一声，但她盯着贾弘毅母亲的眼睛："阿姨，您放下电话，这是贾弘毅还您的——他说房子在他名下，肯定保不住的，但钱是您出的……"

贾弘毅母亲怔了一下："你还知道什么？"

清洛在脑子里迅速搜寻一遍："贾弘毅有一个关系很好的师兄，甘田……"

贾弘毅母亲态度缓和下来："你认识甘田？"

清洛点了点头，贾弘毅母亲打电话叫来了甘田。等甘田来的时间里，清洛从这位贾妈妈嘴里知道了贾弘毅对家人的安排。他回到北京就和妻子离婚了，妻子除了两个孩子的抚养权，什么都没要。他死后，妻子带着孩子搬走了——那个笨女人，没心没肝，更没本事，爹当保安娘打扫厕所，离了我看她怎么活？贾弘毅母亲嘴里一个脏字都没有，但她每一句话，都能让清洛产生幼时挨母亲骂时的刺痛和畏惧——她想哭，拼命忍住了。

幸好甘田来了，和艾冬一起来的。

贾妈妈把清洛和艾冬都赶了出去，单独留下了甘田。到了楼下，艾冬温和地笑着对清洛说："先不急着走，等等甘田的消息吧。"

清洛应了一声，不知道为什么想躲闪——艾冬细眉细眼，小小的个子，却有种让清洛无所遁形的气场……艾冬走到一边去抽烟，清洛才松弛下来。

甘田很快下来了，带来了好消息，贾弘毅母亲不再追究儿子的死，但她要争取这所房子的权益——不是为钱，是为理。

清洛松了一口气的同时，心里升起了种荒诞的滑稽与悲哀混合的感觉——不理解也不必去理解了。她注意到甘田显然被这位母亲的委托弄得很为难，立刻说她会请一位很有经验的律师，帮助甘田处理房子的事情，同时趁机提出了一个不情之请，拜托转交贾弘毅给妻子女儿的礼物，一个芭比娃娃套盒——里面放着那两份大额保单，还有他落在她那里的一本旧书——这些贾弘毅母亲也不让留下。

艾冬这时笑着伸手接了过去，说："我是闲人，这个我去送。"

清洛被她带着笑扫了一眼，感觉这一眼扫过，她连清洛的骨龄都能知道。清洛什么也没说，放手给她，赶快离开了。

自那日之后，今天之前，贾弘毅这三个字，很少再出现在清洛的脑子里。

5

今日之后，贾弘毅这三个字，只怕会更难出现了。

律师在电话里告诉清洛：房子在贾弘毅的名下，首付、还款的账户也是贾弘毅的名字，虽然有部分转账记录，想证明他母亲是实际出资人，证据链条不完整，争取起来很困难。律师侧面问了一下，立案的可能性都很小。律师已经收到了判决结果通知，贾弘毅名下的存款和房子拍卖后用以退赔和交罚金，应该还有剩余，到时候会退给他的继承人。不过处于按揭过程中的房屋拍卖时间会拖得比较长。律师和那位甘田先生联系过了，甘田说他会转达，贾弘毅母亲已经离开北京回了老家，此前她那个电话已经不再使用了。

清洛心下一松，跟律师道了辛苦，挂了电话。

惊蛰过后了，太阳高了，风里的暖意很分明。

清洛松开了脖子里的丝巾，触碰到刚才自己抓出的伤痕——也许，她可以把窒息的恐惧，回忆成落花的忧伤，或者把无常的耦合，当成无私的牺牲——就像他的爱与死……

再也不要想这些了！

她迎着风，看着眼前被她彻底改变的镇子，这是命运赋予的力量——拥有这种力量，你可以在时间中逆行，在空间里纵横；你可以让落地的苹果飞上枝头；你可以让平整的柏油路变成青石街道，只为曾在诗里响起的马蹄声；你可以让故事变成现实，现实再度被讲述成故事，就像桃林与"桃花源"……

清洛噔噔噔地走下河堤，走回娘娘庙前越发拥挤的停车场，艰难地开车出来,去了公司。在公司一直忙过中午,才想起来今天是周五,忙让司机去接在省城外国语学校读高三的儿子。

儿子给她和周姨都带了"三八"节的礼物,儿子想吃姥姥蒸的菜蟒,清洛给周姨打电话,说过去福利院那里吃晚饭。路上儿子说,周一妈妈送我回学校吧,他们都说你是我的漂亮姐姐——你去证明一下。清洛笑了,什么乱七八糟的!

也许是屋里太热,出来被冷风扑了,当天夜里她发起了高烧。第二天早上,她已经烧糊涂了,儿子叫人把她送进了医院。她还在输液,接到县委宣传部长的电话,说电影《桃花源》的开机仪式与二期工程的开工仪式,时间需要调整,刚接到的通知,最好能赶上四部委特色小镇检查工作组到桃林的时间。"桃林经验"得到了广泛肯定,省里想把这个典型树好——让清洛跟剧组那边沟通一下。清洛听明白了部长的话,也答应了,挂了电话,握着手机,却不知道自己要干什么了。

一切都晃动起来,像在船上,她抓住病床边的护栏,真的是在船上了——这是梦,她要自己醒过来,心里惦记着还有很多事要去做,很急很急……

额头都是冷汗,被一只温暖粗糙的手抹去了,她看见了周姨满是皱纹的黑红面庞。周姨手里捏着个黄裱纸的包,低声说,娘娘庙求来的,清洛想也没想,就把那包里的粉末倒进了嘴里,接过周姨递来的水,送了下去。

些微怪异的香气,不苦,不甜,像极细的土,和成了泥,又被大量的水冲下喉咙去了,舌头和牙齿却长久地留着不洁的感觉,她喝光了一瓶水，闭上眼睛躺下了，可她依然能看见无数晃动的人影，像虚掉焦距的电影画面……

清洛这场病，似乎一直没能彻底好。

高烧早就控制住了，但那种仿佛在颠簸船上的晕眩感，还时不时会出现。她从市中心医院检查到省人民医院，去北京和剧组对接的时候，顺便还去了趟协和医院，什么都没查出来。血压血糖颅压眼压全正常，心脏没问题，脑神经脑血管也没问题——不止一位大夫建议她，要不要看看心理医生？

清洛在电话里搜出了甘田的号码，但她终究还是没有拨出去。

回程的时候，她看见在机场书店醒目位置上放着甘田的书，伸手拿了一本。和她同行的董卫东探过头，盯着封面上被修得面如冠玉的甘田："这不是——这是——那谁……"

清洛买下了那本《自定义人生》。

6

"去年四部委联合发文，严肃重申特色文化小镇审批、审查制度，今年被除名的特色文化小镇有……"画面里的青山绿水，粉墙黛瓦，古树幽巷，不断被各种建筑工地和接受采访的人脸替换。

清洛听到了楼下开门的声音，拿起遥控器把电视声音调低了，她听到董卫东和周姨在说话，清洛又把电视声音调回来，电视出现了桃林的画面，清洛的镜头一闪而过，灼灼的桃花前，接受采访的是桃林镇党委书记。

这是条正反对比的综合新闻，桃林是作为正面典型被报道的——她收到了通知，等着收看的——新闻主播的声音中正平和："……桃林经验的核心是以人为本，他们在规划之初就规避了原住居民整体搬迁的粗放方案，留存原住居民生活空间，进一步增强了小镇的生活服务功能，实质性提高了小镇的集聚人口能力和人民群众的获得感……"

楼梯上传来周姨略显艰难迟缓的脚步声——她腿有风湿的老毛病，这两天又犯了。清洛关了电视，下床，推开卧室的门："周姨，你叫我下去——"

周姨说："你不是头晕嘛——还有北京来的客，看你的。"

清洛没想到，和董卫东一起来的，是艾冬。

艾冬是《桃花源》的剧本统筹，这次她来探班。艾冬眯着眼睛笑着说，假公济私，其实是来看桃花的。结果到了，就听说前几天的开机仪式上，鞠躬尽瘁的原著作者累得当场昏倒，所以来看看她。

清洛下楼的时候，拉了件长长的羊毛开衫穿上，不自觉把开衫的袖子拽得很长，手缩了进去。

艾冬带笑看着她："应该是城为佳人倾，哪有佳人为城倒的？"

清洛忙说："艾冬老师别取笑了。"

董卫东呵呵笑着，说喝口水，说两句话，过去民宿那边看看，让艾冬老师也尝尝周姨做的饭里乡愁的味道，现在正是应季，荠菜芽、香椿芽、榆钱儿、马齿菜……清洛书里说的，那叫什么什么春盘……

这是重要外客来必演的戏码，清洛今天有点儿担心周姨的腿。周姨站起来:"荠菜包饺子,面条菜塌菜馍,这时候都嫩,正好吃。我先过去,和面……"

艾冬跟着站起来,拉住了周姨:"我就不过去了。看周妈妈走路,不是很方便,再累她做饭,就是罪过了。我是个俗人,蓼茸蒿笋试春盘,免了吧,待会儿我回酒店吃饭。"

"不碍事儿!"周姨把自己的腿拍得啪啪作响,"老毛病,都习惯了。"

艾冬笑看清洛,清洛觉得她仿佛早看穿了这是戏码,就对董卫东说:"算了,不勉强艾冬老师了,民宿也没什么可看的。你让司机从酒店打包回来几个菜送过来吧,家里方便。"

董卫东笑起来:"这是撵我走啊——行,美女们说话,我走了。"

天依旧短,客厅里刚刚还浮动着夕阳动荡时的光线,很快就要开灯了。周姨也走开,让她们说话,艾冬说这茶真好——今晚拼着不睡,也要喝。

清洛忙说自己没多想,有新茶,就泡了——换红茶吧。

艾冬说不用——她顿了一下:"我就是来跟你说一声,小欢,就是贾弘毅的妻子——前妻,把东西拿走了。"

清洛哦了一声,双手捧着茶杯,半天说了句:"麻烦您了。"

艾冬放下茶杯:"交浅不该言深,这话你就随便一听,故事如果不能慰藉人,都不该信它,拿人的血肉之躯去撑故事,更不值当的啦。"

她的口吻依旧是淡淡的,清洛却感觉脚前面的大地裂开了,她朝裂缝里看了一眼,那是令人眩晕的深渊。

清洛还没反应过来,艾冬就笑着站了起来:"你还病着,我就不打扰你休息了。这里离酒店很近,我自己走回去就行。周妈妈——"

艾冬想是要和周姨告别,清洛回过神来,叫了声:"艾冬老师……"

7

清洛不知道自己为什么要留下艾冬,不知道为什么会喝那么多酒——周姨进来了几次,说:"小青,喝太多了。"

或许清洛知道,留下艾冬,喝那么多酒,为了说话——她说了多少话呀,呕吐式地说话——不,她真的吐了,吐空了肠胃,吐出了许多污秽……她还哭了,伏在桌子边哭,趴在艾冬怀里哭,滚在地上哭……

醒来的时候,绯红色的窗帘后面,全是阳光。她觉得身体很轻,很暖,看看身上的睡衣,头发还有些潮,能闻到红参苦中带甜的气息,脸有些发紧——周姨帮她洗澡,总是洗干净完事儿。她起身去梳妆台上扭开瓶精华水,倒了些朝脸上拍——细细地看自己的脸,算算时间也差不多了,该和叶大夫约时间了,再不去收拾,法令纹该显了……

楼下周姨拖着步子走来走去的声音,清洛看看时间,十一点多了。她晃了晃头,没有感觉——这颗沉重的头颅最近一直在用各种不适刷着存在感。

清洛轻快地下了楼,周姨正好从厨房出来,瞪了她一眼:"疯了？喝恁多！"

周姨抱怨着，给她做了碗酸汤面叶，放了很多胡椒，清洛喝完出了一身汗，同时也有些真的汗颜——她完全不记得自己吐了艾冬一身。

"人家那位老师，真是好涵养——"周姨走过来，看她又是只把汤喝了，为数不多的几片面叶子还留在碗底，"成天不吃一点儿米面，养不养得住命？！"

清洛的饮食控制得很严格，昨晚吐，除了酒的原因，可能还因为吃了太多的东西，肠胃承受不住。周姨的批评还要继续一会儿，清洛蜷进了沙发里，举着甘田的那本《自定义人生》挡着脸。

世上怎么会有甘田这样完美的男人？清洛想，自己要是艾冬，做甘田女朋友的压力，都能得抑郁症吧？自己怎么会有艾冬那么好的命呢？抑郁一下，就遇上甘田——看她哪有一点儿抑郁的样子？当然是好了……她合上书，盯着封面上的甘田，自己怎么从来就不抑郁呢？

"别看了！再看也变不成活的来跟你过日子，收收心，正经找个主儿——"周姨端着自己的茶杯过来，坐在她脚边，抬手拍了她一巴掌。

清洛笑着把书举过去，打断她惯常的"找主儿"论："这是昨天那个艾冬老师的男朋友，这两天就来桃林，到时候就变成活的了。"

周姨愣了一下，随即叹了口气："小青啊，咱不能成天活在云彩眼儿里。人，说到底过的是人哩，你过得这叫啥？"

周姨这话原本是指着贾弘毅说的。周姨见过贾弘毅留在清洛身上的伤，替她上药的时候，会淌眼抹泪地说这过得是啥？他倒是明媒正娶跟你过日子啊？把你搁在这儿，还疑心这个疑心那个，下这么狠的手……你过得这叫啥？

那个人没了，周姨还问她，你过得这叫啥？

清洛靠在周姨肩上，闻着她身上风湿止痛膏弥散出的药气，含着笑说："我过你，过儿子……"

周姨说："我七十的人了，今儿黑脱了鞋，明儿不知道穿不穿！看着儿子倒是对——孩子可跟我说了，他不想出国，也不去北京上海，就在家门口上学，守着妈和姥姥。"

清洛笑着站起身："他哄你呢！这话也跟我说过，跟同学聊天儿时说的可是别的——他们班参加国内高考的只有两个，他雅思分数去年考的就够申请学校了，非得参加高考，一是为了逗能，还有，为了个女生，我听见过！"

周姨说："把你能哩！"

手机已经在楼上响了半天，清洛上楼接了。董卫东问她好点儿没有，想不想中午过来民宿这边跟舒同、艾冬一起吃饭，还有市委宣传部带着过来参观的几个外地人——没有领导，省内的，来学习经验。

董卫东没有勉强她的意思，但清洛还是过去了，她总得跟艾冬见面。

昨晚那一醉，今天见面时就没了生分，吃饭中间，清洛自嘲酒醉，还说要赔艾冬衣服，虽然艾冬老师不在乎，她过意不去。

舒同说："她可在乎了——心疼得眼泪汪汪的。"

艾冬笑着对清洛说："还是舒同理解我，失业失婚的中年妇女，靠打零工过日子，比较艰难。"

清洛对艾冬的玩笑有点儿意外，但也没深问。饭桌上自然有"春盘"，来的客人逐个问名，一通拍照，看墙上周姨和清洛的照片，各级领导和名人到访的照片，新闻报道截图，新增了电影《桃花源》的定妆照，《桃花源》的书自不必说，最后来参观的人颇为感慨地说："传奇都是无法复制的，清洛要是早下高速两百公里，就到我们县了，那就没有你们桃林什么事儿了！"

清洛忙笑着说："我从哪儿下高速不重要，碰上了董总这样的投资人，桃林上下各级领导对我们又能这么支持，这才是传奇。"

市委宣传部陪着来的是个科员，笑着说："昨天马部长还批评我们看事情找不准角度，也没有高度，学学人家章清洛，都是85后，怎么差距这么大呢？你听清洛这话——要水平有水平，要感情有感情，我真是看见差距了。"

清洛略带娇嗔笑道："我说的是老实话，你们是讽刺人——我改天去跟马部长算账！"

他们在屋内说笑，清洛发现艾冬不见了。出来才看见她和舒同站在门外抽烟，艾冬眯着眼睛笑微微地在出神，清洛就叫了她一声："艾冬。"

8

出来大家就在镇子上走走。

走着走着就散了。董卫东也就走到停车场，打声招呼走了，去看二期工程的工地。舒同则转过街口，去了拍摄现场——导演是她儿子，刚留学回来，老妈的资源给了他这个机会，舒同亲自做编剧，请了行业大咖做监制，自己还准备从开机到关机，一天不落地在片场盯着。

艾冬笑着对清洛说，皇上和太后成了剧组的梗。刚开机，大家背后开玩笑说，盼着这对母子能像孝庄与康熙，要是慈禧与光绪，那大清可就完喽！

"电影也就保留了书名、人名和地名，情节主题改得一点儿不剩了，我让舒同征求你的意见，她说你们说过，随便改——舒同也是霸道惯了。剧本她发你看过吗？"艾冬问。

清洛笑着说："发了，不过我也没仔细看。那书其实也不能算我的作品——昨天喝醉，我没跟你招供吗？"

艾冬的笑浅淡了些，仿佛有种说不清楚地哀感："招供什么？你昨天没提过书的事儿，其实，你什么事儿都没提到。"

拿酒盖脸，清洛深谙其中的机关——醉也醉在该醉的人跟前，醉到当醉的程度，说能说的醉话……她低头笑了一下："故事好编，但真变成字儿，我写不成那样，好歹念过两年师范，看过几本文学期刊，找呗——网上不有那种洗稿软件嘛，整个顺下来，也费了我不少劲。"

艾冬扑哧笑了："我离职前，在影视公司做内容，差不多看了十年各类文学期刊，你那本书里，眼熟的地方实在不少。心因性感官失常的设定，失去母亲的女子与失去女儿的老妇人彼此完成拯救的故事，跟我前年看的一个短篇很像。"

清洛看着艾冬："是不是什么都瞒不过你的眼睛？"

清洛这话问得故作天真，艾冬的眼睛似乎被正午的阳光晃着了，眯成了一条缝儿，她拿手遮了眼，笑着说："不管是我的眼睛还是谁的眼睛，瞒过瞒不过，都没什么要紧的……"

她迟疑了，清洛想起她说的交浅言深的话，想是不打算再说了。昨晚那场醉，并没真的和她亲近些——清洛心底生出了一丝挫败感。不过很快她就收拾起心情，关切地问起艾冬说的"离职"是怎么回事。虽然艾冬玩笑时措辞有些夸张，但真实境况也的确如此，中年被职场抛弃也不是新闻了，清洛生出了同情，却有些疑惑地问："你认识舒同这样的大腕，还有甘田这样的男朋友，怎么会发愁工作呢？

艾冬笑着说："我也没有发愁——不愁，不是因为舒同，或者甘田，是因为愁也没有用。盛衰成败，抗拒不了——工作我也在做，免于冻饿就行。昨天倒是从你那里听了句很受启发的话，人，说到底过的是人……"

清洛说："那不是我的话，是周姨挂在嘴边的话。"

艾冬说："难怪——这话的意思很深。人过的是人，我过的这个人，就是我自己。"

所谓嗜欲深者天机浅，清洛想想，也就不去参详艾冬的话了，她悟她的，自己迷自己的，各得其所。

只是轻松了半天的头，入夜又沉重起来，她靠在床头，那种在船上的感觉又来了，晕得有些恶心，晚上什么也没吃，泛上来的都是酸苦的水，她含在嘴里难受，起身去卫生间吐了，漱口，又回到床上。

董卫东噔噔噔地跑上楼来，一身烟味儿酒气，大秃脑袋油光锃亮，脸上也放着光："我晚上给老崔上劲儿，书记下回就不是拍桌子骂你那么简单啦，你还想啥呢？人拉出来，房子推不倒，总能砸个窟窿……"

桃林二期工程的开工仪式都举行过了，拆迁还没最后完成。因为是政府文化用地，所以拆迁是政府在负责，赔偿有限，自然会有"钉子户"。清洛没有去过二期的工地，因为其中包括五里庄。清洛无数次看过规划图，手指无意间碰到那个地名，都会赶快挪开。

董卫东边说边笑："当时他就让人去了，推了两家的山墙，铲车被村里人扣住了，不过老崔的人都跑回来了——怎么，还难受啊？"

清洛闭眼皱眉听着："伤了人就是事儿了。"

"他们有仔儿，村里人报了警，五里庄派出所还出警了呢。最后肯定是商量解决。捅他一家伙，谁都不好过。不然就咱急，人家一没商量二不着急——他们耗得起，政府和咱们耗不起啊！"董卫东在她床边坐下，"你这到底是个啥毛病呢？得想法儿治啊……这——治不了病吧？"

清洛感觉脸前头有东西，睁开眼，董卫东举着甘田那本书在她脸前晃，她一把夺过来，又放回枕头边。董卫东坏笑着说："这可是有主儿的。"

清洛冷笑了一下："天底下什么是没主儿的？你少伸手了吗？"

董卫东收了笑，拉起她的手："清洛，哥知道你心高——"

"心比天高，命比纸薄，是吧？"清洛呛了一句。

董卫东用力握了一下她的手："你心好，仗义，聪明，漂亮不用说了，还是福星，命不薄，不薄！会好的，一定会好的！"

被他油腻腻汗津津的手握过，清洛很想洗手，掀被子下床，也许是起得猛了，眼前一黑，腿一软，咕咚倒在了地上。

9

清洛醒过来后，认真回想，眼前那道"黑幕"落下之前，似乎有无数重叠的画面——仿佛此前一生所有的瞬间都叠加在一起，浓烈且杂乱无比的色彩和光，狠狠地朝她砸过来，她还听到了尖锐的母亲的叫骂声，凄厉惨烈……

清洛疑心是最近看甘田那本书看多了。

原生家庭对人的影响是决定性的——不知道的时候觉得没什么，知道了，委屈就来了。不过甘田也说，人生诸多成就中，最有价值的是心理成就——也就是成长，不要让这种影响左右自己，给自己"自定义的人生"。道理是明白，但清洛不明白的是，自己到底是被这种影响左右了，还是自定义了自己的人生呢？

看来心理医生赚钱是有原因的——心理医生就要来了。

甘田到的时候，清洛去机场接了他，路上他一直在睡觉，清洛不好扰他，送他到酒店，他拿到房卡抓起艾冬的手，说了声："你不必管我们，明天见。"

清洛再见到他，真的是第二天的下午了，艾冬和甘田一起来了她的家。

艾冬解释说他倒时差，甘田却抓着艾冬的手说："我们好几个月没见了。"

艾冬不好意思地从他手里挣出来，起身说："你这后院都种了什么，我去看看。"她说着推开通向后院的玻璃门，甘田跟在后面四处打量说："我以为会是四合院呢，还是这种欧式的别墅。"

清洛说："二期那边配套的房子是四合院，这里是四五年前的房子了。"

她不知道为什么有点儿站不起来，艾冬低声跟甘田说了什么，把他推回来，关上了玻璃门，去看后院的花草，甘田快快地走回来，坐在清洛的对面，说："艾冬很喜欢养花——她说，你想和我聊聊，还有你的症状……"

清洛不知道是怎么回事，但甘田对她的态度跟第一次见面时似乎发生了变化，那时他会盯着她看，现在却不碰清洛的目光了。在北京那晚清洛就察觉了，还以为是自己多心，昨天她特别留意，发现根本不是自己多心，他就算看向自己，也不看自己的眼睛，清洛不知道这意味着什么，嫌弃？或者——喜欢……

甘田停顿了一下，深吸一口气，直起了后背，望着清洛的眼睛，声音依旧轻柔却和缓有力量："人受过的所有伤害中，最深最难愈合的，是那种无法归因也无法命名的伤害，你只能遮蔽它，不看它，但这种黑暗的力量依旧停留在你的生命，寻找机会，攻击你。一般情况下，自我攻击会反应为情绪变化，而你是一个超我很强大的人，自我管理深入到潜意识，于是，出现了躯体反应——"

他的眼神那么专注，他在心疼她吗？他好看的嘴角浮出的微笑有一丝若有若无的忧伤，仿佛知道她经历的所有痛苦——清洛心醉神迷地靠在沙发靠背上,胸口抽了一下,那种麻酥酥的触电感从胸口漫过躯干,一直抵达手心脚心,接着心底水一样悲哀涌上来,漫到了脖颈,口鼻……他若不伸手拉她,她就溺死了——她侧了一下脸,带着绝望哭了起来……

甘田大声地叫起了艾冬,艾冬应了一声,从后院进来了,她身后满是明亮的午后春阳,看不清楚她的表情,清洛忙欠身抽了纸巾擦泪,掩饰说:"甘田老师太厉害了。"

甘田求助似的拽着艾冬的手,艾冬只能斜坐在宽大的沙发扶手上,他笑着说:"这也不算咨询,我做咨询效果也不总是很好。艾冬讽刺我,就是个光说不练的文字工作者。我可以帮你联系一位很好的咨询师——要是没时间,你可以试试'空椅子'疗法。"

清洛笑着抹干了泪:"甘田老师书里写的,您和艾冬的故事,是真的吗?"

甘田愣了一下,目光又滑开了:"有吗?哪本书?我有这么胆大?"

清洛忽然明白了,刚才那是他的"职业状态",恢复生活态后,他就像一条粘着艾冬的小狗一样,忍不住往她身上蹭。艾冬控制了他不肯老实的手,笑着说:"你都说是故事了,故事哪有真的?"

跟着甘田学习了一会儿"空椅子"疗法,三个人就去镇子里走走。

日光西斜,古香古色的店铺门脸前,幡幌酒旗在风里摆动,青砖墙上满是光影,有开得正好的桃花隔墙伸出红艳的花枝,道边的杏花、红叶李则开始落了,青石板路上满是粉白的花瓣。

甘田似乎有些意外，笑着说："很有感觉啊，对了，那是首诗还是歌词——嘚嘚马蹄，美丽的错误什么的……"

清洛轻声念了出来："东风不来，三月的柳絮不飞，你的心如小小寂寞的城，恰若青石的街道向晚，跫音不响，三月的春帷不揭，你的心是小小的窗扉紧掩，我达达的马蹄是美丽的错误，我不是归人，是个过客……"

清洛念着，念出了满腹的愁绪，此时偏听见甘田低声对艾冬说了一句："我是归人。"艾冬没有理他，问清洛说："铺路的青石，还有修房子的青砖，看上去都是老的，从哪儿找来这么多？我看后面还在盖呢，都是老砖，还有带雕花的。"

清洛苦笑了一下："艾冬老师真是火眼金睛，一点儿假都瞒不住您——从安徽收的，福建那边也有。"

艾冬淡淡一笑："北方平原上的镇子，多是夯土做墙，路更不用说了，哪来的青石街道向晚？"

一轮西坠的红日，正挑在魁星阁的飞檐上。甘田仰头看见，拿出手机拍照片，嘴里嚷着，"西风残照，汉家宫阙，这回我记住词儿了！"

艾冬扑哧笑了，回看半天不语的清洛，拉了她一把："别在意我的话啊。对你的作品，这儿有个多陶醉的观众啊！而且，我对这些事上的真假，并不执着，也不做高下判断，人事代谢，存的自存，不能存的，强留也留不住。能有当下这一刻，就很难得了。"

清洛默默地听着，从艾冬的达观里听出了悲观来。三个人从魁星阁下的城门洞穿过去，走上河堤，远远看到剧组在渡头拍戏，一个人斜着跑上河堤,跑近了,清洛认出来,是舒同的儿子,那位年轻的导演,他跳上堤沿儿,脸色铁青地从他们三个身边跑过,直冲进魁星阁下的城门洞里去了。

舒同的声音经由麦克风扩大,清晰地传过来:"各部门准备啊,趁着光线好,抢下这条!"

艾冬叹了一声:"看来太后连帘子都撤了。"

"那个碑怎么还在?道具!"舒同吼叫起来,"都他妈带脑子来了吗?"

现场起了一片骚动,道具颠颠儿地跑过去,拔起上写"桃源渡口"的纸壳子石碑,抱走了。

长河落日,舒同的咆哮声在空中回荡:"还他妈给我设计个地标——去桃花源是不是可以 GPS 导航啊?!"

2019 年 1 月 20 日 寄庐

余韵

永锡难老

甘田到甘泉心理咨询中心的时候，只有两个员工刚到。随后到的张泉林无比惊讶，甘田难得一现真身的，远程通信基本可以解决绝大部分日常工作。

甘田今天主动要和自己的合伙人面谈——张泉林洞悉他心思的能力不在艾冬之下，笑着对甘田说："怎么，准备和我谈分手？"

甘田笑了一下："暂别。"

张泉林笑着说："你个白眼狼、陈世美——"她顿了一下："还有什么？这才两个——例证很不充分啊！"

这几年一直和他们咨询中心在合作的维格博士，年初曾经邀请甘田去他在斯坦福的社会心理学实验室合作完成一个课题。这个课题采集的数据有相当部分来自中国。这些年，理论物理越来越像哲学，而社会心理学反而越来越依赖数学模型，依赖数据和算法。甘田以前认为是研究者的学科自卑，拼命要证明自己也是科学。现在他不想就这么潦草地下结论了，而且，他也不想再作为心理治疗推销员而进行表演了。于是他联系了维格，同意过去工作一年。

甘田笑着说："办法你来想吧，我好说。"

张泉林倒也没有太勉强他，两人很快商量出了解决办法，甘田因为不再承担具体工作，就不拿薪酬，保留百分之十的股份，保留合伙人名义，其余所占股份由会计师核算后完成转让——张泉林说这个不成问题，只要甘田舍得。

她带着劝诫意味地看了甘田一眼，说："影响力，说俗点儿就是名气，那是个婊子，翻脸无情的。"

甘田笑笑："既然如此，我干吗要等到马死黄金尽，才被它抛弃呢？"

张泉林笑起来："有花堪折直须折！趁着还有'气儿'，多挣一分是一分。"

甘田笑道："你这口气活脱一个老鸨子！"

张泉林笑着给了他一拳："所以舍不得你这个花魁自赎自身！"

说笑归说笑，张泉林纵有遗憾，却也能明智决断，义利二字拎得很清，甘田对她心里又多了一分佩服。两人谈完出来，等候区的来访者有人看见了甘田，跑过来要合影签名，甘田耐心地支应完所有人，才出来。

甘田回公寓拿剩下的东西。他居住的怡景公寓，租金也是咨询中心支付的，正好租约到期，他也就搬了出来。

他的东西本就不多，处理起来容易。离开之前，他就赖在艾冬那儿。也就能赖过元旦，没几天了。小区电梯里的广告，换了应节的内容，红彤彤底子上，一张难辨雌雄的俊美人脸惊喜地张着嘴，从天而降的是大堆金色的礼物盒。甘田的大衣口袋里揣着给艾冬的礼物，一双羊皮手套。

甘田给艾冬解释，这双手套可以直接触屏，这样她就是戴着手套也能接电话发微信。甘田喉头忽然有些发哽，他掩饰地咳嗽了一声。

这场别离之后，他与艾冬会如何，自己也不知道，就像决定去维格的实验室，也不知前路如何。

他决定朝未知之地深入一步，哪怕最后证明此路不通，也不是全无价值。更何况，说不定走着走着，就豁然开朗了呢……

艾冬显然注意到了他的情绪，戴上新手套给甘田比了个"剪刀手"，说她讨债成功了——公司在年底之前把钱给她补齐了。甘田有点儿心疼地拉住她的手，她偎着甘田坐下，依旧戴着手套，开始划手机，给甘田看，甘教授参加那期谈话节目时因为表情过于丰富，有人就把视频截图，做成了"表情包"。

艾冬笑着说："甘教授不仅没生气，反而自己到处用。我最喜欢这个——"

甘田看着父亲的动图：微微一笑，傲娇地仰起脸，对着人伸出食指，下面一行字：这是人类根深蒂固的幻觉。

甘田也笑起来。"这话，应该是拷贝爱因斯坦的吧。"他搂着艾冬，"你们那'绝境桃花源'，拷贝得怎么样了？"

艾冬一根一根手指一点一点地褪，小心地摘着软薄的手套。

《桃花源》建组了，明年春天在桃林开机——桃花开的时候……

甘田说他对桃花没印象——没见过似的，我们一起去看桃花吧！

艾冬没想到，甘田真的来践桃花之约了。

艾冬抵达桃林镇的当天，邂逅了清洛的一场醉，狼藉的是清洛，狼狈的是艾冬。周姨拿了件清洛的毛衣，艾冬自己的衣服被清洛的醉吐弄脏了，她换了，周姨把脏的夺了过去，说洗净再还她。艾冬没坚持。回酒店的路上，舒同打电话说找她说话，结果房间里没人——看来和清洛是相见欢啊。

艾冬洗完澡去舒同屋里，大概说了经过，舒同蛮有兴趣地问她清洛跟她都说了什么。艾冬笑她八卦。虽然是醉后，清洛说了很多话，其实什么都没说——悲也有恨也有，又哭又笑吐得一塌糊涂，最露骨的控诉也就是人生如戏，不能戳破，戳破了可怎么活？

舒同大笑。"尤三姐的台词啊，提着影戏人上场——好歹别戳破这层纸！"她看着艾冬，"你这一脸的悲天悯人，犯不着——人家活得比你强多了！"

"我有吗？"艾冬欠身凑到吧台后墙壁上镶的一小片镜子前，审视了一下自己的神情。

舒同就问甘田什么时候到。

艾冬说他转机直接过来，后天清洛去机场接，在桃林待两天，跟艾冬一起回北京，从北京返程。艾冬顿了一下："他的春假与花期重合时间很短，非要来回折腾，说约好了和我一起看桃花——"

舒同说："似乎是个借口——"

艾冬笑笑："可能是，也可能不是。"

舒同说："看来你知道点儿什么。"

艾冬不能说知道，但也并非完全不知道。

甘田去美国后，与艾冬的日常联系中，从未提到韦婷，艾冬也没问。但甘易辛告诉艾冬，韦婷没有接受国内的 offer，转而去了加州。

在甘易辛的反复要求下，艾冬和她见了一面。甘易辛要艾冬为甘田想想，也为自己想想——不能只想眼前，以后你们怎么办？十年，十五年……甘易辛情真意切，眼光里都带了央求意味。

艾冬忍不住安慰她："易辛姐，您何苦用没有发生的事情折磨自己？就算要设想，那就想点让自己高兴的。韦婷既然追了过去，也许会有什么您希望的事情发生。至于甘田，我用不着替他想，他自己会想。"

甘易辛带着真实的困惑问艾冬："你心里到底在想什么？"

舒同也这样问她："搞不懂你到底是明白还是糊涂——成天想什么呢？"

艾冬笑笑，没有回答。

艾冬没自己想的那么淡定。看见了甘田，心跳得几乎要破体而出，她骂着自己没出息，眼里却有了泪意。他差不多瘦回到他们刚认识的时候了，头发短了些——两个人互相对着脸笑，没说出一句话。甘田伸手把她拉进了怀里，艾冬踉跄了一下，从他怀里挣出来，清洛当时就站在旁边。

艾冬勉强维持社交礼貌的努力，被甘田一句话给毁了，他拿到房卡后就对清洛说："你不必管我们，明天见。"

第二天，他们去看桃花了。

说没见过桃花，自然不是真没见过，但城市绿化树种多是观赏桃，嫣红重瓣，混在梅花、樱花这些花期差不多的蔷薇科闺蜜中，眉眼仿佛，分不出谁是谁。这里的桃林多是单瓣寿红或者寿粉，甘田走到树下，凑近花枝看那些深红浅粉略显单薄的花朵，说，原来是这个样子。

艾冬笑着拉着他回到甬道上，躲闪着拍照的游人，紧走几步，沿坡朝河堤上走。这部分河堤没有砌石，工人正在铺草皮，鲜美的芳草，很快就会延展到下面临水的花树下，等着落英缤纷了。

站在高处下望，花树葱茏，有了红云模糊的样子。甘田拉起她的手，艾冬看着他的目光，心底被搅扰起的那点儿不安，消散了。

甘田在北京又待了两日，回加州继续那被他认为"十分可疑"的心理课题了。携手看花的那一刻，如同所有的时刻一样，过去了。

艾冬想起来，小时候家里用那种挂在墙上的日历，三百六十五页纸，过一日撕掉一张，年初厚厚的一本越来越薄……母亲笑着问年幼的艾冬，你家有个天天拽，我家有个天天拽——是什么呀？艾冬用小手指着墙上的日历。

一道又一道时间之幕在她面前升起，生命冷峻幽暗的底色也就渐渐露出来了——艾冬回头看看年幼的自己，因为被母亲夸奖而欢喜地笑着。

生命本身的艰难，深广且具体，人所有基于恐惧而做的防御都有可能在某个瞬间溃不成军。艾冬一个人赤身裸体趴在浴室瓷砖上，身体被筋骨折断的疼痛洞穿，鸟群般的恐惧降临啄食着自己——恐惧疼痛的一刻，也过去了。

她再一次得以幸存。

艾冬依旧按时去健身房，锻炼着在时光中老去的躯体，知道这不过是大徒劳之前的小徒劳，知道恐惧的鸟群依旧在空中盘旋，但灼灼如花般的明亮温暖在身体里跳跃时，她还是朝着那冷峻幽暗，露出了孩子般的微笑——她偶尔会想起一些久远的传说，传说里总有美妙的音乐与舞蹈，凤翥龙翔，江海凝光……

2018 年 10 月 14 日 枫舍